HEYNE <

JANA LUKAS

Landliebe

Roman

WILHELM HEYNE VERLAG
MÜNCHEN

FSC
www.fsc.org
MIX
Papier aus verantwortungsvollen Quellen
FSC® C014496

Verlagsgruppe Random House FSC® N001967

3. Auflage
Originalausgabe 06/2017

Dieses Werk wurde vermittelt durch die
Michael Meller Literary Agency GmbH, München.
Printed in Germany
Satz: KompetenzCenter, Mönchengladbach
Druck und Bindung: GGP Media GmbH, Pößneck

ISBN 978-3-453-42195-0
www.heyne.de

1

Landliebe – Szene 1 – Tom

(Kamera 1: Schwenk vom großen Torbogen über das Weingut, Zoom auf Paul Weidenmann, Totale)

»Liebe Zuschauer, ich bin Paul Weidenmann, und Sie sehen eine neue Folge von Landliebe, *der Show, in der wir Herzen höherschlagen lassen. Wir möchten Ihnen heute den letzten der sechs Landwirte vorstellen, die wir in den nächsten Wochen auf der Suche nach ihrer Traumfrau begleiten werden. Nach Roland, dem rüstigen Rinderzüchter, dem patenten Pferdewirt Peter, Ziegenzüchter Zoran, dem smarten Schweinebauern Sepp und Almbauer Alois begrüßen wir heute recht herzlich Tom, den witzigen Winzer aus dem schönen Moseltal. Wir haben ihn auf seinem Weingut* Zum Schwarzen Stein *besucht. Tom, wie lange bist du schon auf der Suche nach der großen Liebe?«*

(Kamera 2: Frontale auf Tom Sander)

»Wie lange ich schon nach der Liebe suche? Also, na ja, schon länger, schätze ich.«

»Der fleißige Weinbauer wurde nach einer längeren Beziehung verlassen. Inzwischen ist er seit eineinhalb Jahren Single. Welche Eigenschaften muss eine Frau mitbringen, um dich zu berauschen wie der Wein aus dem Moseltal?«

»Sie sollte nett sein, lustig, klug und natürlich Wein mögen. Es würde auch nicht schaden, wenn sie auf dem Gut mit anpacken kann.«

»Wir haben zwei kluge junge Frauen für dich ausgewählt. Annett aus Hamburg und Elisabeth aus München. Beide möchten dich kennenlernen und vier Wochen mit dir in den Weinbergen verbringen. (Einblendung von Fotos der Kandidatinnen) Gefallen sie dir? Das sind doch zwei wirkliche Schönheiten.«

»Ähm, ja. Sie sind beide sehr hübsch.«

»Da hast du absolut recht! Wir geben kurz ab an die Werbung, bevor wir noch ein wenig mit dem tüchtigen Tom plaudern und herausfinden, wie die Begegnung zwischen dem Schweinebauern Sepp und der forschen Fleischermeisterin Astrid gelaufen ist.«

(Kamera 1: Zurückfahren, Schwenk über den Hof, ab)

»Was hast du getan?« Die Fassungslosigkeit, die in Tom Sanders Stimme mitschwang, spiegelte nicht einmal im Ansatz seine seelische Verfassung wider. Er fühlte sich verraten. Verraten und verkauft von seinem eigenen Bruder. Die Blätter, die er aus dem wattierten Kuvert gezogen hatte, segelten auf den Esstisch. Tom wischte sich die Finger an der Jeans ab, als hätte er etwas Ekliges angefasst. »Wie konntest du mir so etwas antun?«, versuchte er es noch einmal.

Eric lehnte sich entspannt auf seinem Stuhl zurück und trank einen Schluck Kaffee. »Das wird uns den Hintern retten. Also war es eine kluge Entscheidung. Du solltest sagen: danke, großer Bruder. Deine Weisheit ist unübertroffen.«

»*Landliebe* soll unsere Probleme lösen? Eine … eine Fernseh-Dating-Show? Verdammt noch mal!« Tom trat gegen den Kühlschrank, um seinem Zorn wenigstens etwas Luft zu machen. »Bist du mit dem Kopf in die Traubenpresse geraten?«

»Wenn du dich für einen Moment beruhigen würdest, könnte ich dir erklären, worum es geht.«

»Worum es geht?« Tom zeigte auf die Blätter, die auf dem Tisch verstreut lagen. »Es geht darum, dass du mich an eine Dating-Show verschachert hast! Das ganze Dorf wird sich das Maul über mich zerreißen. Ich werde den Hof nie wieder verlassen können, ohne mich dem Gespött der Leute auszusetzen.«

»Dramaqueen! Du wirst heiße Mädels kennenlernen und es von der ersten bis zur letzten Minute genießen.«

»Mach es doch selbst, wenn es so toll ist.«

Eric grinste und drehte seinen Ehering. »Würde ich sofort, wenn sich die Liebe meines Lebens nicht schon in der fünften Klasse in Geschichte neben mich gesetzt hätte, damit ich bei ihr abschreiben kann.« Sein Gesichtsausdruck wurde wieder ernst. »Selbst wenn ich keinen Spaß daran hätte, würde ich es tun. Für fünfzigtausend Euro kann man über seinen Schatten springen. Die Bank wird es uns danken.«

»Fünfzig … Tausend Euro?« Tom ließ sich auf den nächstbesten Stuhl fallen.

»Zehntausend Gage für dich und vierzigtausend für die Erlaubnis, das Weingut als Kulisse zu benutzen. Das Wasser steht uns bis zum Hals. Wir müssen etwas tun, Tom. Und zwar verdammt schnell.« Er legte seine große Hand auf die Papiere. »Vier Wochen. Du wirst es doch schaffen, einen

Monat lang nett zu einer Frau zu sein. Mehr verlangt niemand von dir.«

»Ach nein?« Er schob Erics Hand zur Seite. »Hier steht etwas davon, dass die Kandidatin auf dem Hof wohnen soll. Und hier, Änderungen an der Einrichtung dürfen von der Produktionsfirma vorgenommen werden. Die werden also das Haus umräumen – dabei wird garantiert alles Mögliche kaputtgehen. Ich sehe diese Ignoranten aus der Großstadt schon durch die Weinberge trampeln.«

»Vier Wochen und fünfzigtausend Euro. Mehr sag ich nicht.«

»Vier Wochen, die sich mit der Weinlese überschneiden.« Es war eindeutig Zeit für etwas Stärkeres als Kaffee. Tom erhob sich und holte einen Riesling aus dem Kühlschrank. Er schenkte zwei Gläser ein und schob eines über den Tisch. »Wie sollen wir das hinbekommen? Wir haben jetzt schon zu wenig Leute. Die Arbeit wächst uns über den Kopf. Und ich soll irgendeine Tussi bespaßen, anstatt mich um die wichtigen Dinge zu kümmern.«

»Tom.« Eric wartete, bis Tom ihn ansah. »Das spielt gerade keine Rolle. Wenn wir nicht bald Geld beschaffen, verlieren wir alles. Dann musst du dir keine Sorgen mehr um den Berg machen. Oder um die Möbel.«

Tom hatte die Fäuste geballt. Er zwang sich, sie zu öffnen und die Hände auf den Tisch zu legen. Sein Bruder hatte recht. Sie waren dabei, ihr Zuhause zu verlieren. Das Weingut, das sich seit über hundert Jahren im Besitz ihrer Familie befand, in dem Tränen und Schweiß steckten, würde sonst zwangsversteigert werden. Zwei miese Ernten hintereinander hatten ihre Geldreserven schmelzen lassen wie einen Schneemann im Juni. Inzwischen ging es wieder bergauf, aber die Erträge würden erst im nächsten Jahr Gewinn abwerfen. So lange mussten sie die Bank hinhalten. Normalerweise war das auch kein Problem. Auf dem Land kannte man schließlich die Tücken des Wetters und damit verbundene Ernteausfälle. Kreditinstitute reagierten eigentlich flexibel und verständnisvoll. Es sei denn, einer der Stammtischkumpels des Bankvorstandes war scharf auf das Land, auf dem die Hypothek lastete. »Okay. So schnell kommen wir wahrscheinlich nie wieder an so viel Geld.« Es war ein Fehler, das spürte er. Und doch … »Glaub nicht, dass ich vergesse, wie du mich reingelegt hast. Ich mache es. Aber dafür schuldest du mir deutlich mehr als einen feuchten Händedruck.«

»Egal was. Bis auf meine Frau kannst du alles von mir haben.« Eric schob den Vertrag, den Reality Productions geschickt hatte, über den Tisch und legte einen Stift daneben. »Unterschreib, bevor du es dir anders überlegst.«

2

Landliebe – Szene 2 – Elisabeth

(Kamera 1: Frontale auf Paul Weidenmann)

»Liebe Zuschauer, heute habe ich mich für die neue Landliebe-*Folge nach München aufgemacht, um Elisabeth zu treffen. Die kesse Köchin möchte Winzer Tom näher kennenlernen. Warum hast du dich für den warmherzigen Weinbauer entschieden, Elisabeth?«*

(Einblendung Foto Tom Sander / Kamera 2: Halbfrontale auf Elisabeth Lorenz)

»Ähm … er sieht auf dem Foto sehr … nett aus. Und er hat einen interessanten Beruf.«

»Das stimmt. Lass uns den Zuschauern an dieser Stelle ein Geheimnis verraten. Tom und du, ihr habt viele Gemeinsamkeiten. Er gehört genau wie du zu den kreativen Menschen.«

»Ja?!«

(Kamera 1: Frontale auf Paul Weidenmann und Elisabeth Lorenz)

»Tom baut leidenschaftlich gern Modellflugzeuge! Und wir wissen, dass du davon träumst, irgendwann dein Hobby zum Beruf zu machen und ein eigenes Nagelstudio zu eröffnen. Das nenne ich perfekte Voraussetzungen!«

»Ähm … ja. Das ist ja wirklich ein tolles ähm … Hobby. Ich bin unglaublich gespannt auf Tom.«

»Euer erstes Treffen steht sicherlich unter einem guten Stern. Aber wir dürfen deine Konkurrenz aus dem hohen Norden nicht vergessen. Die zweite Kandidatin, Annett, werde ich in Hamburg treffen. Danke für das Gespräch, Elisabeth.«

(Kamera 1: Zurückfahren, ab)

»Klausthaler hat dich gefeuert?« Alexandra sog an ihrem Strohhalm. Die Menge ihres Caipirinhas schien sich dadurch nicht wesentlich zu verringern.

Ellie dagegen nahm einfach das Röhrchen aus ihrem Mai Tai und trank einen ordentlichen Schluck. Denn sie brauchte den Alkohol. Dringend. »Du darfst es keinem erzählen, aber ich stecke ziemlich in der Klemme.«

»Ich dachte, du verstehst dich so gut mit ihm?«

Ja, bis zu diesem Morgen hatte sich Ellie gut mit Johannes Klausthaler verstanden. Eigentlich hatte sie nicht immer für ihn, sondern als Köchin gearbeitet – und ihre Karriere hatte so vielversprechend begonnen. Sie hatte eine Ausbildung in einem Sternerestaurant gemacht und war im Anschluss stolzes Mitglied der Crew des *Tischlein Deck Dich* geworden. Eines Lokals, das auf dem besten Weg war, sich seinen eigenen Stern zu erkochen. Der Küchenchef hatte sie allerdings als Freiwild betrachtet und war der Meinung gewesen, dass sie ihm weit mehr entgegenkommen musste als ihre männlichen Kollegen. Als sie sich weigerte, auf seine Avancen einzugehen, hatte sie sich schneller auf der Straße wiedergefunden, als sie die Kochmütze vom Kopf ziehen konnte. Nach ihrer Kündigung war sie froh um den Job als Haushälterin gewesen, den Klausthaler ihr angeboten hatte. Der Industrielle, ein Stammgast im *Tischlein Deck Dich*, war schon seit Längerem auf der Suche nach jemandem, der für ihn putzte, kochte und hin und wieder einen Empfang vorbereitete. Insgeheim hatte sie darauf gehofft, so lange bei ihm bleiben zu können, bis sie wieder Arbeit als Köchin fand. Da er schwul war, konnte sie sichergehen, dass sein Angebot nicht das Geringste mit ihrem Körper zu tun hatte. Allein das hatte sie schon dazu bewogen, den Job anzunehmen.

»Na los.« Alex stieß ihr wenig damenhaft den Ellenbogen in die Rippen. »Erzähl schon!«

Ellie trank noch einen herzhaften Schluck und seufzte. »Ich wollte heute Morgen im großen Salon putzen. Du weißt schon, der neben dem Foyer.«

»Der kalte Raum.«

»Genau.« Alex brachte es auf den Punkt. Ellie mochte den Salon wegen der bodentiefen Fenster, die Unmengen von Licht hereinließen. Die Einrichtung hingegen war eher gewöhnungsbedürftig. Hochmodern und kühl, mit jeder Menge Kunst, die sie nicht verstand. »Kannst du dich an das Podest mitten im Raum erinnern?«

»Das, auf dem diese teure chinesische Vase steht?«

»Heute Morgen war die Vase allerdings weg, und das Podest war übersät mit Plastikbechern und wild verstreutem Popcorn. Ich dachte: Wow, die Party vergangene Nacht muss echt toll gewesen sein. Eine kluge Entscheidung, die Vase in Sicherheit zu bringen, wenn Klausthaler so ausgelassen feiern will.« Sie zuckte die Schultern. »Ich habe die

Becher eingesammelt und bin dem Popcorn mit dem Staubsauger zu Leibe gerückt, bis das Podest wieder blitzsauber war. Und gerade als ich die Blumen in dem Zimmer gegossen habe, habe ich plötzlich einen lauten Schrei gehört. Und er stand hinter mir. Klausthaler. In der Flügeltür zum Foyer. Das Gesicht so weiß wie die preisgekrönten Orchideen in seinem Gewächshaus. Ich dachte zuerst, er hätte einen Herzinfarkt, und half ihm schnell, sich in einen Sessel zu setzen. Aber anstatt sich zu beruhigen, zeigte er nur mit zitternder Hand auf das Podest und stammelte ›Was‹ und ›Wo‹. Ich hatte keine Ahnung, was er wollte.« Ellies Hals war ausgedörrt, und sie nahm noch einen großen Schluck aus ihrem Glas. Langsam zeigte der Alkohol Wirkung. »Schließlich begriff ich, dass es um die Becher und das Popcorn ging. Ich fragte ihn, was das Problem mit dem Müll sei. Er legte den Kopf in die Hände. Seine Stimme war nur noch ein erschöpftes Flüstern. Dann sagte er: ›Das war ein Kunstwerk, Elisabeth. *Kino für die Sinne* – eine Installation von Titius Naumann. Er hat dieses Kunstwerk erst gestern erschaffen.‹«

Alex verschluckte sich an ihrem Cocktail und begann, heftig zu husten. »Das war … Kunst? Die Becher … und das Popcorn?«, brachte sie zwischen ein paar keuchenden Atemzügen hervor.

Ellie nickte. Sie wünschte sich, nicht mitten in einer angesagten überfüllten Münchener Bar zu sitzen, sondern zu Hause, wo sie sich die Decke über den Kopf ziehen konnte. »Ich habe ihm angeboten, alles zu reparieren. Stattdessen hat er mich gefeuert. Er hat nicht rumgebrüllt, nichts nach mir geworfen. Aber diese leise erschöpfte Stimme war fast noch schlimmer.« Sie rieb sich über die Gänsehaut an ihren Armen.

Alex sog einen weiteren Mikroliter aus ihrem Glas. »Dann suchst du dir eben einen neuen Job. Wir werden schon etwas für dich finden.«

Ellie legte den Kopf auf den Tresen. Sie presste ihre glühende Wange auf das kühle Holz und schloss die Augen. »Das ist nicht das Problem«, murmelte sie. »Sondern die neuntausendachthundertfünfundvierzig Euro, die das Kunstwerk wert war.«

Der nächste Morgen begann mit höllischen Kopfschmerzen. Drei Mai Tai waren definitiv zweieinhalb zu viel. Zumindest auf nüchternen Magen,. Ellie tappte barfuß in die Küche und sprach im Stillen schon ein Dankgebet, als sie den Duft von Kaffee wahrnahm. Alex als Freundin und weltbeste Mitbewohnerin war nicht einmal mit Gold aufzuwiegen. Vor allem nicht, wenn sie bereits Kaffee gekocht hatte. Ellie schenkte sich eine Tasse ein und schüttete etwas Milch hinein. Sie balancierte die Tasse zum Küchentisch, wo besagte Freundin bereits beneidenswert munter auf der Tastatur ihres Laptops herumhackte. »Was treibst du da?«

Alex grinste. »Dein Leben retten.«

»Geht das denn?« Ellie nippte an ihrem Kaffee und hoffte, dass das Koffein bald zu wirken begann und sie einen klaren Kopf bekam. »Wegen der Schulden bei Klausthaler ist meine Existenz ruiniert.«

»Dramaqueen! Ich habe eine super Idee, wie du innerhalb von vier Wochen zehntausend Euro verdienen kannst.«

Vorsichtig setzte Ellie ihre Kaffeetasse ab. »In vier Wochen? Umfasst diese Idee nackte Körper, rotes Licht und schmierige Regisseure?«

Alex warf den Kopf in den Nacken und lachte. »Nein, aber es ist eine Win-win-Situation. Ich suche schon die ganze Zeit nach einer Kandidatin für eine Sendung. Dabei hatte ich sie genau vor der Nase.«

»Was für eine Sendung?« Wenn Alex, die für eine Künstleragentur als Talentsucherin arbeitete, niemanden fand, der in das Profil des Projektes passte, war Wachsamkeit geboten.

»*Landliebe*. Schon mal gehört?«

»Diese Dating-Reality-Show mitten in der Pampa?«

»So könnte man es auch ausdrücken, klingt allerdings nicht ganz so hübsch.«

»Vergiss es.«

»Warte doch mal.« Alex drehte den Laptop zu ihr um und zeigte auf das Foto eines Mannes auf dem Monitor. »Um den hier geht es.«

Einen Moment lang betrachtete Ellie das Foto. Zugegeben, auf dem Bild sah er attraktiv aus. Groß und breitschultrig, mit dunklen lockigen Haaren. Sein Kinn war unrasiert, und seine Augen hatten die Farbe von flüssigem Karamell. Er trug Jeans und ein Flanellhemd über einem T-Shirt. Die Arme hatte er vor der Brust verschränkt.

»Das ist Tom«, soufflierte Alex. »Süßer Typ, wenn du mich fragst.« Sie drehte den Laptop wieder zu sich herum. »Fünfunddreißig Jahre alt und Winzer an der Mosel. Er ist in der freiwilligen Feuerwehr und baut in seiner Freizeit gern Modellflugzeuge zusammen.«

»Modellflugzeuge?«

Alex zwinkerte ihr zu. »Das bedeutet, dass er sehr geschickte Finger hat.«

»Vergiss es«, wiederholte Ellie. »Er mag vielleicht gut aussehen, aber irgendetwas stimmt nicht mit ihm. Warum sollte er sonst eine Frau über das Fernsehen suchen? Vermutlich hat er irgendeinen Fetisch, über den ich nicht einmal nachdenken möchte.«

»Er hat immerhin noch alle Zähne. Eine solche Gelegenheit, an zehntausend Euro zu kommen, bietet sich nur einmal im Leben. Nur vier Wochen und schon bist du deine Schulden bei Klausthaler los. Wie schlimm kann es schon werden?«

»Es gibt doch immer zwei Kandidatinnen. Bekomme ich das Geld auch, wenn er die andere auswählt?«

»Er muss dich nehmen. Die zweite Frau ist eine Schauspielerin, eine Attrappe sozusagen. Sie dient nur dazu, die Zuschauer glauben zu machen, dass der Kandidat wählen kann.«

»Eine Attrappe? Ist das immer so?«

»Ja. Spart Zeit und Geld. Ihr werdet beide auf den Hof eingeladen, der Winzer tut so, als ob er euch kennenlernt, und entscheidet sich dann für die Frau, die für die Show ausgewählt wurde – im Fall dieses hübschen Naturburschen wärst das du. Die Schauspielerin verschwindet von der Bildfläche. Fertig.«

Ellie seufzte. »Und was muss ich tun?« So einfach, wie Alex das geschildert hatte, konnte die ganze Sache unmöglich sein, sonst hätten ihr die Bewerberinnen längst die Tür eingerannt.

»Um ehrlich zu sein, hätte die Produktionsfirma gern

eine Kandidatin, die ein Dirndl trägt, weil sie aus München kommt. Sie soll ihre Reize ein wenig hervorkehren und nicht unbedingt den IQ einer Raketenforscherin haben.«

»Das ist nicht dein Ernst!«

Alex schenkte ihr ein strahlendes Lächeln. »Es gibt auch eine Show, in der man einen völlig Fremden heiraten muss. Dagegen ist *Landliebe* ein Klacks. Es sind nur vier Wochen. Die vergehen wie im Flug.«

»Ich wette, dort gibt es im Umkreis von hundertfünfzig Kilometern keinen Starbucks, geschweige denn eine anständige Cocktailbar.«

»Nein. Es gibt vermutlich nicht einmal Sushi, aber dafür zehntausend Euro. Bar auf die Hand.«

Ellie rieb sich die Schläfen, hinter denen noch immer der Mai-Tai-Kater tobte. »Sag mir, dass ich es nicht bereuen werde.«

Alex setzte sich gerade hin und sah sie ernst an. »Du wirst es auf keinen Fall bereuen.«

3

Landliebe – Szene 3 – Tom

(Kamera 1: Totale auf Paul Weidenmann und Tom Sander)

»Tom, endlich durftest du die niedliche Nageldesignerin Elisabeth treffen, hast sie zur Begrüßung sogar in die Arme genommen. Erfüllt sie deine Erwartungen?«

»Allerdings. Sie ist haargenau so, wie ich sie mir vorgestellt habe.«

»Auch Elisabeth konnte bereits ein wenig deine nähere Bekanntschaft machen. Du hast ihr dein Haus und das Weingut gezeigt und ihr deinen ganzen Stolz präsentiert.«

»Meinen ganzen Stolz?«

»Deine Modellflugzeuge.«

»Ach so, die. Ja, mein ganzer Stolz.«

»Modellflugbau ist wirklich ein ganz außergewöhnliches und kreatives Hobby.«

»Ja, wirklich spektakulär. War' s das? Ich habe irgendwo noch einen halb fertigen Flieger rumliegen, den ich unbedingt fertig basteln will.«

(Kamera 1: Ausblenden)

»Ich bin bei der freiwilligen Feuerwehr, und mein Hobby ist Modellbau?« Tom starrte auf seinen neuen Lebenslauf. »Das kann nicht euer Ernst sein!«

Der Regieassistent, oder was auch immer das schmale Männlein namens Holzmaier war, das in zu engen Jeans und mit rotem Kopf nervös vor ihm auf und ab hüpfte, versuchte es mit einem gequälten Lächeln. »Flugzeugmodelle«, korrigierte das Männlein ihn. »Das ist für die Zuschauer. Sie sollen dich interessant finden.«

»Aha.« Was sollte er sonst darauf erwidern?

Eric hustete in seine Faust, um sein Lachen zu verbergen. Tom warf ihm einen Blick zu, der sagte: *Du bist keine große Hilfe, Bruder*.

Im Nebenzimmer fiel polternd etwas zu Boden. »Verdammt!« Tom sprang auf. »Die nehmen die ganze Bude auseinander.« Sein Hund Murdock suchte unter dem Küchentisch Schutz und legte die Pfote über seine Schnauze. Zu viele Menschen taten gerade zu viele merkwürdige Dinge in seinem Revier.

»Beruhige dich, Tom.« Das Hüpfen des Holzmaier-Männchens trug nicht unbedingt dazu bei. »Sie tauschen nur die Bücher gegen Flugzeugmodelle.«

»Du kannst froh sein, dass unsere Mutter in der Reha ist«, zischte Tom Eric zu. »Sie wird ausflippen, wenn sie sieht, was die mit dem Haus anstellen.«

Laut dem Drehbuch dieser Irren sollte Tom einen wortkargen, hinterwäldlerischen Bauern mimen. Kein Problem für ihn. Bei seiner zunehmenden Gereiztheit würde er diese Rolle vermutlich perfekt verkörpern. Seine Kleidung sollte sich auf Jeans, T-Shirts, Flanellhemden und Stiefel beschränken. Ebenfalls kein Problem. So kleidete er sich auch im normalen Leben – nach dem er sich gerade verzweifelt zu sehnen begann.

Was sie mit seinem Zuhause machten, ging allerdings eindeutig zu weit. Seine Familie hatte Jahre darauf verwendet, die Wohnräume zu sanieren und zu modernisieren, ohne ihren ursprünglichen Charakter zu zerstören. Den verdammten Fernsehfuzzis war das zu schön, zu neu, zu ordentlich. Sie karrten alte, abgewohnte Möbel an und tauschten die Einrichtung des Gästezimmers aus, in dem die *Landliebe*-Kandidatin untergebracht werden sollte. Ebenso die Einrichtung des Wohnzimmers. Das Bücherregal seiner Mutter wurde ausgeräumt und mit bescheuerten Flugzeugmodellen bestückt. Wer hatte diese Dinger eigentlich zusammengebaut? Praktikanten? Das Sofa wurde ausgetauscht, und irgendwo hatten sie einen dieser Couchtische mit Fliesen aufgetrieben. Er war sich sicher gewesen, dass es diese Dinger seit den Neunzigerjahren nicht mehr gab. Ein unfassbar hässlicher senffarbener Teppich, eine abgewetzte Eckbank und ein Esstisch mit einer Plastiktischdecke vervollständigten das Ensemble.

Von der schönen Küche seiner Mutter und dem modernisierten Bad war Reality Productions mehr als enttäuscht. Aber die Fliesen herauszureißen ging selbst der Fernsehfirma zu weit. Was sein Schlaf- und Arbeitszimmer betraf, stellte Tom sich stur. Er hatte sie zur Tabuzone erklärt, und schließlich willigten die Fernsehleute ein, dort nicht zu filmen. Auch die Küche und das Bad sollten so selten wie möglich zu sehen sein. Die Show würde vor allem in seinem neuen Wohnzimmer und Gästezimmer gedreht werden.

Im Dorf hatte sich bereits herumgesprochen, dass er einer der Kandidaten in der nächsten *Landliebe*-Staffel war. Die gesamte Crew hatte sich in der einzigen größeren Pension des Ortes einquartiert und sorgte für Aufregung und Wirbel im Dorf. Zumindest bei denen, die sich nicht über ihn lustig machten. Vier Wochen, rief er sich ins Gedächtnis. Vier Wochen und fünfzigtausend Euro.

»Wie findest du denn diese Elisabeth?«, versuchte Eric, ihn abzulenken. »Die sieht doch ganz nett aus.«

»Hmm.« Das war noch so eine Sache. Offiziell gab es zwei Kandidatinnen, aber eine war eine Schauspielerin, Anett, die nur mitmachte, um die Zuschauer an der Nase herumzuführen. Alles stand bereits fest. Er würde das überschminkte Blondchen mit dem Killerbody beherbergen. Dabei stand er mehr auf den Typ Frau, mit dem man sich auch unterhalten konnte. In dieser Hinsicht wirkte die Schauspielerin wesentlich kompetenter. Das Lächeln auf dem Bild, das der aufgeregte Hampelmann Holzmaier mitgebracht hatte, war fröhlich, sie wirkte gut gelaunt und intelligent. Wenn er hätte wählen dürfen, wäre sie der Gast auf seinem Hof geworden. Wahrscheinlich würde sie sogar mit anpacken und ihn bei der Weinlese unterstützen. Die andere, eine Blondine aus München, eher nicht.

Tom betrachtete das zweite Foto. Natürlich hatte er kein Mitspracherecht gehabt. Er würde die Schauspielerin nur für ein paar kurze Filmsequenzen treffen und die restlichen vier Wochen mit Miss Festzelt verbringen. Das Blond dieser Tussi war sicher nicht echt, und vermutlich schaffte es keine Frau allein, sich so eine komplizierte Flechtfrisur zu verpassen. Das Gesicht war eigentlich hübsch, wenn er das unter all der Schminke richtig deutete. Wie er inzwischen von mehreren neidischen Betrachterinnen des Bildes wusste, konnten Wimpern, die so lang waren wie ihre, unmöglich echt sein. Die Augen der Frau stachen groß und grün aus dem schmalen Oval hervor. Ihre vollen Lippen waren leicht geöffnet, was ihr einen wenig intelligenten Ausdruck verlieh. Ihr Körper war allerdings ein Meisterwerk. Sie wusste offensichtlich, wie sie ihn am besten in Szene setzen konnte, und hatte ihn in ein Dirndl verpackt, das ein Paar wirklich spektakuläre Brüste in einem atemberaubenden Dekolleté einrahmte. Der Rocksaum reichte kaum bis zur Mitte der Oberschenkel, und so konnte er außerdem ihre ellenlangen Beine bewundern, die in mörderisch hohen High Heels steckten. »Mit solchen Schuhen wird sie auf dem Hof bestimmt viel Spaß haben«, beantwortete er die Frage seines Bruders vage. Tom mochte Frauen einfach nicht, die sich bis zum Umfallen aufbrezelten. Er stand auf natürliche Ausstrahlung. Auf selbstbewusste Frauen, die sich in ihrer Haut wohl genug fühlten, um auf Make-up, falsche Wimpern und all diesen Mist verzichten zu können. Elisabeth Lorenz erschrak wahrscheinlich vor sich selbst, wenn sie morgens in den Spiegel sah. Sie stand sicher auf diese angesagten Bars und völlig überteuerten Kaffee aus Pappbechern. Um das zu wissen, brauchte er sich nicht mit ihr zu unterhalten. Das sah er auf den ersten Blick.

»Sie hat ziemlich große … Ohren.« Eric grinste.

»Ja, die hatte Dumbo auch. Und der war vermutlich klüger als dieses Püppchen.«

Es kostete Ellie einige Überwindung, mitten im Nirgendwo aus dem Regionalzug zu steigen und zum ersten Mal dem Mann gegenüberzutreten, mit dem sie die nächsten vier Wochen zusammenleben sollte, während ihr Millionen von Fernsehzuschauern über die Schulter blicken würden. Mit jeder Minute war ihre Nervosität gestiegen. Der Kameramann und die Redakteurin, die sie von München aus begleitet hatten, hatten mit ihren Episoden von schiefgelaufenen Dreharbeiten nicht gerade zur Aufhellung ihrer Stimmung beigetragen. Als die Frau ihr kurz vor Steinbach einen kleinen Kopfhörer ins Ohr drückte und das Mikrofon an ihrem Dirndl noch einmal neu justierte, musste sie sich zusammenreißen, um nicht in Angstschweiß auszubrechen. Dass ihr das viel zu enge Oberteil die Luft abschnitt, half auch nicht.

Ihre Begleiter riefen ihr fröhlich »Viel Spaß« hinterher, als sie ihre beiden Koffer aus dem Zug wuchtete. Sie sah Tom Sander am Ende des Bahnsteigs stehen – sowie gefühlte fünfhundert weitere Leute, inklusive der Filmcrew. Alle musterten sie neugierig – bis auf den Mann, wegen dem sie hier war. Der bedachte sie nur mit einem Blick aus zusammengekniffenen Augen. Die Arme vor der Brust verschränkt, stand er bewegungslos neben dem Bahnhofsgebäude.

Wie sollte sie sich verhalten? Was sollte sie als Nächstes tun? Der Knopf in ihrem Ohr rauschte leise. Am liebsten wäre sie in den Zug zurückgesprungen. Aber in diesen verdammten High Heels wäre sie wahrscheinlich nicht schnell genug, würde sich nur den Arm in der Tür einklemmen und von der Bahn mitgeschleift werden. Tom Sander erweckte nicht den Eindruck, als würde er auch nur den kleinen Finger rühren, um sie zu retten.

Ein Mann, der ihm ziemlich ähnlich sah und gemeinsam mit einer hochschwangeren Frau schräg hinter ihm stand, gab ihrem Gastgeber jetzt einen Schubs, und endlich setzte sich Tom in Bewegung. Langsam kam er auf sie zu, verfolgt von einer Kamera. Ellie wurde schwindelig, was nicht nur an ihrem plötzlich rasenden Herzen lag. Sein Gang erinnerte sie an ein Raubtier. Die dunklen Haare fielen ihm in die Stirn und verliehen ihm etwas Gefährliches. Hatten nicht Berglöwen die gleiche Augenfarbe wie er? Sie wusste es nicht mehr. Überhaupt schien sich auf einmal ein ziemliches Vakuum in ihrem Kopf auszubreiten. Ellie stand wie angewurzelt da. Wahrscheinlich blickte sie genauso dümmlich wie auf dem Kandidatenbild drein, das die Produktionsfirma von ihr geschossen hatte. Denn bei eben diesem Foto-Shooting hatte sie erfahren, dass es laut ihres neuen Lebenslaufs für *Landliebe* ihr Traum war, irgendwann ein Nagelstudio zu eröffnen. Sie hatte gerade den Mund geöffnet, um gegen diesen Blödsinn zu protestieren, als der Fotograf den Auslöser drückte. Jetzt tauchte dieses offizielle *Landliebe*-Bild von ihr pausenlos im Fernsehen und Internet auf. Zusammen mit dem Dirndl, das ihr unleugbar eine Nummer zu klein war, und dem heftigen Make-up sprach es eine eindeutige Sprache, die ihr schon ein paar unmissverständliche Angebote auf Facebook und Twitter eingebracht hatte – denn natürlich hatte der Sender es dort gepostet. Tom Sander schien das Bild allerdings nicht besonders gemocht zu haben. Das sagte zumindest sein Gesichtsausdruck. Er stand jetzt vor ihr, die Hände in seiner abgewetzten Jeans. Sein scharfer Blick fixierte sie.

Ellie räusperte sich. »Hallo, schön, dich zu treffen.«

»Hallo.« Mehr nicht.

»Es sind ja ziemlich viele Leute hier«, versuchte sie sich in Small Talk.

»Neugierige Dörfler. Das ist auf dem Land so.«

»Aha.« Hinter Toms Schulter entdeckte Ellie eine Kamera, die auf sie gerichtet war. Sollte sie ihm die Hand schütteln? Küsschen links, Küsschen rechts? Er sah nicht aus wie jemand, der Bussis verteilte. Allerdings erahnte Ellie bereits, was das Problem dieses Mannes war. Offenbar hatte er keine Manieren und war so gereizt wie ein Bär mit einem Splitter in der Tatze. Er musste ja im Fernsehen auf Brautschau gehen. Anders bekam ein unhöflicher Kerl wie er wohl keine Frau.

Der kleine Kopfhörer in Ellies Ohr knackte. Endlich. Holzmaier, der Aufnahmeleiter der Sendung, räusperte sich, was fast ihr Trommelfell platzen ließ. Sie bemühte sich vor der Kamera, die sicher alles festhielt, nicht das Gesicht zu verziehen. »Tom, du solltest Elisabeth zur Begrüßung umarmen«, kam die Anweisung.

Der wachsame Blick ihres Gegenübers wich für einen Moment einem entgeisterten Gesichtsausdruck. Dann verengten sich seine Augen zu Schlitzen. »Natürlich«, brachte er zwischen zusammengepressten Zähnen hervor. Unbeholfen zog er sie an sich und umarmte sie kurz. Doch lange genug, dass sie bemerkte, wie gut er roch. Nach Weichspüler, Erde und Wald. Die Stoppeln seines Dreitagebartes kratzten über ihre Wange und verursachten eine Gänsehaut.

Kaum hatte Tom sie losgelassen, tauchte Weidenmann, der Moderator der Sendung, aus dem Nichts neben ihnen auf und hielt ihnen freudestrahlend ein Mikrofon entgegen. »Wie war die erste Begegnung?«

Da ihr Gastgeber nicht vorzuhaben schien, das Wort zu ergreifen, beugte Ellie sich über das Mikrofon und lächelte tapfer. »Ich bin ganz überwältigt von diesem herzlichen Empfang. Es ist wundervoll, Tom endlich persönlich zu treffen und etwas über seine Familie und Freunde zu erfahren.«

Ihr Aufenthalt in Steinbach an der Mosel würde in einem Desaster enden. Das spürte sie mit jeder Faser ihres Körpers.

Tom beobachtete seine künftige Mitbewohnerin, wie sie ihre Koffer aus dem Zug wuchtete. Er hatte keine Regieanweisung, ihr zu helfen, also blieb er, wo er war.

Elisabeth Lorenz sah genauso aus, wie er sie sich vorgestellt hatte. Als sie aus dem Waggon stieg, hätte er am liebsten auf dem Absatz kehrtgemacht und wäre verschwunden. Ihm war sehr daran gelegen, sein Leben einfach zu halten. Dieser Frau stand das Wort *kompliziert* in Großbuchstaben auf die Stirn geschrieben.

Es hatte eines Stoßes von Eric bedurft, dass er überhaupt auf sie zuging. Er ließ sich Zeit, um sie von oben bis unten mustern zu können. Eine wirkliche Schönheit, wenn man den Typ aufgetakelte Großstadttussi mochte, eine wahr gewordene Männerfantasie eben. Dieser Anblick war ganz nett für Träume, von denen man am nächsten Morgen niemandem erzählte. Für die Realität eigneten sich solche Frauen nicht. Sie gehörten in angesagte Bars, Clubs wie das P1. Auf einem Weingut in einem Kuhkaff an der Mosel hatten sie nichts verloren.

Weinbauern waren einfache Leute, die wussten, was harte Arbeit bedeutete – und die verdammt neugierig waren. Die Weinlese lief gerade auf Hochtouren. Trotzdem brachten die Leute es fertig, hier herumzustehen und sich das Maul über ihn und die *Landliebe*-Kandidatinnen zu zerreißen. Mit leuchtenden Augen folgten sie jeder ihrer Bewegungen. Tom würde ihnen keine Show bieten. Sie sollten gefälligst wieder zwischen ihren Reben verschwinden.

Mit grimmiger Miene blieb er vor Elisabeth stehen. Mit Annett gestern war es so viel einfacher und angenehmer gewesen. Tom hatte sofort gespürt, dass sie auf einer Wellenlänge lagen. Wenn er ihre Blicke und ihr Lächeln richtig gedeutet hatte, sah sie das genauso.

Das Blondinchen hingegen wirkte nervös. Wenn er Glück hatte, war ihre Angst vor ihm so groß, dass sie vor ihm kuschte und ihn in den nächsten vier Wochen in Ruhe ließ. Er hatte sich überlegt, die Pflichttermine mit ihr zu absolvieren und sie ansonsten links liegen zu lassen. Am besten wäre es, sie bliebe einfach in ihrem Zimmer und würde sein Leben so wenig wie möglich stören. Auf keinen Fall sollte sie sich auf dem *Schwarzen Stein* zu wohl fühlen oder sich am Ende gar noch in ihn verlieben.

Gerade wollte er Elisabeth fragen, ob sie endlich von diesem Bahnsteig verschwinden konnten, als der Minikopfhörer in seinem Ohr knisterte.

Der aufgeregte Hampelmann – oder eigentlich der Aufnahmeleiter, wie er inzwischen herausgefunden hatte – meldete sich atemlos zu Wort. »Tom, so begrüßt man doch keine Frau, für die man sich interessiert. Umarme Elisabeth!«

Na wunderbar. Er versuchte hier ernsthaft, sie auf Abstand zu halten. Notgedrungen legte er die Arme um Elisabeth und bemühte sich, nicht mit ihrem Busen zu kollidieren. Tom hatte schon ziemlich lange keine Frau mehr im Arm gehalten. Seit Maren ihn vor eineinhalb Jahren verlassen hatte, weil das Leben auf einem Weinberg zu langweilig und unspektakulär war, hatte er keine Beziehung mehr gehabt. Zwei kurze Affären hatten nirgendwo hingeführt, und seit einem Dreivierteljahr herrschte auch in dieser Beziehung Ebbe. Er hatte sich auf den *Schwarzen Stein* und die finanziellen Probleme konzentriert. Dann hatte sich seine Mutter den Oberschenkelhals gebrochen und war ausgefallen. Seine Schwägerin Katharina, Rina genannt, war im neunten Monat schwanger und konnte ihnen nicht mehr so richtig zur Hand gehen. In den vergangenen Monaten hatte er einfach keine Zeit mehr für ein Privatleben gehabt. Aber jetzt, mit Elisabeths Duft in der Nase und ein paar ihrer seidenweichen Haarsträhnen, die über seinen Arm glitten, erinnerte er sich daran, dass er grundsätzlich nichts gegen eine Frau in seinem Leben hatte. Eine wie Annett. Seinem Körper war es allerdings egal, ob ein Blondinchen mit einem Hirn voll Bohnenstroh vor ihm stand, das tatsächlich dachte, über eine bescheuerte Fernsehsendung einen Mann zu finden. Der registrierte nur weiche Haut, perfekte Kurven, endlos lange Beine – und traf seine eigenen Entscheidungen. Verdammt. Abrupt ließ er los und brachte Abstand zwischen sich und Elisabeth.

Natürlich war der Aufnahmeleiter mit dieser Reaktion nicht einverstanden und seufzte ihm ärgerlich ins Ohr. »Nein, nein, nein. So geht das nicht. Tom, geh zurück zum

Bahnhofsgebäude. Lauf dann noch einmal auf Elisabeth zu und begrüße sie mit einer herzlichen Umarmung.«

Zwei weitere Durchgänge waren nötig, bis diese Szene endlich im Kasten und der Aufnahmeleiter zufrieden war. Zwei weitere Male musste Tom Elisabeth umarmen, ihren Körper an seinem spüren und das erstaunlich leichte blumige Parfüm einatmen.

Der einzige Vorteil, der sich aus den Wiederholungen ergab, war das Verschwinden der Schaulustigen. Seine Nachbarn hatten die Kandidatin in Augenschein genommen und sich von ihrer Existenz überzeugt. Zufrieden, das Subjekt des Dorftratsches persönlich gesehen zu haben, waren sie in ihre Weinberge, an ihre Kochtöpfe, Waschmaschinen oder wohin auch immer zurückgekehrt. Neben Toms Familie drückten sich nur noch wenige Leute vor der kleinen Schalterhalle herum. Gerti, die den Tante-Emma-Laden im Dorf betrieb, zum Beispiel. Sie musste schließlich über alles informiert sein, damit sie ihre Kundschaft auf dem Laufenden halten konnte. Sie lungerte mit einigen der älteren Steinbacherinnen herum und versuchte unauffällig, jedes Detail mitzubekommen. Es wurde höchste Zeit, von hier zu verschwinden. »Also gut, Elisabeth. Nachdem wir uns jetzt mehr als ausführlich begrüßt haben, sollten wir nach Hause fahren.«

4

Landliebe – Szene 4 – Elisabeth

(Kamera 1: Schwenk durch das Gästezimmer, Zoom auf Paul Weidenmann, Frontale)

»Elisabeth ist inzwischen auf dem Weingut zum Schwarzen Stein *eingetroffen und hat ihr Zimmer bezogen. Hast du dich schon im Rest des Gutshauses umsehen können?«*

(Kamera 2: Totale auf Lorenz)

»Ich hatte noch keine Zeit. Bisher habe ich nur meine Sachen ausgepackt.«

»Wie findest du dein Zimmer?«

»Sehr … rustikal. Was ich bis jetzt vom Schwarzen Stein *gesehen habe, hat mir wahnsinnig gut gefallen.«*

»Aber gefällt es dir auch, dass der Mann, für den du dich interessierst, mit seiner Mutter zusammenlebt?«

»Im Moment ist Toms Mutter nicht hier. Ich kann mir aber vorstellen, dass ich mich mit ihr genauso gut verstehe wie mit ihrem Sohn.«

»An dieser Stelle verabschieden wir uns für heute, damit die beiden ihren ersten gemeinsamen Abend verbringen können.«

(Kamera 2: Zurückfahren, ab)

Das erste Zusammentreffen mit Tom Sander war nicht besonders gut verlaufen. Dreimal musste die Begrüßung wiederholt werden, bis sie endlich im Kasten war. Dreimal hatte Tom sie umarmt. Mit grimmigem Gesicht. Sein Verhalten ließ sie darüber rätseln, was ihn so sehr an ihr störte. Sie kannten sich nicht, also konnte sie ihm auch nichts getan haben. Gut, sie war nicht ganz ehrlich, was ihre Motive für die Kuppelshow betraf, aber davon wusste er ja nichts. Wenn er eine Frau kennenlernen wollte, musste er dringend an seinen Manieren arbeiten. So wie er sich gab, würde er mit achtzig noch allein auf seinem Hof sitzen.

Außerdem hatte er es nicht für notwendig erachtet, Weidenmann ein paar Fragen zu beantworten, sondern hatte sich einfach ihre Koffer geschnappt und war damit davonmarschiert. Frustriert folgte sie ihm.

Er hielt auf den Mann, der ihm so sehr ähnelte, und die schwangere Frau zu. »Mein Bruder Eric, meine Schwägerin Katharina«, erklärte Tom mit einem Kopfnicken in die Richtung der beiden, ohne das Gepäck abzustellen.

»Hallo.« Ellie streckte ihnen die Hand entgegen. Statt einer förmlichen Begrüßung zog Toms Bruder sie in eine Umarmung, die tatsächlich von Herzen zu kommen schien.

Seine Frau tat es ihm gleich. »Herzlich willkommen in Steinbach. Nenn mich einfach wie alle anderen Rina.«

»Ellie.« Die Frau mit der wilden roten Lockenmähne und den Sommersprossen im Gesicht war ihr auf Anhieb sympathisch.

»Können wir endlich los?«

»Klar, Brummbär.« Rina hakte sich bei ihr unter. »Wir zeigen dir das Weingut. Toms Freunde vom Fernsehen warten schon auf uns.« Sie knuffte ihren Schwager gut gelaunt in die Seite. Entweder kannte sie diesen knurrigen Typen schon sehr lange, oder sie war ziemlich furchtlos. Ellie hätte sich nicht getraut, ihn noch zusätzlich zu reizen. Aber vielleicht veränderte sich ihr Verhältnis zum Guten, wenn sie sich erst einmal besser kannten.

Tom verstaute ihre Sachen im Kofferraum eines schwarzen VW Tuareg. Ellie wählte den Platz hinten neben Rina, während die Brüder vorn einstiegen.

Auf dem Weg zum Weingut zeigte Rina ihr die Sehenswürdigkeiten des Dorfes. Diese bestanden hauptsächlich aus einem Tante-Emma-Laden, einem Café und einer großen Eiche, die neben einem alten Brunnen Wache hielt. Ellie entdeckte ein Gasthaus und die Pension, in der sich die Filmcrew eingemietet hatte. Alles fügte sich zu einem pittoresken Ortskern aus wunderschönen Fachwerkhäusern zusammen.

Ein Teil der Anspannung fiel von Ellie ab. Die Gegend gefiel ihr. Sie war noch nie zuvor im Moseltal gewesen und hatte schon auf der Zugfahrt die malerischen, steilen Berghänge bewundert, die zum größten Teil mit Weinstöcken bedeckt waren. Ihr Laub hatte sich ebenso wie die Mischwälder, die die Rebenreihen säumten, in allen Schattierungen zwischen Gelb und Rot verfärbt. Mit dem Azur des Himmels und dem dunklen Blau des Flusses boten sie ein wahres Farbspektakel.

Steinbach war ein uriges Dörfchen, das wie viele andere, die sie unterwegs gesehen hatte, inmitten steiler Rebenhänge lag. Ellie fragte sich, wie der Wein auf diesen abschüssigen Flächen geerntet wurde.

Das Fahrerfenster war ein Stück heruntergelassen. Eine kühle Brise wehte in den Wagen und spielte mit Toms Haaren. Ellie zwang sich, nicht auf seinen dunklen Hinterkopf zu starren. Sie sog gierig den Geruch des Tals ein. Eine Wohltat nach der klimatisierten Luft im Zug. Die Sonne strahlte, und nur vereinzelte Wolken segelten über die Bergkämme. Es kam Ellie vor, als zeigte sich Steinbach von seiner schönsten Seite, um die mürrische Begrüßung ihres Gastgebers wettzumachen.

Und mit seinem Zuhause erging es ihr ebenso. Sie fuhren durch einen großen, aus Feldsteinen gemauerten Torbogen, in dem ein schmiedeeisernes Schild mit der Inschrift *Weingut zum Schwarzen Stein* hing. Ellie hielt den Atem an, als der Tuareg auf einem gepflasterten Hof zum Stehen kam und ihr Blick auf ein wunderschönes Fachwerkhaus im Schatten einer großen, vermutlich jahrhundertealten Eiche fiel. Auf der linken Seite standen einige Wirtschaftsgebäude, die ebenso gepflegt wirkten wie das Haupthaus. Das Gut lag auf halber Höhe des Berges. Von hier aus bot das blaue Band der Mosel einen spektakulären Anblick. Ellie stieg aus dem Wagen und drehte sich einmal um sich selbst.

»Willkommen auf dem *Schwarzen Stein*«. Rina trat neben sie. »Das Gut verdankt seinen Namen dem blau-schwarzen Schiefergestein, aus dem der Weinberg besteht.«

»Wow. Es ist unglaublich schön hier.«

»Ja, nicht wahr?« Rina strahlte sie an. »Wenn ich morgens aufstehe und ins Tal hinunterblicke, denke ich jedes Mal, dass wir am schönsten Ort der Welt leben.«

»Wohnt ihr auch da?« Ellie blickte zum Gutshaus hinüber.

»Wir haben das Kutscherhaus umgebaut. Es liegt am Ende des Grundstücks. Im Haupthaus wohnen nur Tom und seine Mutter.«

Es gab also eine Mutter. Natürlich, die gab es immer. Bisher hatte sie nur noch niemand erwähnt – und Ellie hatte nicht darüber nachgedacht.

»Bevor du dir darüber den Kopf zerbrichst, meine Mutter ist im Moment in der Reha. Du wirst sie nicht treffen.« Tom hob ihr Gepäck aus dem Kofferraum. »Können wir jetzt reingehen? Je schneller wir es hinter uns bringen, desto eher sind wir die Filmfuzzis los.« Ohne ihre Erwiderung abzuwarten, marschierte er davon, und Ellie blieb nichts anderes übrig, als ihm zu folgen.

Rina winkte ihr aufmunternd zu. »Genieß deinen ersten Abend hier. Wir sehen uns.«

»Danke.« Ellie war neugierig auf das Innere dieses wunderschönen Gebäudes, das für die nächsten vier Wochen ihr Zuhause sein sollte.

Tom öffnete die Haustür und wurde sofort stürmisch von einem übermütigen Labrador begrüßt. Der Hund wedelte so heftig mit dem Schwanz, dass er kurz davor war, das Gleichgewicht zu verlieren. Schnell stellte Tom einen ihrer Koffer ab und kraulte ihn hinter den Ohren. Der Hund schmuste ein bisschen mit seinem Herrchen, bevor er Ellie entdeckte und mit zwei großen Sätzen bei ihr war. Sie beugte sich hinunter, um ihn ebenfalls zu streicheln. Aus den Augenwinkeln nahm sie wahr, wie sich Tom zu ihr umdrehte. Sie wusste sehr wohl, wohin er gerade sah. Genau dorthin, wo bei ihrer Aufmachung unweigerlich jeder Männerblick hinwanderte. Als ihm bewusst wurde, dass sie ihn beim Starren ertappt hatte, wandte er sich abrupt um, schnappte sich ihr Gepäck und trat ins Haus.

»Hier unten liegen das Wohnzimmer, die Küche und der Bereich meiner Mutter«, erklärte er im Vorbeigehen und steuerte die Treppe an. »Oben befinden sich die restlichen Schlaf- und Gästezimmer und das Bad.«

Begleitet von dem Hund, ging sie hinter Tom her, der im Obergeschoss eine Tür öffnete. »Dein Zimmer.«

»Oh.« Ellie warf einen Blick hinein und wurde nach ihrer Begeisterung über den Hof auf den Boden der Tatsachen zurückgeholt, wie das sonst nur eine kalte Dusche vermochte. Ein Kleiderschrank aus den Siebzigerjahren, grün und braun gestreifte Vorhänge, ein Teppich, der einem psychedelischen Orangewirbel glich, und ein Bett mit einem gepolsterten Kopfteil in der Farbkombination Lila-Schwarz. Sie war nicht hier, um Ferien zu machen und die Umgebung zu genießen, erinnerte sie sich. Nein, sie musste zehntausend Euro verdienen. Und dafür vier Wochen im hässlichsten Zimmer aushalten, das sie jemals gesehen hatte. Ihr Schweigen sprach Bände.

»Schön, dass es dir gefällt.« Schwang da Sarkasmus in seiner Stimme mit? Sie blickte zu ihm auf. Nein, sein Gesichtsausdruck hatte sich nicht im Geringsten verändert. »Komm ins Wohnzimmer, wenn du ausgepackt hast, die Leute von Reality Productions wollen ihre Interviews.«

Sie brachten den Fragenmarathon hinter sich und versuchten, zu antworten, wie es das Drehbuch ihnen vorgegeben hatte. Tom ignorierte Ellie die meiste Zeit. Wenigstens behandelte sein Labrador Murdock sie nicht auch noch wie eine Aussätzige, beäugte allerdings die Kameracrew misstrauisch und wich nicht von ihrer Seite.

Über zwei Stunden dauerte es, bis alles im Kasten war. Ellie gesellte sich zu ihrem Gastgeber und sah genauso stumm wie er dabei zu, wie die Fernsehleute ihre Ausrüstung zusammenpackten und schließlich das Haus verließen.

Dann nahm Ellie all ihren Mut zusammen und drehte sich zu Tom um. Sie mussten sich unbedingt ein wenig besser kennenlernen, um das unangenehme Schweigen zwischen ihnen zu vertreiben. »Ich …«

»Ich …«, begann er im selben Moment.

Ellie lächelte ihn an. »Du zuerst.«

»Ja, ähm …« Er kratzte sich unbehaglich am Kopf. »Entschuldige mich. Ich muss morgen zeitig raus. Wir sind mitten in der Weinlese, und die Fernsehfritzen kommen am Nachmittag ja schon wieder.«

Ellie erwartete, ins Leben auf dem Hof mit einbezogen zu werden. »Okay. Was soll ich tun?«

»Am besten in deinem Zimmer bleiben und nichts anfassen. Komm, Murdock! Gute Nacht.« Er ließ sie einfach stehen. Abends um kurz vor sieben. Mit der Aussicht, verdammt lange, einsame Stunden in dem Kabuff mit diesen hässlichen Siebzigerjahre-Möbeln zu verbringen.

Ellie schloss die Zimmertür und tauschte ihr Dirndl gegen etwas Bequemes, ehe sie ihr Handy aus der Handtasche zog. Zumindest hatte sie Empfang. Sie wählte Alexandras Nummer.

»Hey Süße, wie ist der erste Tag gelaufen? Ist der Typ so schnucklig wie auf dem Foto?« Ihre Freundin sprudelte geradezu über vor Euphorie.

Ellie seufzte. »Du hast mir versprochen, dass ich diese *Landliebe*-Sendung auf keinen Fall bereuen werde.«

Noch vier Wochen bis zum errechneten Geburtstermin. Rina kroch ins Bett und seufzte erleichtert. Sie freute sich wahnsinnig auf ihr Baby, aber langsam hatte sie die Nase gestrichen voll davon, schwanger zu sein. Sie sehnte sich danach, einen Tag ohne geschwollene Knöchel oder Rückenschmerzen zu verbringen. Und irgendwann wollte sie bei einem Blick nach unten wieder ihre Füße sehen.

Eric glitt hinter ihr unter die Decke und hüllte sie ein in seinen Duft und seine Liebe. Seine Hand schob sich auf ihren Bauch, und augenblicklich entspannte sich ihr Körper. Sie schloss die Augen und schmiegte sich an ihn. Eric war ihr Anker, ihr Halt. Wie konnte man so lieben? So bedingungslos? Sie hatte den Mann ihrer Träume in der fünften Klasse getroffen und wusste, er würde ein Leben lang an ihrer Seite bleiben. Sie konnte sich seiner sicher sein. Warum hatten manche Menschen dieses Glück? Tom, der wie ein Bruder für sie war, hatte so viel Pech, wenn es um die Liebe ging.

»Wie findest du sie?« Eric küsste Rina auf die Schulter und streichelte ihr Baby, das sich mit einem Fußtritt bedankte. Sie musste nicht fragen, wen er meinte.

»Sie ist sehr nett. Ich mag sie.«

Er schob seine Nase in ihr Haar und lachte leise. »Sie wird es Tom nicht leicht machen. Hast du ihre Augen gesehen? Diese Frau ist klüger, als ihr Outfit vermuten lässt.«

»Das ist dir aufgefallen? Tom hat es mit Sicherheit nicht gemerkt. In die Augen hat er Ellie garantiert nicht gesehen.«

»Ja, ihre Optik kann ein wenig ablenken. Trotzdem habe ich den Eindruck, sie ist zu clever und denkt nicht wirklich, dass sie auf diese Weise einen Ehemann findet. Sie hat ihre Gründe, bei dieser Show mitzumachen. Genau wie wir.«

»Das ist gut.« Rina verschränkte ihre Finger mit denen ihres Mannes. »Dann stehen die Chancen ein wenig besser, dass sie deinen knurrigen Bruder vier Wochen lang erträgt.«

5

Landliebe – Szene 5 – Tom

(Kamera 1: Frontale auf Weidenmann und Sander)

»Wie war die erste Nacht, die du mit Elisabeth unter einem Dach verbracht hast? Möchtest du uns etwas darüber erzählen, Tom?«

»Nein.«

»Nein?«

»Nein.«

(Okay, Abbruch. Abbruch. Wir wiederholen die Szene. Tom, halte dich gefälligst ans Drehbuch. Kamera 1: Zurückfahren und noch einmal von vorn)

Tom starrte auf die geschlossene Badezimmertür. Er war wie verlangt um zwölf aus dem Weinberg auf den Hof zurückgekehrt – fälschlicherweise in der Hoffnung, den Drehtermin in der Mittagspause hinter sich zu bringen. Ein Irrtum, wie ihm die Belagerung seines Bades verriet. Elisabeth hatte sich mit einer Visagistin und einem Stylisten zurückgezogen. Irgendjemand hatte ihn ebenfalls mit einem Schwamm voller Farbe angegriffen und versucht, ihm etwas ins Gesicht zu schmieren. Mit einem deftigen Fluch hatte er sich in letzter Sekunde in Sicherheit gebracht.

Jetzt stand er in seinem eigenen Haus herum und wartete auf das Großstadtmäuschen wie die Hochzeitsgesellschaft auf die Braut. Die Zeit drängte. Je weiter sie mit der Lese der Chardonnay-Trauben in Rückstand gerieten, desto größere Risiken gingen sie mit dem Riesling ein. Ihnen durften in diesem Jahr keine Fehler unterlaufen. Wenn die Ernte schiefging, halfen ihnen auch keine fünfzigtausend Euro. Dann gingen sie schlicht und ergreifend Bankrott. Sie hatten nur eine Chance: die Trauben einbringen und nach Möglichkeit wenigstens einen prämierten Wein herausbringen. Dazu brauchten sie jede nur erdenkliche Hand. Und er stand hier herum und drehte Däumchen.

»Hallo?«, rief jemand vom Fuß der Treppe, und er blickte über das Geländer.

Augenblicklich besserte sich seine Stimmung. »Annett. Schön, dich zu sehen. Warte, ich komme runter.« Er lief hinunter und küsste die Schauspielerin auf die Wange. »Lust auf ein Gläschen Riesling? Es scheint, als müssten wir noch eine Weile auf Miss Bayern warten.«

»Gern.« Sie strahlte ihn an und folgte ihm in die Küche.

»Wie ist es in der Pension?«, fragte er. »Hast du dich amüsiert?«

»Ach, zu viele Filmleute auf zu wenig Raum.« Sie ließ den Blick durch den Raum gleiten. »Ich hätte viel lieber ein paar Nächte hier verbracht. Das Haus ist wunderschön.«

Tom zwinkerte ihr zu und zog den Korken aus einer seiner preisgekrönten Weinflaschen. »Was das betrifft, sind wir uns einig. Aber leider …« Er war sich selbst nicht sicher, ob er mit diesem Satz ihre Vorstellung vom Übernachten oder die Schönheit des Hauses meinte. Annett war wirklich hübsch. Nahezu kein Make-up, das Haar zu einem wippenden Pferdeschwanz zusammengefasst. Sie sah in Jeans, einem langärmligen Shirt und Sneakers genau so aus, wie er sich eine Frau auf einem Weingut vorstellte. Unkompliziert und tatkräftig. »Zum Wohl.«

»Prost.« Sie stießen an und überbrückten die Zeit bis zum Drehbeginn mit entspanntem Geplauder.

Endlich kündigte Absatzgeklapper auf der Treppe das Ende von Elisabeths Beautysession an. Miss Dekolleté erschien im Türrahmen zur Küche, ihre Brüste in ein anderes Dirndl als am Vortag verschnürt, aber genauso überschminkt wie bei ihrem ersten Treffen. Ihre Haare waren auch heute kunstvoll geflochten und am Hinterkopf zu einer Art Gebilde zusammengesteckt. Und selbstverständlich trug sie unfassbar lächerliche High Heels. Er hoffte für sie, dass sie Schritt halten konnte. Er würde nicht auf sie warten.

Elisabeths Blick wanderte zwischen ihm und Annett hin und her, die ein wenig näher als üblich neben ihm stand und die Hand beim Reden auf seinen Arm gelegt hatte. Dann setzte sie ein breites Lächeln auf. »Hallo, du musst Annett sein. Ich bin Ellie.«

»Hallo«, sagte Annett, und die Frauen reichten sich die Hand.

Tom hätte schwören können, dass die Begrüßung ein reines gegenseitiges Abchecken war, so, als wären sie tatsächlich Konkurrentinnen. Was super wäre. Denn dann hätte er seine Entscheidung längst getroffen. Und zwar nicht zugunsten des Farbeimers vor sich. »Können wir anfangen?«, brummte er.

»Gern.« Elisabeth strahlte ihn aus ihren großen grünen Augen an. »Wie war dein Tag bisher?«

Sollte das Small Talk werden? »Ich habe bis jetzt gearbeitet.«

Annett hakte sich freundschaftlich bei ihm unter. »Jedenfalls freue ich mich darauf, das Weingut zu sehen.«

»Ich war noch nie auf einem solchen Hof«, pflichtete Elisabeth ihr bei. »Das ist wirklich spannend.«

»Wahnsinnig spannend«, murmelte er mit einem Blick auf ihre Schuhe und pfiff durch die Zähne. »Murdock, komm.«

Sein Hund tauchte am Fuß der Treppe auf, gähnte und streckte sich. Obwohl er eine Hundeklappe in der Hintertür hatte und sich auf dem Hof frei bewegen konnte, verschlief er den Tag oft, um abends, wenn Tom geschafft von der Arbeit nach Hause kam, so richtig aufzudrehen.

Sie traten aus dem Haus und wurden sofort vom Kameramann ins Visier genommen. Vorsichtig setzte Murdock eine Pfote auf einen der unebenen Steine, mit denen der Hof gepflastert war. Mitleid heischend hob er den Blick und sah Tom an.

»Vergiss es.«

»Was ist?«, fragte Ellie und schaute ihn von der Seite an.

»Ich rede mit dem Hund.«

»Aha«, gab sie verständnislos zurück.

Murdock hingegen verstand. Mit einem abgrundtiefen Hundeseufzen trollte er sich in die Blumenrabatte, die sich am Haus entlangzog, und umrundete den Hof auf der schmalen Grasnarbe, bis er die Wirtschaftsgebäude erreichte.

»Was macht er da?«, wollte Annett wissen.

»Er vermeidet das Pflaster. Murdock ist in manchen Dingen ein wenig eigen. Er versucht, bei Regen jeden Tropfen zu erwischen – und er läuft nicht über Steine. Solange er noch ein Welpe war, habe ich ihn getragen. Hin und wieder versucht er immer noch, mich rumzubekommen.«

»Ist das wahr?« Elisabeth wartete seine Antwort nicht ab. Sie legte den Kopf in den Nacken und lachte aus vollem Hals. Ein Laut, der ihm auf direktem Weg in den Bauch fuhr. Er hatte ein Faible für Frauen, die herzlich lachen konnten.

Aber das war nichts, worüber er im Moment nachdenken wollte. »Beginnen wir mit der Kelter.« Er wies zum Wirtschaftsgebäude, in dem der Wein gepresst wurde.

»Die Kelter?«, fragte Elisabeth und runzelte die Stirn. »Kommt nicht als Erstes der Maischebottich?«

»Du kennst dich mit der Weinbereitung aus?« Er warf ihr einen Seitenblick zu. Er hatte für den Rundgang über den Hof kein Drehbuch erhalten. Das musste natürlich nicht heißen, dass die Frauen ebenfalls keines hatten.

Elisabeths Wangen färbten sich in einem hellen Rot. »Ich habe es gegoogelt«, sagte sie.

»Verstehe. Auf dem *Schwarzen Stein* maischen wir schon seit ein paar Jahren nicht mehr. Wir pressen die Trauben im Ganzen und bekommen einen hochwertigeren Most. Weniger Phenole und höhere Fruchtigkeit. Die perfekte Grundlage für den Riesling, den wir herstellen.« Toms Meinung nach war die Ganztraubenpresse ein wichtiger Grund für die Medaillen, die ihre Weine in den vergangenen Jahren von der DLG verliehen bekommen hatten. Sie durften ihre Weine zur deutschen Leistungselite zählen. Ein Umstand, der manch einem ein Dorn im Auge war. Besonders weil in Steinbach immer noch traditionell auf das Einmaischen gesetzt wurde. Aber darüber würde er mit einer künftigen Nageldesignerin nicht diskutieren. »Ich zeig euch die Presse. Im Moment herrscht Hochbetrieb«, sagte er. Da Annett sich links untergehakt hatte, legte Tom Elisabeth die rechte Hand auf den Rücken und dirigierte die beiden Frauen zur Kelter. Keine gute Idee, wie er feststellte. Im Gegensatz zu Annetts kühlem Arm fraß sich Elisabeths Körperwärme durch den eng geschnürten Stoff ihres Kleides und brannte sich in seine Hand. Ein kluger Mann würde angesichts einer solchen Reaktion, ohne zu zögern, seine Finger zurückziehen. Aber ein kluger Mann würde sich auch nicht von einem herzlichen Lachen oder großen grünen Augen beeindrucken lassen.

Tom ließ sie einmal mehr stehen. Für kurze Zeit hatte sie gedacht, sie näherten sich einander ein wenig an. Pustekuchen. Er war freundlich gewesen, hatte ihnen erklärt, wie das Weingut funktionierte. Und seine Hand auf ihren Rücken gelegt. Sie spürte noch immer, wo er sie berührt hatte. Während sie begann, sich in seiner Gegenwart wohler zu fühlen, zog er eine Show für die Kamera ab. Sobald das rote Licht erlosch, verschwand alle Höflichkeit aus seinem Gesicht, und seine Hand von ihrem Rücken. Mit geschäftsmäßiger Miene ließ er sie wissen, dass er auf seinen Weinberg zurück müsse.

Zeit, mit Annett zu flirten, was das Zeug hielt, hatte er jedoch anscheinend noch genug. Er wandte sich der anderen Frau zu und schloss Ellie aus. Sie lachten zusammen, tuschelten. Ellies Herz sank. Was, wenn Tom doch noch sein Veto einlegte und verlangte, die vier Wochen mit Annett zu verbringen? Durfte er das? Waren die zehntausend Euro dahin, wenn das Filmteam seine Meinung änderte und befand, Annett gebe auf dem Hof ein wesentlich besseres Bild ab als sie? Allein die Kleidung und die Schuhe der hochgewachsenen, schlanken Frau passten viel besser zu Tom – und ließen Ellie vor Neid erblassen. Wie gern würde sie etwas tragen, was ihr nicht die Luft zum Atmen nahm und worin sie sie selbst war. Sie fühlte sich unwohl und verkleidet, aber das war der Deal, da musste sie wohl durch.

Offenbar mochte Tom Annett sehr. Er schien Ellie nicht ausstehen zu können, und sie hatte keine Ahnung warum.

Erleichtert bemerkte sie, wie Tom und Annett sich schließlich endgültig verabschiedeten, auch wenn er die Frau für Ellies Geschmack ein wenig zu lange umarmte. Die Filmcrew hatte im Anschluss an die Hofbesichtigung Toms Entscheidung – wie sie es nannten – abgedreht. Tom hatte seinen übellaunigen Blick in die Kamera gerichtet und erklärt, dass er sich vier Wochen mit Ellie wünschte. Sie hatte strahlend gelächelt und Annett die am Boden Zerstörte gespielt. Schließlich war sie Schauspielerin. Aber möglicherweise war das gar keine Show. Vielleicht wollte Annett wirklich gern hierbleiben. Bei dem mürrischen Weinbauern, der nicht jedem gegenüber schlecht gelaunt zu sein schien. Unter anderen Umständen hätte sie Annett gemocht. Aber die Frau hatte ihr mit einem Blick zu verstehen gegeben, dass sie das gleiche Territorium beanspruchten.

»Wir bleiben in Kontakt«, hörte sie Tom sagen, bevor er Annett an ihrem Wagen ein letztes Mal umarmte und sie einstieg.

Er hob die Hand zum Gruß und sah ihr nach. Ellie wartete geduldig, bis er sich zu ihr umdrehte. Endlich schenkte er ihr seine Aufmerksamkeit. »Was soll ich tun?«, fragte sie wie schon am Abend zuvor.

»Nichts.« Mit einer vagen Handbewegung wies er auf das Gutshaus. »Mach es dir gemütlich, oder so was.«

Ihr Mut sank. Die Hoffnung, vier einigermaßen normale Wochen in Tom Sanders Gegenwart zu verbringen, schwand. Der vergangene Abend war furchtbar gewesen. Allein in ihrem Zimmer hatte sie sich regelrecht eingesperrt gefühlt. Am Morgen hatte sie neue Zuversicht gewonnen. Nachdem die Sonne sie geweckt hatte, lauschte sie in die Stille des Hauses. Tom war längst bei der Arbeit. Sie stand auf und öffnete das Fenster. Der Blick, den sie von hier ins Moseltal hatte, versöhnte sie fast mit der Hässlichkeit ihrer Unterkunft. Warum das Zimmer so abscheulich eingerichtet war, verstand sie nicht. Auf einem nächtlichen Streifzug hatte sie das Bad und die Küche inspiziert. Beides wunderschöne Räume. Das Bad beinahe eine Wellnessoase und die Küche ein Traum für jeden Kochbegeisterten. Das Wohnzimmer hingegen strahlte dieselbe Geschmacklosigkeit aus wie das Gästezimmer. Alles in diesem Haus bestand aus Gegensätzen. Mit denen sie durchaus leben konnte, wenn sie die Zeit hier nicht völlig allein verbringen musste. Allerdings schien es genau darauf hinauszulaufen. Tom war anscheinend nicht bereit, sich wie ein anständiger Gastgeber zu verhalten. Das hieß aber nicht, dass sie in ihrem Zimmer versauern würde, bis die zehntausend Euro auf ihr Konto überwiesen waren.

Die Filmleute luden gerade ihr Equipment in zwei Vans, was Ellie auf eine Idee brachte. »Hey, könnt ihr mich ins Dorf mitnehmen?«

»Klar. Kein Problem, spring rein.« Der Kameramann zwinkerte ihr zu.

»Ich ziehe mir nur noch etwas Bequemes an. Gebt mir zwei Minuten.«

»Ähm …« Der Aufnahmeleiter rieb sich über den Nacken. »Umziehen ist eine schlechte Idee. Du sollst eigentlich die ganze Zeit ein Dirndl tragen. Die Dorfbewohner sollen dich schließlich auch so wahrnehmen, wie du in der Serie rüberkommst.«

»Das ist doch egal. Wen interessiert denn, was ich anhabe?«

»Wir haben da schon die verrücktesten Dinge erlebt. Einen Moment nicht aufgepasst, und schon findest du dich auf Facebook oder YouTube wieder.«

»Also gut.« Ellie seufzte. »Aber die Schuhe wechsele ich.« Auf dem Kopfsteinpflaster des Hofes hatte sie wahnsinnig aufpassen müssen, um sich nicht den Knöchel zu brechen. Sie konnte Murdock und seine Pflastersteinphobie durchaus verstehen. Vielleicht sollte sie künftig auch auf der Grasnarbe am Haus entlangschleichen. Ohne eine Erwiderung abzuwarten, huschte sie ins Haus und tauschte die höllischen High Heels gegen Ballerinas.

Die Fahrt ins Dorf erschien ihr kürzer als am Tag zuvor.

Ellie ließ sich am Brunnen absetzen und schlenderte an den wunderschönen Fachwerkhäusern vorbei. Alles um sie herum wirkte wie aus einem Bilderbuch. In so einer Umgebung zu leben musste einem Traum gleichen, aber für sie wäre das nichts, man konnte ja nicht mal auf die Schnelle shoppen gehen oder einfach in die U-Bahn hüpfen, um sich mit einer Freundin in einem Coffeeshop oder der Lieblingsbar zu treffen. Sie begnügte sich in dem kleinen Tante-Emma-Laden unter dem aufmerksamen Blick der Besitzerin mit ein paar Zeitschriften und beobachtete das gemütliche Treiben des Dorfes. Die Leute erkannten sie, tuschelten hinter ihrem Rücken. Sicher waren einige von ihnen am Tag zuvor am Bahnhof gewesen, um einen Blick auf sie zu werfen. Ellie fand ihre Neugier nicht schlimm. Sie lächelte und entschied sich, dem kleinen Café einen Besuch abzustatten. Trotz des deutlich vorangeschrittenen Herbstes schien die Sonne, und sie konnte sogar auf der windgeschützten Terrasse sitzen. Sie bestellte einen Milchkaffee und blätterte in den Magazinen, bis ein Schatten die Sonne verdunkelte. Sie hob den Kopf und erblickte einen Mann, der an ihren Tisch getreten war. Er lächelte sie an. Typ Womanizer, aber von der sympathischen Sorte, ordnete Ellie ihn ein. Etwa eins achtzig groß und breite Schultern. Modisch gestylte blonde Haare und freundliche graue Augen, die von kleinen Lachfältchen eingerahmt wurden. Er schien in etwa so alt wie Tom. Ellie mochte ihn auf Anhieb.

»Entschuldige, dass ich dich so überfalle.« Er lächelte noch ein wenig breiter, was entwaffnend wirkte. »Ich bin Marcus Wendt. Darf ich mich für einen Moment zu dir setzen?«

»Natürlich. Bitte.« Endlich jemand, der ihr nicht aus dem Weg ging, sondern ihre Gesellschaft suchte. Es war schon fast erbärmlich, wie gut ihr das tat.

Marcus zog einen Stuhl heraus und setzte sich ihr gegenüber. Die Bedienung brachte ihm eine Tasse Kaffee, ohne eine Bestellung aufzunehmen. In einem so kleinen Dörfchen war es vermutlich normal, die Vorlieben der Gäste zu kennen.

»Ich freue mich, dich persönlich zu treffen. Ich bin der Sohn des Ortsvorstehers und der Geschäftsführer der Winzergenossenschaft Steinbach. Wir freuen uns, dass du hier bist.«

»Tatsächlich? Normalerweise sorgen Filmteams doch eher für Chaos und schlechte Laune.«

Er grinste schief. »Na ja, du machst Steinbach in Deutschland bekannt. Das ist gut für uns. Gut für unseren Wein und unsere Fremdenzimmer.«

Ellie nippte an ihrem Kaffee. »Das ist am wenigsten mein Verdienst. Das Lob gebührt Tom. Schließlich war er derjenige, der sich bei *Landliebe* beworben hat.«

»Ja.« Marcus' Grinsen machte einem betrübten Gesichtsausdruck Platz. »Es ist nur schwierig, sich bei ihm zu bedanken. Oder überhaupt zu ihm durchzudringen. Der alte Sturschädel ist eine echte Herausforderung. Als ich dich hier sitzen sah, dachte ich, es wäre fair, sich wenigstens bei dir zu bedanken und zu hoffen, dass du vier Wochen auf dem *Schwarzen Stein* durchhältst. Die Sitten der Sanders sind rau.«

Ellie lachte. »Wem sagst du das!« Sie hatte immer Kontakt zu Menschen, war kommunikativ und lernte mit Begeisterung neue Leute kennen. Es passierte ihr tatsächlich nicht oft, dass jemand sie so links liegen ließ wie Tom. Marcus gab ihr das Gefühl, sichtbar, interessant zu sein. Wer mochte das nicht? Trotzdem fand sie es etwas merkwürdig, dass Marcus so über ihre Gastgeber sprach. Vielleicht stammten sie ja von rivalisierenden Weingütern. Das konnte ihr allerdings herzlich egal sein. Ihr war danach, einen Nachmittag in angenehmer Gesellschaft zu verbringen. Denn sie verspürte keine Lust, sich weiter Gedanken über Tom zu machen.

Sie plauderte entspannt und stellte amüsiert fest, wie bekannt Marcus war. Fast jeder, der vorbeilief, blieb für einen Moment am Café stehen, um ein paar Worte mit ihm zu wechseln und ihr neugierige Blicke zuzuwerfen.

»Dich kennt hier jeder«, stellte sie schließlich fest.

Er zuckte mit den Schultern. »Als Geschäftsführer der Genossenschaft ist das normal. Die Winzer der Region bringen ihre Trauben zu uns, natürlich kenne ich jeden Einzelnen von ihnen.«

»Und Tom kennst du auch. Bringt er auch Trauben zu euch?« Bei der Führung über das Gut hatte sie Tom so verstanden, dass sie ihren Wein selbst herstellten. Andere Winzer hatte er nicht erwähnt, was Ellie neugierig machte.

Für einen Augenblick verfinsterte sich Marcus' Gesicht, bevor sich wieder Lachfältchen um seine Augen legten. Sie blinzelte, nicht sicher, ob sie sich das nur eingebildet hatte.

»Klar kenne ich ihn. Wir sind zusammen zur Schule gegangen. In der Genossenschaft ist er allerdings nicht. Der *Schwarze Stein* kocht sein eigenes Süppchen.«

»Was übersetzt heißt, sie machen ihren eigenen Wein.«

»Ja. Lange werden sie sich allerdings nicht mehr über Wasser halten können, wenn sie sich uns nicht anschließen. Für uns ist das aber kein Problem. Die Genossenschaft fängt sie auf. Dafür sind wir schließlich da.« Er wies auf ihre leere Tasse. »Möchtest du noch einen Kaffee?«

»Nein, danke. Es war wirklich nett, mit dir zu quatschen. Aber ich sollte mich langsam auf den Rückweg machen.«

»Bist du zu Fuß hier?«

»Ja, die Filmcrew hat mich mit in den Ort genommen.«

»Dann komm, ich fahr dich nach Hause.«

Marcus ließ es sich nicht nehmen, die Rechnung zu zahlen und Ellie bis auf den Hof zu fahren. Er hielt ihr sogar die Tür auf und reichte ihr die Hand beim Aussteigen. Es war beruhigend, zu wissen, dass es in Steinbach auch Männer gab, die sich nicht wie hinterwäldlerische Holzfäller benahmen. Als er sie nach ihrer Telefonnummer fragte, gab sie sie ihm ohne Zögern. Wenn sie vier Wochen Einsamkeit überstehen wollte, brauchte sie einen Verbündeten.

Marcus Wendt schob die Tür der Linde, wie der Dorfgasthof in Steinbach genannt wurde, obwohl er unter einer Eiche stand, auf. Als er die warme Gaststube betrat, empfingen ihn ein buntes Stimmengewirr und der Geruch von Schnitzel, Pommes und Bier. Grüßend und lächelnd bahnte er sich einen Weg an den gut besetzten Tischen vorbei und ließ sich am Stammtisch nieder, an dem sein Vater auf seine Skatkumpel wartete.

»Abend, Paps.«

»Junge.« Sein Vater brachte es einfach nicht fertig, ihn beim Namen zu nennen.

Wie immer schluckte Marcus seine Verbitterung hinunter und bedankte sich bei Rosi, die ihm ein Glas Riesling hinstellte. Der Vorteil, bekannt wie ein bunter Hund zu sein, lag hauptsächlich darin, dass jeder über seine Vorlieben Bescheid wusste.

Sein Vater blickte von seinem Bier auf. »Du hast dich mit diesem *Landliebe*-Mädchen getroffen?«

Nachrichten verbreiteten sich schnell in Steinbach. Marcus nippte an seinem Wein, ließ den Geschmack auf seiner Zunge erblühen, bevor er sich entspannt zurücklehnte. »Sie ist ein Glückstreffer für uns.«

»So dumm, wie sie aussieht?«

»Dumm nicht unbedingt. Aber naiv. Sie hat nicht den Hauch einer Ahnung, wenn es um die Weinherstellung geht. Ich habe ihr die Vorzüge der Genossenschaft erklärt und warum Sander ohne uns aufgeschmissen sein wird. Sie hing an meinen Lippen.«

»Glaubst du, sie wird ihn davon überzeugen, in die Genossenschaft einzutreten, nur weil du ein Loblied auf sie gesungen hast?« Sein Vater verzog den Mund und griff nach seinem Bier.

»Natürlich nicht.« Der alte Mann konnte ihn in den Wahnsinn treiben. Er glaubte, die Weisheit mit Löffeln gefressen zu haben, nur weil er der Ortsvorsteher war. »Wenn der *Schwarze Stein* verkauft werden muss, weil sie ihre Kredite nicht mehr zahlen können, ist das sowieso egal. Aber sie ist die perfekte undichte Stelle. Sie glaubt, die Genossenschaft würde Sander guttun. Also wird sie mit mir sprechen, Dinge ausplaudern und Informationen liefern, ohne es zu merken.«

»Und warum sollte sie überhaupt mit dir reden? Sie ist wegen einer Dating-Show in Steinbach. Dabei geht es um Tom Sander und nicht um dich.«

Marcus winkte Rosi, um ein zweites Glas Wein zu ordern. »Genau da irrst du dich«, wandte er sich an seinen Vater. »Sie mag wegen Sander hier sein, aber er benimmt sich wie immer – wie ein Hinterwäldler. Sie braucht einen Freund. Genau der werde ich für sie sein. Ihre Handynummer habe ich. Wenn Tom sie weiterhin nicht beachtet, habe ich sie genau da, wo ich sie haben will. Und dann ist es nur noch eine Frage der Zeit, bis wir den *Schwarzen Stein* übernehmen können.«

Tom stützte sich mit den Händen an der Wand ab und ließ das heiße Wasser auf seinen Rücken prasseln. Die Tropfen stachen wie Nadeln in seine Haut und massierten die schmerzenden Muskeln. Bei der Sanierung des Badezimmers hatte er Wert darauf gelegt, hier die Arbeit hinter sich lassen und sich entspannen zu können. Die Massagedüsen waren die beste Investition, die er jemals getätigt hatte. Er ließ die Schultern kreisen, legte den Kopf in den Nacken und ließ das Wasser über sein Gesicht laufen.

Er hätte ewig hier stehen können, doch der Klang von AC/DCs *Hells Bells* machte ihm einen Strich durch die Rechnung.

»Verdammt!« Normalerweise nahm er sein Handy nicht mit ins Bad. Aber zur Weinlese konnte man eben nie wissen. Hoffentlich gab es kein Problem mit der Presse. Er drehte das Wasser ab, schlang sich ein Handtuch um die Hüften und warf einen Blick auf das Display. Ben. Gut, dann gab es zumindest keine Probleme auf dem Weinberg. »Hey, Ben«, begrüßte er den Freund. »Wenn es nichts Dringendes ist, rufe ich dich zurück. Ich stehe gerade unter der Dusche.«

»Es ist dringend.« Ben und er waren Freunde, seit sie als Stürmerteam in der F-Jugend des FC Steinbach ihre Gegner aus Mühlberg mit 20:0 geschlagen hatten. Zehn Tore hatte Tom geschossen, die anderen zehn Ben. Das verband fürs Leben. In letzter Zeit hatten sie nicht viel voneinander gehört. Aber wenn Ben ihn anrief und das Wort dringend benutzte, dann nahm Tom das ernst.

»Okay«, sagte er und lehnte sich gegen das Waschbecken. »Schieß los.«

»Dein Gast verbündet sich mit dem Feind«, sprudelte Ben heraus.

»Welcher …« Gast, hätte er beinahe gefragt. Er hatte im Moment nur einen, auch wenn er es den Nachmittag über geschafft hatte, sie aus seinen Gedanken zu verdrängen. »Elisabeth?«

»Ich habe sie mit Wendt im Dorf gesehen.«

»Dem alten oder dem jungen?« Wenn Wolfgang Wendt, der Ortsvorsteher, sie in Steinbach begrüßte, konnte er nichts dagegen sagen. Er mochte den Mann nicht, aber das war sein persönliches Problem. Sollte allerdings sein Sohn …

»Marcus. Sie haben es sich vor dem Café gemütlich gemacht, herumgeschäkert, und nach dem kleinen Date hat er sie nach Hause gefahren.«

»Hierher?«

»Hat seine Protzkarre mitten auf deinem Hof abgestellt«,

bestätigte Ben. »Ich dachte, ich sag dir lieber Bescheid. Kann sein, dass du dich vor dieser Frau in Acht nehmen musst.«

»Ja.« Tom massierte sich die Schläfe, um den Schmerz zurückzudrängen, der sich hinter seiner Stirn zusammenbraute. Diese hirnlose Kuh. »Danke für die Info. Ich ruf dich zurück.«

Genau das hatte er heute Abend noch gebraucht. Eine Auseinandersetzung mit Elisabeth. Sie konnte auf dem Gut tun und lassen, was sie wollte, aber sich mit dem verdammten Geschäftsführer der Winzergenossenschaft zu treffen war eine Frechheit. Er warf das Handy auf den Waschtisch und stürmte wutentbrannt in das Zimmer seines Gastes.

Elisabeth saß im Schneidersitz auf dem Bett, vor sich ein paar Frauenzeitschriften. Sie fuhr zusammen, als er die Tür aufriss. »Tom? Ist etwas passiert?«

Trotz seines Zorns kam er nicht umhin, ihre Erscheinung wahrzunehmen. Offenbar gab es noch knappere Kleidung als die Dirndl, die sie normalerweise trug. Der Schlafanzug – oder wie auch immer man dieses Teil bezeichnen wollte –, den sie anhatte, gehörte definitiv dazu. Ihr Gesicht war frei von Make-up, was sie ziemlich jung und unschuldig aussehen ließ. Die Haare hatte sie in einem unordentlichen Dutt zusammengebunden, wobei einige lockige Strähnen ihr Gesicht umrahmten. Auf ihrer Nase saß eine dieser schwarz gerahmten Intellektuellenbrillen, die wahrscheinlich nur aus Fensterglas bestand, weil es gerade angesagt war. Das änderte aber nichts daran, dass sie alles andere als intelligent war. »Hast du dich mit Wendt getroffen?«

»Marcus?«

Am liebsten hätte Tom sie geschüttelt, bis wenigstens ein bisschen Verstand in ihr Gehirn rieselte. »Hast du dich mit ihm getroffen oder nicht?«

Sie legte das Kreuzworträtsel, das sie gerade machte, zur Seite und erhob sich. Vermutlich, damit er sie nicht so sehr überragte, während er sie anbrüllte. Ohne diese mörderischen High Heels war sie allerdings nicht besonders groß. Ihr Scheitel passte locker unter sein Kinn.

Sie kniff die Augen zusammen. »Ja«, sagte sie mit ruhiger Stimme und deutlich leiser als er. »Ich war in Steinbach und habe Marcus Wendt kennengelernt. Er hat mich auf eine Tasse Kaffee eingeladen. Wenn das auf dem Weingut *Zum Schwarzen Stein* ein Verbrechen ist, hättest du mir das vorher sagen müssen.«

»Ein Verbrechen?« Tom machte einen Schritt auf sie zu. Er musste ihr zugutehalten, dass sie nicht vor ihm zurückwich. Mit einem störrischen Ausdruck im Gesicht blickte sie ihn an. »Ein Verbrechen ist es nicht. Nur Dummheit. Absolute Dummheit, sich mit dem Feind zu verbrüdern.« Er ging zu weit, das wusste er genau. Aber der Name Wendt vertrieb jeden vernünftigen Gedanken aus seinem Kopf.

Elisabeth Lorenz schien er damit nicht einzuschüchtern. Die sture Haltung verschwand und machte etwas Platz, das ihn an Mitleid erinnerte. Sie legte ihre Hand auf seine Brust und schob ihn ein Stück zurück. Tom sah nach unten, betrachtete ihre Finger, die auf seiner nackten Haut lagen. Die ihn berührten, auch jetzt noch, nachdem er einen Schritt nach hinten getreten war. Er musste den Verstand verloren haben. In seiner Wut war er, lediglich mit einem Handtuch um die Hüften, in ihr Zimmer gestürmt. Verdammt, er machte sich zum Deppen. Er trat noch einen Schritt zurück. Elisabeth setzte wieder zum Sprechen an und lenkte seine Aufmerksamkeit zurück zu ihrem Gesicht.

»Marcus ist nicht dein Feind. Er hat mir erzählt, wovor du Angst hast. Du fürchtest, das Gut nicht mehr allein halten zu können und auf Hilfe der Weinbaugenossenschaft angewiesen zu sein. Das scheint mir nicht die schlechteste Idee. Er hat mir erklärt, wie das funktioniert. Die Winzer fangen dich auf.«

Ihre Worte glichen einer kalten Dusche. Tom atmete tief ein, um den Zorn zu bändigen, der in seinen Nervenenden pulsierte. »Eine gute Idee? Ich sag dir was: Du hast nicht den Hauch einer Ahnung, wovon du sprichst. Einmal das Wort Weinlese zu googeln macht dich noch lange nicht zu einer Expertin. Merk dir das. Bleib du besser bei deinen Schundblättern.« Er wies auf die Zeitschriften, die auf dem Bett verstreut lagen. »Und halte dich, verdammt noch mal, von den Dorfbewohnern fern.«

Mit zwei wütenden Sätzen war er an der Tür und warf sie so heftig hinter sich zu, dass das ganze Haus zu beben schien.

6

Landliebe – Szene 6 – Elisabeth

(Kamera 1: Schwenk über die Weinberge / Kamera 2: Totale auf Weidenmann und Lorenz)

»Elisabeth, kannst du dir vorstellen, längere Zeit in dieser beeindruckenden Gegend zu leben?«

»Sicher. Der Tag in den Reben hat großen Spaß gemacht, und ich habe viel gelernt. Ich wäre gern eine Zeit lang hier.«

»Du hast Tom gezeigt, wie sehr du auf diesen hübschen Hof passt. Du hast bei der Weinernte geholfen.«

»Weinlese.«

»Was?«

»Es heißt nicht Weinernte, sondern Weinlese.«

(Schnitt! Elisabeth, halt dich an das verdammte Drehbuch. Es ist nicht deine Aufgabe, Paul zu berichtigen. Und es ist egal, wie wir das nennen. Kamera 2: Totale auf Weidenmann und Lorenz noch mal von vorn. Klappe, die zweite ab ›Du hast Tom gezeigt‹)

»Du hast Tom gezeigt, wie sehr du auf diesen hübschen Hof passt. Du hast bei der Weinernte geholfen.«

»Aber es heißt nun mal Weinlese. Ernte wäre falsch.«

(Schnitt! Und Abbruch! Wir wiederholen das Interview, nachdem ich ein paar Takte mit der Klugscheißerin gewechselt habe.)

Das Echo der zuschlagenden Tür verhallte in den Tiefen des Gutshauses. Ellie ließ sich langsam auf ihr Bett zurücksinken. War das gerade wirklich geschehen? Nicht einmal ihr letzter Boss hatte sie nach der Vernichtung seines Kunstwerkes so angeschrien. Für einen Moment hatte Tom sie sprachlos gemacht. Nicht nur seine Wut, sondern dieser Auftritt an sich. Wie konnte ein Mann, nur mit einem Handtuch bekleidet, in ihr Zimmer stürmen, herumtoben, und dabei nicht einen Augenblick lang lächerlich wirken? Sie hatte Probleme gehabt, ihren Blick von den Wassertropfen zu lösen, die in kleinen Rinnsalen über seine glatte Brust rannen und im Frottee des tief sitzenden Handtuchs verschwanden. Wenn er sich nicht wie ein Vollidiot verhalten würde, wäre er ein sehr attraktiver Mann. Leider zog er es vor, sich wie die Axt im Walde aufzuführen. Auch wenn es sein Wald war, so hatte sie doch keine Lust, ständig seinen verbalen Hieben auszuweichen. Sie würde die Situation zwischen ihnen klären. Jetzt sofort. Es war ihr egal, ob er mit ihr sprechen wollte oder nicht. Sie hatte jede Menge zu sagen.

Entschlossen zog sie sich etwas über ihren Schlafanzug und machte sich auf die Suche nach Tom. Er saß mit einem Bier am Küchentisch vor einem Laptop und hackte, noch immer wütend, auf die Tastatur ein. »Was willst du?«, fragte er, ohne aufzusehen.

Murdock, der zu Toms Füßen lag, rappelte sich auf und kam zu ihr herüber. Sie legte ihm die Hand auf den Kopf und kraulte ihn hinter den Ohren. »Wir müssen reden.«

»Mein Lieblingssatz aus dem Mund einer Frau«, gab er sarkastisch zurück.

»Es wird höchste Zeit. Wir müssen es fast einen Monat miteinander aushalten. Wenn du so weitermachst, bleibe ich nicht einmal eine Woche.« Das war gelogen. Sie würde nicht gehen. Der Preis dafür war einfach zu hoch. Aber das musste Tom ja nicht wissen.

Zumindest erlangte sie so endlich seine Aufmerksamkeit. Er schob sein Bier zur Seite und klappte den Laptop zu. »Du willst reden? Bitte, tu dir keinen Zwang an.«

Ellie setzte sich ihm gegenüber an den Tisch. Murdock legte seinen Kopf auf ihren Oberschenkel, damit sie nicht vergaß, ihn weiterzustreicheln. »Warum verhältst du dich mir gegenüber so unmöglich?«

»Wie verhalte ich mich denn?«

»Du ignorierst mich, brüllst mich an. Wenn du freundlich bist, dann nur, solange die Kameras eingeschaltet sind. Und selbst dann nicht immer. Was habe ich dir denn getan?«

Tom rieb sich mit den Händen über das Gesicht, und sie hörte ein Kratzen, als er sich über seinen Dreitagebart strich. Plötzlich wirkte er nicht mehr zornig, sondern müde. »Du willst die Wahrheit wissen? Sie wird dir nicht gefallen, Elisabeth.«

»Elisabeth nennt mich nur meine Großmutter. Wie wäre es mit Ellie? Und die unschöne Wahrheit ist mir allemal lieber als der Zustand, in dem wir uns befinden.«

»Okay.« Er lehnte sich zurück und fixierte sie einen Moment abschätzend. »Ich habe nicht den Nerv, mich außerhalb der Kameras mit dir zu beschäftigen. Das hier ist zwar eine Dating-Show, aber ich kann dir jetzt schon sagen, ich habe kein Interesse an dir, verstehst du? Du bist nicht mein

Typ. Und ich denke, wir haben keinerlei Gemeinsamkeiten. Warum sollten wir uns also bemühen, etwas zu forcieren, das es nicht gibt?«

»Du bist nicht interessiert?« Das war gut. Sogar ziemlich gut. So liefen sie nicht Gefahr, sich in Gefühlsduseleien zu verstricken. Sie hätte ihn schon in seine Schranken gewiesen, wenn er einen Annäherungsversuch unternommen hätte. Das Abwehren von Männern hatte sie in den vergangenen zehn Jahren perfektioniert. Sie wäre mit ihm fertiggeworden. Da war es besser, einfacher, dass jetzt die Karten auf dem Tisch lagen. Andererseits fand sie es merkwürdig, dass er sich überhaupt so benahm. Er war so verzweifelt auf der Suche nach einer Frau, dass er sich bei einer Fernsehshow bewarb. Trotzdem gab er sich nicht die geringste Mühe, sich auf sie einzulassen, warf ihr aber immer wieder verstohlene Blicke zu, wenn er glaubte, sie bemerkte es nicht. Tom Sander verhielt sich widersprüchlich in allem, was er tat.

»Ich will dich nicht verletzen, Elisa … Ellie. Es ist einfach so. Mein Typ ist jemand wie Annett. Eine ganz normale Frau, eine, die mit dem Landleben etwas anfangen kann. Sie hätte ich gern näher kennengelernt. Du hingegen bist mir vorgesetzt worden. Zwischen uns wird es nie so weit kommen, auch wenn du dir das wünschst.«

Wie sie es sich wünschte? Dieser arrogante Gockel. Er schien sich ja wirklich für unwiderstehlich zu halten. Wenn er auch nur den Hauch einer Ahnung hätte, warum sie wirklich hier war. Ellie biss sich auf die Zunge, damit ihr kein Kommentar entschlüpfte, den sie später bereuen würde, und konzentrierte sich wieder auf Toms kleinen Vortrag.

»Ich glaube, es ist am besten, wir gehen uns aus dem Weg. Du brauchst nicht nett zu mir sein. Du brauchst mich nicht anlächeln oder versuchen, Small Talk zu halten.«

Das saß. Nicht, dass Annett sein Typ war. Aber … eine normale Frau? War sie das denn nicht? Normal? Wollte er, dass sie ging? Nein, sie hatten doch einen Vertrag. Es war nicht möglich, sie gegen Annett auszutauschen. Sie war hier und würde bleiben.

»Du bist doch arbeitslos, oder?«, fuhr Tom fort. »Betrachte die Zeit auf dem Schwarzen Stein als bezahlte Ferien.«

»So funktioniert das für mich nicht, Tom. Wir müssen eine Möglichkeit finden, miteinander auszukommen. Ich werde mich nicht in meinem Zimmer verstecken und die nächsten Wochen Aschenputtel spielen.«

»Was? Willst? Du?« Er klang mit jedem Wort frustrierter.

»Wir müssen noch einige Drehtermine hinter uns bringen. Es wäre sowohl für uns als auch das Drehteam angenehmer, wenn wir ein wenig vertrauter und freundschaftlicher miteinander umgingen.«

»Dafür habe ich weder die Zeit noch den Nerv. Verstehst du? Wir stecken mitten in der Weinlese, und ich habe weiß Gott andere Probleme, um die ich mich kümmern muss.«

»Manche Probleme gäbe es nicht, wenn du mit mir sprechen und mir die Dinge erklären würdest. Du müsstest mich nicht anbrüllen und mit den Türen knallen, weil ich Marcus Wendt getroffen habe. Wenn du den Mund aufmachen würdest, könntest du mir zum Beispiel erklären, warum dir die Genossenschaft so ein Dorn im Auge ist. Wir könnten Freunde werden.«

Tom rieb sich noch einmal über das Gesicht und schwieg

einen langen Moment. Schließlich sah er ihr in die Augen. »Von mir aus. Versuchen können wir es.«

Erleichtert atmete Ellie aus und schob ihre Hand über den Tisch. Tom zögerte kurz, dann schlug er ein. Seine rauen Finger schlossen sich fest um ihre. »Auf die nächsten vier Wochen.«

»Ja.« Er wollte seine Hand zurückziehen, aber Ellie hielt sie fest. »Ist noch was?«

»Ich will etwas zu tun haben. Gib mir Arbeit, solange ich hier bin.«

»Die Auswahl ist nicht besonders groß. Da ist mit Sicherheit nichts für dich dabei.«

»Woher willst du wissen, ob eine Arbeit etwas für mich ist oder nicht?« Sie musste ihr Temperament zügeln. Der Wunsch, Tom Sander zu packen und zu schütteln, bis er zur Vernunft kam, wurde langsam übermächtig.

»Also gut.« Er zuckte die Schultern. »Wenn du arbeiten willst, kannst du wie jeder andere bei der Weinlese helfen. Der Tag fängt früh an. Frühstück gibt es um halb sechs. Ich warte nicht. Wenn du nicht fertig bist, bleibst du hier.«

»Wunderbar. Bis morgen früh.« Sie bemerkte den herausfordernden Ausdruck in seinen Augen. Dachte er ernsthaft, sie mit der Uhrzeit vergraulen zu können? »Dann sollte ich jetzt ins Bett gehen.« Sie ließ seine Hand los, stand auf und verließ triumphierend die Küche. Dieses Gespräch konnte sie als ersten kleinen Sieg verbuchen.

Tom schaltete die Kaffeemaschine ein und rieb sich die müden Augen. Er wartete ungeduldig, bis das Gerät aufgeheizt war und er seine Tasse darunterschieben konnte. Die vergangene Nacht hatte er nicht gut geschlafen, was seine Laune nicht unbedingt verbesserte. Ruhelos hatte er sich hin und her gewälzt und sich bemüht, jeden Gedanken an Ellie zu vertreiben. Nur einen winzigen Augenblick hatte er nicht aufgepasst, und schon haute sie ihn übers Ohr. Als wäre das nicht genug, hatte sich die Kostprobe dessen, was sie im Bett trug, auf seiner Netzhaut festgebrannt. Wann immer er seine Augen schloss, sah er ihren entschlossenen Gesichtsausdruck vor sich, die leicht zusammengekniffenen grünen Augen und die Hände, die sie empört in ihre Hüften gestützt hatte.

Er hatte sich inzwischen an ihre knappen, provozierenden Dirndl gewöhnt. Und womit überraschte sie ihn gestern Abend, als sie in die Küche stürmte? Mit einer ausgeleierten Jogginghose und einem übergroßen Kapuzenpulli, der ihre Kurven unsichtbar werden ließ. Ohne die aufwendigen Frisuren und Unmengen von Make-up war sie tatsächlich eine schöne Frau, die fast ein wenig naiv wirkte.

Als sie jedoch den Mund öffnete, um sich wegen ihrer Rolle auf dem Hof mit ihm anzulegen, war nichts Unschuldiges mehr an ihr. Sie war vielleicht nicht Einstein, aber sie wusste sehr genau, was sie wollte. Vier Wochen auf dem *Schwarzen Stein*, zu ihren Bedingungen. Davon ließ sie sich nicht abbringen.

Er hatte sie angelogen, hatte behauptet, kein Interesse an ihr zu haben. Na gut, für ihr Leben, ihre Frisuren und das Nagelstudio konnte er tatsächlich nicht besonders viel Begeisterung aufbringen, für die Frau, die vielleicht hinter der aufgemotzten Großstadttussi stecken könnte, umso mehr. Allein aus diesem Grund war es ratsam, sie so weit wie möglich auf Abstand zu halten, ihr aus dem Weg zu gehen. Und was tat sie? Sie ignorierte seine Andeutungen einfach. Er wollte nicht gut mit ihr auskommen. Er wollte nicht mit ihr »befreundet« sein. Aber sie hatte ihn in einem unachtsamen Moment erwischt. Vermutlich in dem Augenblick, in dem sie ihre zarte Hand über die Tischplatte geschoben hatte, um sie zur Besiegelung ihres Paktes in seine zu legen. Sie hatte ihn festgehalten, länger als nötig. Hatte seine Aufmerksamkeit auf ihre warme Haut gelenkt, während sie ihn dazu brachte, sie im Weinberg arbeiten zu lassen. Er kam nicht umhin festzustellen, dass Annett nicht ansatzweise so ein Wirrwarr in seinem Kopf hinterlassen hatte. Weshalb sie eindeutig die bessere Wahl gewesen wäre.

Tom wusste genug über Frauen. Er kannte ihre Spielchen. Ellie suchte einen Mann und akzeptierte ein Nein offenbar nicht. Sie weigerte sich, einen Schritt zurückzutreten und ihn in Ruhe zu lassen. Vermutlich glaubte sie, dass sie sich durch den Seiteneingang in sein Leben schleichen konnte. Am Ende tat sie garantiert das, was alle Frauen taten, wenn sie auf der Jagd waren. Sie glaubten, dass sie ihn dazu bringen konnten, sich in sie zu verlieben. Als ob so etwas jemals funktioniert hätte, außer in drittklassigen amerikanischen Komödien. Pech für Ellie. Falls das ihr Plan sein sollte, war er einen Tick zu durchschaubar. Nach den vier Wochen würde sie nach München zurückkehren, ob sie wollte oder nicht.

Das grüne Licht der Kaffeemaschine blinkte. Er schob die Tasse darunter, und die Bohnen wurden gemahlen. Während sich der Duft von Kaffee in der Küche ausbreitete, stellte er Brot, Butter, Wurst und Käse auf den Tisch.

Bis Ellie das Gut verließ, hatte er sie jetzt auch noch bei der Arbeit an der Backe. Falls sie überhaupt auftauchte. Halb sechs war für die meisten Menschen noch nicht einmal eine Uhrzeit.

Er zog die Tasse unter der Maschine hervor, drehte sich um – und blinzelte die Erscheinung an, die im Türrahmen stand. Er halluzinierte. Kein Wunder nach so wenig Schlaf. Langsam führte er seine Tasse zum Mund, trank einen Schluck und verbrannte sich die Zunge. Der Schmerz holte ihn in die Wirklichkeit zurück. Die Gestalt stand immer noch da, lächelte ihn breit an und wünschte ihm einen guten Morgen.

Ellie war tatsächlich aufgestanden.

»Morgen«, murmelte er, setzte sich an den Tisch und senkte den Blick in seine Tasse. Aus den Augenwinkeln beobachtete er, wie sie sich an der Kaffeemaschine zu schaffen machte. Sie trug Jeans, ein T-Shirt unter dem Kapuzenpulli und Turnschuhe. Ihr Haar war zu einem wippenden Pferdeschwanz zusammengebunden und ihr Gesicht ungeschminkt. Sie sah aus wie jede andere Frau, die morgens frühstückte, bevor sie zur Arbeit ging. Und doch …

»Was wird mein Job sein?«, wollte sie gut gelaunt wissen.

»Wein lesen«, brummte er.

»Aha.« Sie schwieg einen Moment. »Du bist kein Morgenmensch.«

Er gab einen unbestimmten Laut von sich, den sie richtigerweise als Ja interpretierte.

»Okay.« Sie nahm ihre Tasse, goss einen Schluck Milch hinein und setzte sich zu ihm an den Tisch. Schweigend belegte sie ein Brot mit Käse und knabberte daran herum.

Ihre Laune schien sich um ein paar Grad abgekühlt zu haben. Gut so. Was glaubte sie denn, wie ein Arbeitstag auf einem Weingut aussah? Das war kein netter Zeitvertreib, sondern knochenharte Arbeit, wie sie noch früh genug selbst erkennen würde. Nach dem heutigen Tag begriff sie das hoffentlich und ließ ihn ein für alle Mal in Ruhe.

Tom schüttelte die Gedanken ab und erhob sich. Er musste sich um die Lese kümmern, sich auf das Wesentliche konzentrieren.

Ellie stand ebenfalls auf, und sie traten gleichzeitig an die Spülmaschine, um ihr Geschirr einzuräumen. Ihre Finger berührten sich, als sie ihre Tasse neben seine schob. Die endlos langen Wimpern hoben sich, und ihre Blicke verhakten sich ineinander. Dieses Grün in ihren Augen hatte etwas Hypnotisches an sich. Sein Puls beschleunigte sich ein klein wenig. Er wollte seine Hand heben und ihr die lockige Strähne, die sich aus ihrem Haargummi gelöst hatte, hinters Ohr … Das Hupen eines Traktors auf dem Hof ließ sie beide zusammenzucken.

Ellie wandte ihren Blick ab und trat einen Schritt zurück. »Wer ist das?«

»Eric.« Sein Bruder, der sie zur Arbeit abholen wollte und Tom mit seiner Ankunft glücklicherweise in die Wirklichkeit zurückgeholt hatte.

Tom nahm seine Jacke von der Stuhllehne und stapfte ohne ein weiteres Wort aus der Küche. Ellie schluckte. Ihre Hände zitterten leicht. Sie schloss die Klappe der Spülmaschine, zog ihre Jacke an und folgte ihm in den dunklen Morgen. Hatte ihr Herz gerade wirklich einen Hüpfer gemacht, als sich ihre Fingerspitzen berührten? Oder bildete sie sich das nur ein? Ihre Finger kribbelten an der Stelle, an der sie sich gestreift hatten. Sie strich mit der anderen Hand darüber, um das Gefühl loszuwerden.

Leise schloss sie die Haustür hinter sich, um Murdock, der auf dem Wohnzimmersofa schnarchte, nicht zu wecken.

Auf dem Hof stand Eric vor dem laufenden Traktor, Tom war nirgends zu sehen. Sein Bruder grinste sie fröhlich an. »Guten Morgen, Ellie«, sagte er. »Bereit für einen Tag im Weinberg?«

»Absolut. Ich freu mich drauf.«

»Dann spring auf.« Er wies mit einer einladenden Geste auf den Traktor.

»Wir fahren mit dem Ding?«, erwiderte Ellie und betrachtete das Gefährt skeptisch. »Ich sehe nur einen Sitz.«

Eric lachte. Er war definitiv kein Morgenmuffel wie sein Bruder. »Dein Platz ist hier.«

Eine winzige Plattform mit einem Haltegriff über dem Rad. Das sah nicht besonders vertrauenerweckend aus. »Und Tom? Wie kommt er in die Weinberge?«

Eric machte eine Kopfbewegung zu den Scheinwerfern, die in der offenen Garage aufleuchteten. »Er nimmt seinen Wagen.«

Dieser Art der Fortbewegung vertraute sie wesentlich mehr als dem Traktor. Andererseits war es besser, im Moment nicht mit Tom in einem Auto eingesperrt zu sein. Sie musste erst einmal herausfinden, was dieser Moment in der Küche zu bedeuten hatte. Ihre Finger begannen wieder zu kribbeln. Ihm schien ebenfalls daran gelegen, auf Distanz zu ihr zu bleiben. Sie durfte nicht vergessen, dass noch dreieinhalb Wochen vor ihr lagen. Dreieinhalb Wochen, bis sie ihren Scheck über zehntausend Euro in der Hand hielt. Sie setzte ein Lächeln auf. »Also los, Eric. Ich hoffe, es wird eine wilde Fahrt.«

Sie kletterte auf den Sitz, der unter ihrem Hintern vibrierte, und klammerte sich am Griff fest. Mit einem Ruck fuhr Eric an und holperte, gefolgt von Toms Wagen, vom Hof. Ellie hatte außer den Wirtschaftsgebäuden noch nicht viel vom Weingut gesehen. Sie wünschte sich, alles bei Tageslicht entdecken zu können. Vielleicht bekam sie auf dem Heimweg Gelegenheit dazu. Sie rumpelten über einen Feldweg an der dunklen Felskante entlang.

»Da vorn wohnen Rina und ich.« Eric zeigte auf die beleuchteten Fenster eines kleineren Fachwerkhauses. Viel konnte Ellie nicht erkennen.

»Sieht nett aus.« Hoffentlich hatten sie besseren Geschmack bewiesen als Tom bei der Einrichtung ihres Gästezimmers.

»Laut Drehbuch steht für morgen ein Besuch bei den Verwandten an. Wir laden Tom und dich – und vermutlich die ganze Filmcrew – zum Essen ein. Dann kannst du es dir in Ruhe ansehen.«

»Ich freue mich drauf. Aber für Rina wird das sicher anstrengend. Wenn ich helfen kann, lass es mich wissen.« Das war ehrlich gemeint. Sie mochte Eric und seine Frau und hätte gern mehr Zeit mit ihnen verbracht. Wenn Tom die dunkle, brütende Seite des *Schwarzen Steins* repräsentierte, dann standen die beiden für eine strahlend positive Lebensanschauung.

Eric grinste sie breit an. »Kannst du kochen?«

»Ich bin gelernte Köchin.«

»Ja, verdammt. Das stimmt.« Er schlug auf das Lenkrad. »Wir vergessen das immer wegen deinem Traum vom Nagelstudio.«

»Kann passieren«, sagte sie so leise, dass sie nicht wusste, ob Eric sie über den Lärm des Motors überhaupt hörte. Dieses Nagelstudio war wirklich der dümmste Traum, den die Drehbuchautoren ihr andichten konnten. Wie wäre es mit einem eigenen Restaurant gewesen, oder einem Cateringservice? Das wären realistische Wünsche. Wer kam auf ein Nagelstudio?

Sie ließen das Kutscherhaus hinter sich, der Weg stieg an und wurde noch unebener.

»Mach dir um das Essen keine Sorgen«, riss Eric sie aus ihren Gedanken. »Rina wird alles aus dem *Stein* mitbringen, und wir wärmen es dann nur noch auf.«

»Was ist der *Stein*?« Ellie strich sich eine Haarsträhne, die ihr der Wind in die Augen wehte, hinter das Ohr.

Eric blickte zu ihr herüber. »Der Gasthof. Ich dachte, Tom hat dich herumgeführt?«

»Einen Gasthof hat er mir nicht gezeigt.«

»Ah, wahrscheinlich hat er es vergessen.«

Wohl kaum. Er sah nicht aus wie jemand, der einen Teil seines Unternehmens vergaß. Er hatte ihr die Gebäude gezeigt, in denen der Wein hergestellt und gelagert wurde, den Probierraum, in dem Weinverkostungen abgehalten wurden, und den Hofladen. Kein Wort von einem Restaurant. Wahrscheinlich hatte er es schlicht nicht für nötig gehalten, es zu erwähnen.

»Der *Gasthof zum Stein* ist unsere Weinwirtschaft. Sie liegt nicht auf dem Hof, sondern vorn an der Kreuzung zum Dorf. Vielleicht hast du sie beim Vorbeifahren gesehen.«

»Ja, natürlich.« Sie erinnerte sich an das Fachwerkhaus. Es hatte ein wunderschönes schmiedeeisernes Schild, auf dem der Name des Restaurants stand, eingerahmt von Weinranken und Trauben. Die Blumenkästen in den Fenstern waren herbstlich dekoriert, und neben der Tür, die von wildem dunkelrot leuchtendem Weinlaub umrankt wurde, hatte jemand einladend ein paar Kürbisse drapiert. »Ich wusste nicht, dass das Haus ebenfalls zum *Schwarzen Stein* gehört.«

»Ja, die Wirtschaft ist das Lieblingskind unserer Mutter. Was im Moment alles ein wenig verkompliziert. Sie befindet sich in der Reha, wie du wahrscheinlich schon mitbekommen hast. Ausgerechnet zur Weinlese, der Saison, in der wir die meisten Touristen im Tal haben. Das Gasthaus ist praktisch permanent ausgebucht. Rina bemüht sich, im Rahmen ihrer Möglichkeiten den Betrieb aufrechtzuerhalten. Aber du kannst mir glauben, wir sind verdammt froh, wenn unsere Mutter das Zepter wieder übernehmen kann.«

Damit schien das Thema für Eric erledigt zu sein. Er wies sie auf ein paar Besonderheiten hin, zeigte ihr eine eigentümliche Felsformation und einen Flecken, von dem man bei Tageslicht einen spektakulären Blick auf den Fluss unter ihnen hatte.

Während sie den Berg immer weiter hinaufkrochen, setzte die Dämmerung ein, und ein erster fliederfarbener Schleier ließ den Sonnenaufgang erahnen. Sie benötigten fast eine halbe Stunde bis zum Sammelplatz der Erntehelfer. Ellie sprang vom Traktor, sobald Eric den Motor abgestellt hatte. Sie konnte sich nicht daran erinnern, jemals so durchgeschüttelt worden zu sein. Ihre Beine erschienen ihr im ersten Moment ein wenig wacklig, trugen sie aber. Langsam ging sie zum Geländer hinüber, das den Platz von der Schlucht trennte. Von hier aus ging es tief und steil nach unten. Sie legte ihre Hände auf das taufeuchte Holz und blickte zu den Bergkuppen auf der gegenüberliegenden Talseite. Die Sonne hatte sich bereits zu einem Viertel über die Gipfel geschoben und schwamm in einem Meer aus Orange, Rot und Lila. Ellie atmete tief durch, inhalierte die kühle, klare Luft. Allein für diesen Augenblick hatte sich das Aufstehen gelohnt. Dieser Sonnenaufgang war vermutlich der schönste, den sie jemals gesehen hatte.

Auf einmal knirschte der Kies hinter ihr. Ellie musste sich nicht umdrehen, um zu wissen, dass es Tom war.

»Schön, nicht wahr?«, sagte er leise.

»Ja. Es ist wundervoll.« Sie blieb stehen, die Hände auf das Geländer gelegt, den Blick auf die Berge gerichtet. Fast konnte sie Toms Wärme spüren. Er stand dicht hinter ihr.

»Ich hoffe, du hast genug gesehen.« Seine Stimme klang nicht so spöttisch wie sonst, eher amüsiert. »Wir sind nicht aus romantischen Gründen hier, sondern um zu arbeiten. Du solltest mitkommen, damit wir dich einteilen können.«

Auf ihrer Fahrt nach Steinbach hatte sich Ellie gefragt, wie der Wein auf den steilen Berghängen geerntet wurde. Jetzt wusste sie es. Mit der Hand. Und einem Eimer. Die Arbeit war die Hölle. Der Weinberg war so steil, dass man nur auf schmalen Treppen zwischen den Reihen auf und ab gehen konnte. Die Stufen bestanden aus unebenen, naturbelassenen Steinen und ließen jeden Schritt zu einem Abenteuer werden. In regelmäßigen Abständen rammten die Männer Metallvorrichtungen in den Boden, in die große Kiepen gehängt wurden. Eric gab ihr eine Art Gartenschere und zeigte ihr, welche Traubendolden sie abschneiden konnte und was sie besser hängen ließ. Die Trauben sammelte sie in zwei Wassereimern, die sie, sobald sie gefüllt waren, zu den Kiepen schleppte. Waren auch die voll, trug einer der männlichen Erntehelfer sie auf den Sammelplatz, wo sie auf den Hänger des Traktors geschüttet wurden.

Bereits nach der dritten Eimerleerung spürte Ellie ihre Beine nicht mehr. Diese Treppen waren besser als jedes Fitnessstudio. Sie war langsamer als die geübten Arbeiter, die sich als eingespieltes Team erwiesen. Aufgeben würde sie deshalb noch lange nicht. Unter Toms wachsamen Augen knipste sie Dolde für Dolde ab. Seinem Blick nach zu urteilen schien er sich sicher zu sein, dass sie früher oder später das Handtuch warf. Diesen Triumph würde sie ihm nicht gönnen!

Gegen zehn Uhr versammelten sich alle auf dem Platz, auf dem die Trauben verladen wurden. Ein paar Arbeiter stellten Bierbänke auf, schenkten Kaffee aus und reichten belegte Brote herum.

Ellie nahm einen Becher und legte ihre Hände um das warme Plastik. Der Wind, der um sie herumpfiff, war ziemlich kalt. Trotz der anstrengenden Arbeit fror sie.

Tom ließ sich neben ihr auf der Bierbank nieder. Er hielt ihr ein Käsebrot hin, und Ellie besaß nicht mehr genug Stolz, um es abzulehnen und sich selbst eines zu holen.

»Hast du schon genug?«, fragte er, ohne sie anzusehen.

Ellie drehte den Kopf und betrachtete sein Profil. Der starke Kiefer, das unrasierte Kinn und die dunklen Locken, die der Wind in seine Stirn wehte. »Genug wovon?«

»Davon, Bäuerin zu spielen.«

Ein Stück Brot blieb ihr im Hals stecken, und sie musste husten. Tränen traten ihr in die Augen, und sie spülte mit einem Schluck Kaffee nach. Erst Toms leichter Schlag auf ihren Rücken löste die Blockade. Keuchend holte sie Luft.

»Alles in Ordnung?«, wollte er wissen.

»Ja, natürlich.« Sie wischte sich die Tränen aus dem Gesicht. Peinlicher, als sich vor seinen Augen zu verschlucken, war eigentlich nur, aufzugeben. Als sie sich aufrecht hinsetzte, schoss eine Schmerzwelle durch ihren Rücken, die ihr fast noch einmal die Tränen in die Augen trieb. »Wie kommst du darauf, ich könnte schon genug haben?«

Er zuckte die Achseln. »Du wolltest wissen, wie die Arbeit auf dem Gut funktioniert. Jetzt weißt du es.«

»Mit der Weinlese verdiene ich mir den Unterhalt. Ich fühle mich wohler, wenn ich deinen Kühlschrank öffne oder deine Kaffeemaschine benutze, wenn ich weiß, dass ich etwas dafür getan habe.«

»Das ist doch Quatsch«, entgegnete er. »Ich hab dir gesagt, du kannst dich wie zu Hause fühlen.«

»So ist es mir lieber. Ich habe ein paar Mal gehört, wie du dich über die Filmcrew beklagst, dass sie dir die Zeit stehlen. Wenn ich hier mitarbeite, holen wir einen Teil wieder auf.«

Toms Mundwinkel zuckten. Er wandte den Kopf, und plötzlich waren sich ihre Gesichter sehr nahe. »Das ist nett gemeint«, sagte er, »aber du glaubst nicht wirklich, dass deine Arbeitskraft ausreicht, die Verluste wieder reinzuholen?« Forschend sah er sie an. »Ellie?«

»Ja?« Wann war ihre Stimme zu einem Flüstern geschrumpft?

»Du tust das doch nicht, weil du glaubst, mich damit beeindrucken zu können?«, fragte er.

»Wie bitte?« Sie blinzelte, um dem dunklen Karamell seiner Augen zu entkommen. »Ich …« Er glaubte, sie wollte ihn bezirzen? Oh Gott. Sie drehte sich weg und wollte sich zurücklehnen, um Abstand zwischen sich und ihn zu bringen. Dort, wo normale Bänke eine Lehne hatten, war bei einer Bierbank – nichts. Für den Bruchteil einer Sekunde schwebte sie, dann krachte sie mit dem Rücken schmerzhaft auf den Kies. Okay, es ging peinlicher, als sich zu verschlucken.

Toms Kopf tauchte in ihrem Blickfeld auf, gleich neben ihren Füßen, die in die Luft ragten wie bei einem verunglückten Käfer. »Alles in Ordnung?« Die Frage schien in ihrer Gegenwart zu einem Mantra zu werden.

»Natürlich.« Sie biss die Zähne zusammen. Gab es irgendjemanden auf dem Platz, der ihren Abgang nicht bemerkt hatte? Sie spürte, wie die Hitze in ihre Wangen schoss. Angesichts ihres hellen Hauttones würde sie in ein paar Sekunden das Farbschema einer überreifen Tomate erreicht haben.

Tom hielt ihr die Hand hin, und einmal mehr setzte sich ihr Körper über jegliche Form von Stolz hinweg. Wenn sie sich allein hätte aufrappeln müssen, wäre das ein Kurzfilm auf YouTube wert gewesen. Sie griff nach seiner Hand und ließ sich hochziehen. Er blieb vor ihr stehen, wieder ein wenig zu nah, und hielt ihre Finger zwischen seinen. Ellie traute sich nicht zurückzutreten, aus Angst, sich noch einmal mit einem Sturz lächerlich zu machen. Sie traute sich aber genauso wenig, ihm in die Augen zu sehen. Also hielt sie den Blick auf ihre Hand gerichtet.

Tom hielt sie fest, drehte sie um und fuhr mit dem Daumen über die raue Haut. Bereits ein paar Stunden im Weinberg hatten ihr zugesetzt. Das war nicht weiter schlimm. Als Köchin gehörten Verbrennungen und Schnittwunden zum Alltag. Dagegen waren die paar Dornen und Disteln, mit denen sie hier zu kämpfen hatte, harmlos. »Du musst besser auf dich aufpassen«, murmelte Tom. Sein warmer Atem strich über ihr Ohr und verursachte eine Gänsehaut, die sich über ihren gesamten Körper ausbreitete.

»Ja.« Eine kommunikative und intellektuell anspruchsvolle Antwort. Resigniert schloss Ellie die Augen. Konnte Tom sie nicht einfach loslassen und weggehen?

»Wenn du wirklich weiterarbeiten willst, benutz die.« Er drückte ihr etwas in die Hand und verschwand. Das gab ihr wieder Raum zum Atmen. Und ließ sie die Kälte spüren. Sie starrte auf die Arbeitshandschuhe, die er ihr gegeben hatte. Suchend sah sie auf. Er stand bereits am anderen Ende des Platzes und diskutierte lebhaft mit seinem Bruder, so als hätte es den Augenblick, den sie gerade erlebt hatten, nie gegeben.

Ellie überstand den Tag. Irgendwie. Sie beendeten die Arbeit erst, als die Sonne hinter den Horizont sank. Mit zusammengebissenen Zähnen klammerte sie sich an den Griff auf Erics Traktor, während sie zurück ins Tal holperten. Die Erntehelfer setzten sich in der Kelter zu einem Feierabendbier zusammen und luden sie ein, sich zu ihnen zu gesellen.

»Das Angebot solltest du auf keinen Fall ausschlagen.« Eric zwinkerte ihr zu. »Wenn sie dich auf ein Bier einladen, gehörst du dazu.«

»Du solltest vielleicht lieber ins Haus gehen und dich auf den Filmtermin morgen vorbereiten«, widersprach Tom.

Ellie fing seinen Blick auf. Seine Miene hatte wieder den verschlossenen Ausdruck angenommen. Und sie hatte geglaubt, dass sie diese Phase inzwischen abgeschlossen hatten! Sie streckte ihren Rücken durch und ignorierte seinen Vorschlag, auch wenn sie sich am liebsten in die warme Badewanne gelegt hätte. Sie lächelte Eric an. »Ein Bier ist jetzt genau das Richtige. Danke.« Ellie war sich nicht einmal sicher, ob sie überhaupt in der Lage war, eine Flasche zu halten. Egal. Notfalls würde sie einen Strohhalm benutzen, um Tom zu zeigen, dass sie sich nicht von ihm herumkommandieren ließ.

Wie es aussah, war das nicht nötig. »Ich habe noch zu tun«, brummte er, machte auf dem Absatz kehrt und verschwand in der Dunkelheit.

Gegen seinen Willen beeindruckte Ellies Starrsinn Tom. Zumindest ein wenig. Sie hatte es nicht nur geschafft, die Arbeit zu überstehen, sie hatte auch noch seine Mannschaft um den Finger gewickelt und an ihrem ersten Feierabend ein Bier mit ihnen getrunken. Das boten sie normalerweise niemandem so ohne Weiteres an. Und das war der Grund, warum er nichts mit seinen Männern getrunken hatte. Er war ihr ein paar Mal zu nahe gekommen, hatte sie ein paar Mal zu oft berührt. Als sie von der Bierbank gekippt war, und er ihr aufgeholfen hatte, hätte er sie am liebsten an sich gezogen und ihren unwiderstehlichen Duft tief eingeatmet. Wenn sie also mit seinen Arbeitern etwas trinken wollte, musste sie das ohne ihn tun. Er hatte sowieso genug anderes zu erledigen.

Er lehnte sich gegen die Wand der Kelter und wartete. Kurz darauf kam Eric heraus und hielt ihm eine geöffnete Bierflasche entgegen. »Zum Wohl.«

Tom nahm das Bier und nickte seinem Bruder zu.

»Was ist los?«, fragte Eric. »Irgendwas beschäftigt dich doch.«

Eric kannte ihn zu gut. Tom stieß sich von der Wand ab, und sie machten ihren Rundgang, mit dem sie jeden Tag abschlossen. »Viermal haben wir bei dieser Lese schon die Presse anhalten müssen, weil eine Schere zwischen die Trauben geraten ist.«

»Ja, viermal ist viel.« Eric fuhr sich durch die Haare und warf ihm einen Seitenblick zu. »Was denkst du?«

»Nichts. Alles. Verdammt. Niemand hat zugegeben, dass er seine Schere verloren hat.«

»Was ich verstehen kann«, erwiderte Eric. »Obwohl unsere Männer wissen, dass wir ihnen deswegen nicht den Kopf abreißen.«

»Wenn jemand so oft seine Schere verliert, reiße ich ihm den Kopf ab«, sagte Tom.

»Das ist auch früher schon passiert. Worauf willst du hinaus?«

Tom trank einen Schluck Bier. »Es bestreitet nicht nur

jeder, es gewesen zu sein. Am Ende der Schicht hatte auch jeder sein Werkzeug. Wie sind die Scheren also in die Presse geraten?«

Eric blieb stehen und starrte ihn entgeistert an. »Sprichst du von Sabotage?«

»Nein. Nein, natürlich nicht. Ich habe nur ein ungutes Gefühl. Nichts, worauf ich den Finger legen könnte. Falls das mit Absicht passiert sein sollte, kommt für mich nur eine Person infrage.«

»Wendt?«

Tom zuckte die Schultern. »Fällt dir sonst noch jemand ein? Ich finde es ziemlich verdächtig, dass er sich mit Ellie getroffen hat, kaum dass sie hier aufgetaucht ist.«

»Sie kann keine Scheren in die Presse geworfen haben«, verteidigte Eric sie. »Sie ist heute zum ersten Mal mit auf dem Berg gewesen und hatte vorher keine Ahnung von Wein. Nicht dass sie jetzt eine hätte.« Er grinste und nippte an seinem Bier.

»Wir sollten das im Auge behalten. Genau wie Ellie. Ab morgen werden die Scheren aller Helfer mit ihren Initialen markiert. Ich will die Presse nicht noch einmal anhalten müssen. Wir sind sowieso schon im Verzug.«

Sein Bruder nickte und schlug ihm auf die Schulter. »Einverstanden. Und jetzt lass uns für heute Schluss machen.«

Murdock gesellte sich zu ihnen, und gemeinsam sahen sie ein letztes Mal nach der Presse.

Marcus saß in seinem Büro in der Winzergenossenschaft. Im Gebäude war es ruhig. Die meisten Weinbauern waren nach Hause gegangen, sobald sie ihre Trauben abgeliefert hatten. Zur Lese gönnten sich seine Leute ein frühes Abendessen und verschwanden beizeiten im Bett, um am nächsten Morgen wieder in aller Herrgottsfrühe auf der Matte zu stehen.

Marcus mochte die stillen Abende. Sie eigneten sich bestens, seinen Geschäften nachzugehen, die nicht immer etwas mit der Genossenschaft zu tun hatten. Er lehnte sich mit seinem Handy in der Hand im Schreibtischsessel zurück, scrollte durch das Adressbuch und wählte.

»Hallo?« Die Stimme klang ein wenig atemlos. Im Hintergrund hörte er Gelächter.

»Ellie. Ich wollte mich einfach mal bei dir melden und fragen, wie es dir geht.« Er legte ein Lächeln in seine Stimme, weil man so etwas angeblich beim Telefonieren spürte. Eine vertrauensbildende Maßnahme sozusagen.

»Marcus?«

»Ganz genau. Wie läuft es auf dem *Schwarzen Stein*?«

»Wunderbar. Ich habe bei der Weinlese geholfen. Eine ganz schöne Schinderei, kann ich dir sagen. Und jetzt trinke ich mit den Erntehelfern ein Feierabendbier.«

»Toll. Wirklich.« Das lief ja wie am Schnürchen. Feierabendbier bedeutete, sie gehörte zur Mannschaft, war in den Kreis der Helfer aufgenommen und akzeptiert. Im Umkehrschluss bedeutete das, sie hatte Informationen über den Weinberg, auch wenn ihr das nicht bewusst war. Er musste sie nur noch aus ihr herauskitzeln. »Wie weit seid ihr denn schon mit der Lese?«

»Oh.« Er hörte, wie sie einen Schluck trank. »Das ist noch wahnsinnig viel Arbeit. Tom sagt die ganze Zeit, dass es verdammt eng wird, alle Trauben einzuholen, bevor das schlechte Wetter kommt. Hoffentlich bekommen wir das hin.«

»Ja, so ist das, wenn man alles von Hand ernten muss. Da wird die Zeit manchmal ziemlich knapp.« Marcus lächelte immer noch. »Und wie läuft es sonst so?«

»Alles wunderbar. Es gefällt mir hier. Tom ist ein wenig brummig, aber daran gewöhnt man sich schnell.«

Tatsächlich? Er zog es vor, die Antwort nicht laut auszusprechen. Im Hintergrund hörte er jemanden Ellies Namen rufen.

»Ich muss Schluss machen«, ließ sie Marcus wissen. »Ich freue mich, dass du dich gemeldet hast.«

»Ja, war schön, mit dir zu quatschen. Vielleicht schaffen wir es bald mal wieder auf einen Kaffee.«

»Das wäre nett. Servus.«

Marcus wartete, bis Ellie die Verbindung trennte. Langsam legte er das Handy auf den Tisch. Fantastisch. Die Sanders bemühten sich hektisch um ihre Lese – und würden es nicht rechtzeitig schaffen. Er verstand zwar nicht, warum sie sich so sehr quälten, ihre Trauben überhaupt noch einzubringen, aber es würde ihm natürlich entgegenkommen, wenn er den Hof bei der Zwangsversteigerung kaufte. Chardonnay und Riesling würde dann bereits in ihren Fässern reifen.

Abgesehen davon, dass die Sanders sich schon immer für etwas Besseres gehalten hatten und er Tom nicht ausstehen konnte, hatte sein Banker recht. Den Hof aufzukaufen war eine verdammt gute Investition. Nicht einmal mehr vier Wochen, und der *Schwarze Stein* war Geschichte.

7

Landliebe – Szene 7 – Tom

(Kamera 1: Totale auf das Haus von Eric Sander / Kamera 2: Totale auf Weidenmann)

»Zwischen Tom und Elisabeth wird es langsam ernst. Heute Abend hat Tom Elisabeth seinem Bruder und seiner Schwägerin vorgestellt. Tom, warum glaubst du, die neugierige Nageldesignerin könnte die Richtige für dich sein?«

(Kamera 2: Totale auf Sander)

»Na ja, sie hat gestern auf dem Weinberg geholfen. Natürlich ist sie nicht so schnell und gründlich wie unsere erfahreneren Helfer, aber sie gibt sich Mühe und zeigt Interesse am Gut.«

(Schnitt! Tom, ich habe dich gebeten, dich ans Drehbuch zu halten. ›Sie gibt sich Mühe‹ ist nicht romantisch! Noch mal ab ›Sie hat auf dem Weinberg geholfen‹. Kamera 2: Totale auf Sander)

»Gibt es etwas Besseres als eine attraktive Frau, die mit einem strahlenden Lächeln zwischen den Weinreben steht? Mit solchen Dingen schafft es jedes Mädchen, mir das Herz zu stehlen … Ist das euer Ernst? Das soll ich wirklich laut aussprechen?«

(Hast du gerade getan. Paul, rede einfach weiter. Das schneiden wir später zurecht.)

»Danke, Tom. Liebe Zuschauer, Amors Pfeil scheint sein Ziel

erreicht zu haben. Wir dürfen gespannt sein, ob aus Elisabeth die neue Gutsherrin auf dem Schwarzen Stein *wird.«*

(Kamera 2: Zurückfahren)

Tom saß beim Frühstück wie am Morgen zuvor. Wenn er gestern erstaunt war, Ellie um diese Uhrzeit zu sehen, so fiel ihm heute fast die Tasse aus der Hand.

»Guten Morgen«, sagte sie, weniger enthusiastisch als am Vortag. Sie bewegte sich anders. Vorsichtiger. Auf Small Talk verzichtete sie. Sie blieb an den Küchentresen gelehnt stehen, bis ihr Kaffee durchgelaufen war. Langsam ging sie mit der Tasse zum Tisch und verzog das Gesicht, als sie sich auf den Stuhl ihm gegenüber sinken ließ.

»Muskelkater?«

Sie lächelte schief. Unter ihren Augen lagen dunkle Schatten. »Ja, ziemlich. An Stellen, von denen ich bisher gar nichts geahnt habe.« Sie zuckte die Schultern und bereute es gleich darauf, wie er in ihrem Gesicht lesen konnte. »Ich bin so harte Arbeit wie auf dem Weinberg nicht gewöhnt.«

Er musterte sie über den Rand seiner Tasse. »Das kann ich mir vorstellen.« Ihn verwunderte viel mehr, dass sie tatsächlich einen ganzen Tag durchgehalten hatte. Er hätte einen Haufen Geld darauf gewettet, dass sie nach einer halben Stunde das Handtuch warf. Aber sie war stur. Er hatte ihr angeboten, zu gehen. Doch sie hatte nicht aufgegeben.

Er biss in sein Toastbrot und kaute. »Warum bist du schon auf?«

Sie runzelte die Stirn und nippte an ihrem Kaffee. »Weil Frühstück um halb sechs ist.«

»Du willst arbeiten?«, fragte Tom erstaunt.

»Du arbeitest auch, oder? Also, ja. Ich will auf den Weinberg.«

»Ellie.« Er legte das Brot zurück auf den Teller und versuchte, nicht zu verärgert zu klingen. Merkte sie nicht, dass sie nicht in der Verfassung war, zu arbeiten? »Hör mal, du hast dir gestern möglicherweise ein bisschen viel zugemutet. Wie wäre es, wenn du heute hierbleibst, dir ein entspannendes Bad gönnst und dich ein wenig erholst.«

Verständnislos sah sie ihn an. »Ich dachte, wir hätten das geklärt.«

»Du hast Schmerzen«, appellierte er an ihre Vernunft.

»Muskelkater«, verbesserte sie ihn.

»Von mir aus, Muskelkater. Heute kommt das Kamerateam.«

»Ich weiß.« Sie biss von ihrem Butterbrot ab und beobachtete ihn aufmerksam.

Heute war der Tag, an dem sie das Familienessen bei seinem Bruder vortäuschen mussten. Natürlich geschah es Eric und Rina recht, weil sie ihn bei dieser verdammten Show angemeldet hatten. »Willst du dich nicht darauf vorbereiten?« Sein Blick fiel auf ihre zerschundenen Hände.

»Du arbeitest bis zum Mittag, oder?«, fragte Ellie.

Tom nickte zögerlich.

»Dann tue ich das auch. Nur um eines möchte ich dich bitten.«

»Und das wäre?«

»Kann ich in deinem Wagen mitfahren anstatt auf dem Traktor? Ich glaube, noch einmal so durchgeschüttelt zu werden, ertrage ich nicht.«

Henner Holzmaier war wie ein Vulkan. Ellie hatte seine Aufregung und seine hektischen Attacken bereits zu spüren bekommen. Was sie erwartete, als sie an diesem Mittag mit Tom vom Weinberg zurückkehrte, hätte sie sich nicht einmal im Traum vorstellen können. Holzmaier stand vor dem Gutshaus und winkte ihnen zu, als Tom den Tuareg auf den Hof lenkte. Immer noch gut gelaunt beobachtete er, wie sie vorsichtig vom Beifahrersitz des SUV rutschte. Der halbe Tag auf dem Weinberg war noch höllischer gewesen als gestern. Ellie besaß keinen einzigen Muskel mehr, der nicht schmerzte. Im Geiste sah sie sich bereits in Toms wundervoller Dusche mit den Massagedüsen stehen. Für eine halbe Stunde. Oder eine ganze. Oder den Rest des Tages.

Holzmaiers entsetzter Schrei holte sie in die Wirklichkeit zurück. »E… E… Elisabeth?«, stotterte er, die Augen weit aufgerissen, das Gesicht so rot, dass sie befürchtete, sein Blutdruck war jenseits der Zweihundert. »W… w… was ist mit dir passiert? D… deine Haare …« Er machte ein paar Schritte auf sie zu. »Wo ist dein Dirndl?«

»Ich habe auf dem Weinberg gearbeitet.« Die Antwort klang wie die eines trotzigen Kindes. Sie drehte sich zu Tom um, der lediglich die Augenbrauen hob, als wollte er sagen: Ich hab dich gewarnt. Von ihm war keine Hilfe zu erwarten.

Ellie hob beschwichtigend die Hände und zwang sich zu einem unschuldigen Lächeln. »Keine Sorge, Henner«, sagte sie. »Ich spring schnell unter die Dusche, dann bin ich wie neu.«

»Wie neu?« Holzmaier drehte sich zur Crew um, die dem Schauspiel mit neugierigen Blicken folgte. »Wie neu!«, schrie er. »Wie kann sie mir das antun?« Er fuhr wieder zu ihr herum und starrte sie mit vor Zorn blitzenden Augen an. »Wie konntest du nur? Das wird Stunden dauern. Stunden! Du machst den kompletten Zeitplan kaputt.«

Dramaqueen, würde Alex sagen, wenn sie hier wäre. Ellie bemühte sich, ruhig zu bleiben.

»Das Lächeln wird dich nicht retten«, sagte Holzmaier. »Wir haben einen Vertrag.« Er schleuderte sein Klemmbrett mit solcher Wucht zu Boden, dass es einen Satz machte und neben Ellies Füßen landete.

»Hey, hey.« Tom stellte sich neben sie. »Kein Grund auszuflippen. Wir bekommen das schon hin, Henner.« Er schob sie an dem Aufnahmeleiter vorbei. »Keine ewig lange Dusche. Mach dich so schnell wie möglich fertig, bevor er noch ganz austickt. Verstanden?«, flüsterte er ihr ins Ohr. Sie nickte und huschte zum Haus. Als sie sich an der Tür noch einmal umdrehte, sah sie Holzmaier tatsächlich mit dem Fuß aufstampfen wie ein zorniges Rumpelstilzchen.

Ellie begrüßte Murdock und zog sich zu einer Blitzdusche ins Bad zurück. Sie konnte nicht widerstehen, wenigstens für eine Minute die Massagedüsen einzuschalten und ihre malträtierten Muskeln zu verwöhnen. Um Holzmaier nicht noch wütender zu machen, wusch sie sich und ihre Haare in Rekordzeit und gab das Bad für Tom frei.

Den Bademantel über ihre Unterwäsche gestreift, setzte sie sich im Wohnzimmer an den Esstisch und ließ sich von den Stylisten ihre Haare frisieren und das Make-up auftragen. Der Aufnahmeleiter tigerte um sie herum und warf pausenlos Blicke auf seine Uhr, was Ellie nervös machte.

Als die Stylisten endlich fertig waren, atmete er erleichtert auf. »Los jetzt, Dirndl anziehen, damit wir anfangen können.«

Ellie graute vor dem engen, unbequemen Kleid, in das sie ihren geschundenen Körper auf keinen Fall quetschen wollte. »Hör mal, Henner, ich habe da eine Idee. Mir tut von der Arbeit auf dem Weinberg jede einzelne Faser meines Körpers weh, und die Zuschauer kennen mich ja inzwischen im Dirndl. Wie wäre es, wenn sie meine andere Seite kennenlernen und ich einfach nur Jeans, T-Shirt und Turnschuhe anziehe?« Sie fand sich ziemlich diplomatisch, doch als der Stylist und die Friseurin plötzlich hektisch ihr Zeug zusammenrafften und das Weite suchten, stutzte sie. Die Filmcrew, die das Wohnzimmer in ein Studio verwandelte, riss die Augen auf. Ohne den Aufnahmeleiter aus den Augen zu lassen, gingen sie hinter dem Sofa in Deckung.

Holzmaier stand mit dem Rücken zu Ellie. Seine Schultern bebten. Wie in Zeitlupe drehte er sich um. Hatte er sie zuvor an Rumpelstilzchen erinnert, wirkte er jetzt wie eine Handgranate kurz vor der Detonation.

Seine Augen quollen aus seinem knallroten Gesicht hervor, die Ader an seiner Schläfe pulsierte, und seine Unterlippe zitterte. »Du!«, zischte er. »Du. Dumme. Impertinente. Pute.« Mit jedem Wort steigerte sich der Dezibelbereich seiner Stimme.

Murdock, der ihr Gesellschaft geleistet hatte, warf ihr einen mitleidigen Blick zu und verschwand mit eingezogenem Schwanz.

Holzmaier trat auf sie zu. »Du«, begann er wieder und stieß sie mit seinem dicken, kurzen Zeigefinger an. »Du machst alles kaputt. Du zerstörst meine ganze Sendung.« Er warf die Arme in die Luft. »Du zerstörst alles, wofür ich gearbeitet habe. Du wirst ein Dirndl tragen, weil wir, verdammt noch mal, einen Vertrag haben.« Er hieb mit der Faust neben ihr auf den Tisch, was Ellie mehr zusammenzucken ließ als der Stoß mit dem Zeigefinger. »Du hältst dich gefälligst an das Drehbuch, hast du mich verstanden? Es reicht, dass wir pausenlos darauf achten müssen, deine Hände nicht ins Bild zu bekommen. Hat jemand, der ein Nagelstudio eröffnen will, solche Hände? Kennst du irgendjemanden? Hmm?«

Ellie öffnete den Mund, um ihm zu sagen, dass Hände nun mal so aussahen, wenn man sie zum Arbeiten benutzte, doch Holzmaier beugte sich über sie. »Niemand!«, brüllte er. »Niemand missachtet meine Arbeit so wie du und dieser Weinfritze.« Er wirbelte herum und versetzte der Couch einen Tritt, nahm eines von Toms Modellflugzeugen aus dem Regal und schmetterte es gegen die Wand. »Ihr seid mein Untergang«, schrie er, während unzählige Plastiksplitter durch die Luft wirbelten.

Offenbar erschöpft angesichts dieses Ausbruchs ließ sich der Aufnahmeleiter auf die Couch fallen. »Du bist eine Bayerin. Du wirst das Dirndl tragen«, wiederholte er matt.

Ellie strich sich über das Gesicht. Auf ihrem Dekolleté waren ein Flugzeugfenster und ein Stück Propeller gelandet. Holzmaier war ein Wahnsinniger. Völlig irre. Nicht zurechnungsfähig.

Sie befreite sich von den Modellteilen, als sie aus den Augenwinkeln eine Bewegung registrierte. Sie hob den Blick.

Im Türrahmen, die Arme lässig vor der Brust verschränkt,

lehnte Tom. Seinem Gesichtsausdruck nach amüsierte er sich prächtig. »Bei so viel dramatischem Talent solltest du dir überlegen, selbst an einer Show teilzunehmen, Henner.«

»Dein Flugzeug …«, begann Ellie.

»Ja.« Tom trat ins Zimmer. Unter seinen Schuhen knirschte brechendes Plastik. »Ich hoffe, du findest jemanden, der die Sauerei beseitigt.« Er sah den Aufnahmeleiter scharf an. »Ich möchte nicht barfuß auf irgendwelchen Mist treten.«

Ellie legte die Teile, die sie eingesammelt hatte, auf den Tisch. Wieso flippte er nicht aus wegen des Modells, das er sicher in wochenlanger Kleinarbeit zusammengesetzt hatte? Das musste ihm doch nahegehen. Es sei denn – sein Hobby war genauso real wie ihr Traum vom Nagelstudio.

»Ich bin so weit«, fuhr Tom fort. »Willst du mich auch noch ein bisschen anbrüllen, oder kann ich mir die Haare föhnen lassen?«

Ellie biss sich auf die Unterlippe, damit sie nicht laut loslachte. Noch immer saß Holzmaier mit hängendem Kopf auf der Couch. Sie schob sich an ihm und Tom vorbei und stolperte die Treppe hinauf, um sich in ihr verfluchtes Dirndl zu quälen.

Mit Ellie und Murdock verließ Tom eine Stunde später das Haus. Holzmaier hatte sich einigermaßen beruhigt und die Kameracrew auf dem Hof Aufstellung nehmen lassen. Eric hatte ihm vorhin getextet, dass sein Zuhause inzwischen ebenfalls mit Mikrofonen, Monitoren und einem unglaublichen Kabelwirrwarr verwanzt sei. Noch vor zwei Stunden hatte Tom gedacht, es geschehe seinem Bruder ganz recht,

Reality Productions auf dem Hals zu haben. Nachdem er Holzmaiers Ausraster erlebt hatte, hoffte er jetzt, sie setzten Rina nicht so zu. Sie war im Moment zu gestresst und hochschwanger, um auch noch von diesen Filmfuzzis herumgeschubst zu werden.

Er warf Ellie einen Blick zu. Sie sah fast genauso aus wie an dem Tag, an dem sie sich zum ersten Mal begegnet waren. Das einzige Zugeständnis, das der Aufnahmeleiter nach seinem Anfall gemacht hatte, waren flache Schuhe anstatt der High Heels. So oft, wie sie die steilen Treppen des Weinbergs hinauf- und hinabgestiegen war, konnte sie unmöglich in Absatzschuhen laufen. Abgesehen davon ließ nichts an ihr erahnen, wie hart sie in den vergangenen beiden Tagen gearbeitet hatte. Er war ehrlich genug, ihr dafür Respekt zu zollen. So viel Engagement hätte er ihr nicht zugetraut. Auch wenn er nicht wusste, wie viel davon ihrem störrischen Wesen geschuldet war. Die Lese in den Steilhängen war jedoch keine Arbeit, die Eric und er Frauen gern zumuteten. Es war ein mieser Knochenjob, der jeden – auch ihn – an seine körperlichen Grenzen brachte. Ellie hatte ihm deutlich zu verstehen gegeben, dass sie arbeiten wollte und sich nicht von ihm im Haus einsperren lassen würde. Wenn er diesem Wunsch nicht nachkam, würde sie ihn bestimmt so lange nerven, bis ihm eine andere Beschäftigung für sie einfiel. Oder sie würde das Handtuch werfen, und das musste er in jedem Fall verhindern. Wenn Ellie abreiste, würde seine Familie den Hof verlieren. Jetzt schien er eine Lösung gefunden zu haben, die er am Abend vorsichtig ansprechen wollte. Bei einer Frau wie Elisabeth Lorenz war Fingerspitzengefühl gefragt, was nicht gerade seine größte Stärke war. Sie ließ sich nicht übers Ohr hauen oder für dumm verkaufen, wie er inzwischen zugeben musste. So langsam dämmerte ihm, dass sie nicht die naive Großstädterin war, für die er sie anfangs gehalten hatte. Die Dirndl gehörten anscheinend zu ihren von der Filmfirma vorgeschriebenen Outfits, genau wie seine Flanellhemden und Jeans. Nur dass er bei der Kleiderwahl eindeutig besser wegkam. Seit er wusste, was sie trug, wenn sie kein Dirndl anhatte, und wie sie sich außerhalb der Kameras schminkte – nämlich gar nicht –, hatte sich sein Bild von ihr um einhundertachtzig Grad gedreht. Er verstand nicht, warum sie bei einer Show wie *Landliebe* mitmachte. Aber was wusste er schon? Er hatte sie nicht über ihre Erfahrungen mit Männern ausgefragt. Vielleicht war sie immer nur an Arschlochtypen geraten, die ihr das Leben schwergemacht hatten, und hoffte jetzt, jemand Netten zu finden. Pech für sie, dass sie gerade an ihn geraten war. Was auch immer geschehen würde, eine Beziehung mit einer Frau aus der Großstadt kam für ihn nicht infrage, nicht einmal, wenn sie ihn so aus dem Konzept brachte wie Ellie.

Sie überquerten den Hof und warteten am Rande des Feldweges, der zum Kutscherhaus führte, bis Murdock durch die Rabatte bis zu ihnen geschlichen war. Wenn es nach ihm gegangen wäre, hätte er Ellie in seinen Wagen gepackt und die fünfhundert Meter bis zu Eric gefahren. Sie hatte unübersehbar Schmerzen. Aber sie bestand darauf, wie von Holzmaier angeordnet, zu Fuß zu gehen. Sie wollte ihn nicht noch mehr reizen, als sie es, wenn auch unbeabsichtigt, heute schon getan hatte. »Ich will nicht an seinem Schlaganfall schuld sein«, hatte sie ihm zugeflüstert und ihn dabei wieder in diesen leichten, blumigen Duft eingehüllt.

»Hake dich bei ihm unter, Ellie«, blökte der Aufnahmeleiter aus dem Hintergrund.

Ellie tat wie befohlen und lächelte zu ihm auf. »Du baust im wirklichen Leben also keine Flugzeugmodelle?«, fragte sie.

Er konnte nicht anders. Er musste lachen. »Nein, das Drehbuch war der Meinung, erst das Bauen von Modellflugzeugen mache mich zu einem interessanten Menschen.«

»Hmm. Bei mir ist es das Nagelstudio. Ich habe mich wirklich dagegen gewehrt, aber angeblich ist das das Einzige, was wirklich zu mir passt.«

Verstohlen sah Tom sie von der Seite an. Das Nagelstudio war eine Erfindung von Reality Productions? Eigentlich hätte er selbst daraufkommen können. Ihn beschlich das untrügliche Gefühl, Ellie von Anfang an falsch eingeschätzt zu haben.

Er hätte sie gern gefragt, womit sie ihre Zeit tatsächlich verbrachte, was sie mochte, was ihr Spaß machte. Doch er biss sich auf die Zunge. Es war besser, wenn sie sich nicht zu nahe kamen. Er wollte nichts weiter über Ellie erfahren, was sie noch attraktiver machte. Seit Maren ihn sang- und klanglos verlassen hatte, war er nicht mehr bereit gewesen, sein Herz an eine Frau zu verlieren, die aus einer anderen Welt kam und es nicht auf Dauer auf dem Land aushielt. Ein Mädchen aus der Gegend wäre kein Problem, aber eine Münchnerin stand nicht zur Debatte. In den vergangenen beiden Tagen hatten sie sich angenähert, hatten fast so etwas wie Freundschaft geschlossen. Genau an dieser Stelle musste er die Grenze ziehen, die er nicht überschreiten würde.

Den Weg zum Kutscherhaus legten sie schweigend zurück, was jedoch nicht unangenehm war. Rina und Eric erwarteten sie strahlend an der Tür. Trotz ihrer Bemühungen mussten sie die Begrüßung dreimal wiederholen, bis Holzmaier sie von allen Seiten im Kasten hatte und zufrieden war.

Als sie das Haus schließlich betraten, blieb Ellie der Mund offen stehen. Eric und Rina hatten beim Umbau ganze Arbeit geleistet. Hohe Decken und frei liegende Balken und eine Galerie, die man über eine knarzende Holztreppe erreichte. Während die Vorderseite des Hauses mit den kleinen Fenstern, die nicht besonders viel Licht einließen, original erhalten war, bestand die Rückseite aus großen Sprossenfenstern und Türen, die zu einer Terrasse mit einem atemberaubenden Blick über das Tal führten.

Es machte Spaß, Ellie zu beobachten. Sie verschlang jedes Detail mit den Augen, fuhr mit den Fingern über Oberflächen und ertastete Texturen.

Begleitet von den Kameras öffnete Eric auf der Terrasse eine Flasche des hauseigenen Weins und stieß mit Ellie und ihm an, während Rina streng nach Drehbuch in der Küche das Essen vorbereitete, das genau genommen aus dem Gasthaus stammte. Seine Schwägerin war angespannt. Die vielen Kameras störten sie. Tom achtete darauf, Holzmaier immer im Blick zu haben. Sollte er Rina auch nur einmal anfauchen, würde er ihn höchstpersönlich am Schlafittchen nach draußen befördern.

Erstaunlicherweise hielt sich der Aufnahmeleiter zurück,

auch wenn er sie alles zwei- oder dreimal wiederholen ließ, bis es in seinem Sinne abgefilmt war.

Schließlich richteten sie die Kamera in einer Nahaufnahme auf Ellie. Tom wusste nicht, ob sie festhalten wollten, wie sie den ersten Löffel Kürbissuppe aß, oder einen Schnappschuss von ihrem Dekolleté machten.

Genug war genug. Er stand auf und wartete, bis ihm Holzmaier seine Aufmerksamkeit schenkte. »Meine Herren«, sagte er, »für heute reicht es. Ich schlage vor, ihr verdrückt euch jetzt und lasst uns in Ruhe essen.«

»Wir haben noch nicht alles abgedreht«, widersprach einer der Kameramänner.

»Hier drin gibt es nichts mehr, was ihr nicht schon längst im Kasten habt.«

»Der Rückweg fehlt noch. Im Drehbuch steht …«, begann Holzmaier.

»Das Drehbuch schreiben wir jetzt um.« Tom nahm zwei Flaschen Riesling von der Anrichte, drückte sie einem verdutzten Regieassistenten in die Hände und öffnete die Haustür. »Wartet draußen, bis wir fertig sind. Der Wein geht aufs Haus.«

Er hatte mit mehr Widerstand gerechnet, doch sie trollten sich ohne viele Worte. »Bis später.« Holzmaier tippte sich salutierend an die Stirn.

»Das war fast zu einfach«, stellte Eric fest, als Tom die Tür schloss. »Die führen bestimmt irgendetwas im Schilde.«

»Mir egal.« Tom ließ sich auf seinen Platz fallen und schenkte Ellie Wein nach. »Die führen immer irgendwas im Schilde. Und für heute haben sie uns genug genervt.«

Ellie genoss den Abend. Durch den Riesling bekam sie einen leichten Schwips, und sie entspannte sich ein wenig. Sie fühlte sich wohl in Erics und Rinas Gegenwart – und zum ersten Mal auch mit Tom. Sie hatten Anlaufschwierigkeiten gehabt und eine Weile gebraucht, bis sie eine Basis gefunden hatten. Jetzt kamen sie mit Sicherheit besser miteinander aus. Sie würden die Drehtage einigermaßen zivilisiert hinter sich bringen, und am Ende wartete ein Scheck auf sie. Mit einem Tom, der sie nicht mehr als menschlichen Ballast betrachtete, würde die Zeit auf dem Weingut viel angenehmer vergehen. Rina hatte sie eingeladen, den *Gasthof zum Stein* zu besuchen, und sie hatte erfreut eingewilligt. Sie war neugierig auf das Restaurant, so wie sie das Leben auf dem Weingut der Sanders überhaupt faszinierte.

Als Tom und sie seine Familie verließen, war bereits die Dunkelheit hereingebrochen und hatte sich über die Berge gelegt. Aber natürlich waren sie das Fernsehteam nicht losgeworden. Die Männer lungerten auf der kleinen Sitzecke vor dem Haus herum. Die Rieslingflaschen, die Tom ihnen vorhin in die Hand gedrückt hatte, waren leer.

Als sie Tom und Ellie erblickten, sprangen sie auf und brachten ihre Kameras in Position, um sie zum Gutshaus zurückzubegleiten. In gemächlichem Tempo erreichten sie den Hof. Ellie tat es fast ein wenig leid, dass der Tag schon zu Ende war. Sie hätte den milden Herbstabend gern noch ein wenig länger genossen.

Holzmaier tauchte neben ihnen auf. »Ich hoffe, ihr hattet es nett«, sagte er und grinste boshaft. »Da du beschlossen hast, das Drehbuch zu ändern, Tom, habe ich mir überlegt, es einfach genau so zu machen. Im Gegensatz zu dir ist meine Änderung allerdings mit der Produktionsleitung abgesprochen.«

Ellie schluckte. Tom versteifte sich neben ihr. Der Enthusiasmus des Aufnahmeleiters verhieß nichts Gutes.

»Und was ist das für eine bahnbrechende Idee?«, fragte Tom wenig begeistert.

»Wir treiben die Sache ein wenig voran. Ihr erinnert euch daran, dass die einzige festgeschriebene Konstante im Vertrag Elisabeths Aufenthalt auf dem Gut ist? Vier Wochen verbringt ihr jede Nacht hier. Alle beide. Alles andere ist variabel. Wir haben uns angesehen, wie sich das so zwischen euch entwickelt hat, und sind zu dem Schluss gekommen, aus euch ein Liebespaar zu machen.«

»Wie bitte?« Tom war fassungslos. Er hatte damit gerechnet, das Ganze so locker weiterlaufen zu lassen, um am Ende in die Kamera zu sagen, dass er sich nicht in Ellie verliebt habe und ihr alles Gute wünsche. Und damit fiel die letzte Klappe.

»Wir bringen jetzt mehr Action in die Geschichte. Wie ihr privat zueinander steht, ist mir so egal wie eine Wasserstandsmeldung in der Wüste. Für die Show spielt ihr einen Modellflugzeugfreak und eine angehende Nageldesignerin, die sich ineinander verlieben.«

»Wunderbar. Genau das, was ich zusätzlich zur Weinlese noch brauche. Und wie verliebe ich mich in sie?« Er betonte das Wort *verlieben*, als wäre es etwas Ansteckendes, das Juckreiz verursachte.

Ellie stieß ihm den Ellenbogen in die Seite. »Hey, so schlimm bin ich ja wohl auch nicht.« Sie wandte sich an den Aufnahmeleiter. »Keine Sorge. Wir bekommen das hin.

Woher wissen wir, wie wir uns verhalten sollen? Bekommen wir ein neues Drehbuch?«

»Ihr findet es morgen früh in euren E-Mail-Postfächern. Für heute Abend beginnen wir mit einem kleinen Schritt in die richtige Richtung. Tom, du hast Elisabeth deiner Familie vorgestellt. Jetzt will ich, dass du sie über die Schwelle ins Haus trägst. Haustür von innen schließen und fertig. Ach übrigens, der Wein war wirklich gut.«

»Ich soll *was*?«

Ellie legte Tom die Hand auf den Arm. »Lass es uns einfach hinter uns bringen. Je eher, desto besser.«

Er gab einen Ton von sich, der einem Knurren ähnelte. »Dann empfehle ich euch, eure Kameras gut einzustellen. Ich werde das nämlich genau einmal machen. Wenn ihr das nicht aufnehmt, ist das euer Problem.«

Ehe Ellie reagieren konnte, hob er sie auf seine Arme, und mit einem überraschten Keuchen klammerte sie sich an seinem Hals fest. »Lass mich ja nicht fallen«, warnte sie ihn leise und ein wenig atemlos, wie sie erschrocken feststellte.

»Keine Sorge.« Seine Lippen befanden sich dicht an ihrem Ohr. »Ich hab dich.« Langsam ging er auf die Haustür zu.

Ellie legte ihre Hände fester um seinen Nacken und spürte seine Armmuskeln. Seine Bartstoppeln schabten sacht über ihre Wangen. Ellie hob den Kopf und schaute direkt in seine Augen, die sie selbst im Dunkeln an alten bernsteinfarbenen Whiskey erinnerten. Er hielt ihren Blick fest. »Ich hab dich«, wiederholte er leise. Der Satz beruhigte sie und wühlte sie gleichzeitig auf. Sie fühlte sich immer noch unsicher und war nicht bereit, den Griff um seinen Nacken zu lockern.

Durch den Alkohol war ihr ein wenig schwindlig. Vielleicht lag es aber auch an seinem Duft, und für einen Moment ertappte sie sich bei dem Wunsch, ihre Nase in seinen Nacken zu pressen. Vorsichtig richtete sie sich etwas auf und achtete darauf, dass Tom nicht das Gleichgewicht verlor.

»Öffne die Tür.« Seine Worte waren ein heiseres Flüstern an ihrem Hals. Sein warmer Atem verursachte ihr eine Gänsehaut, die sich über ihren gesamten Körper ausbreitete.

Sie drückte die Klinke hinunter. Tom trat mit ihr in seinen Armen über die Schwelle und schob die Tür hinter sich ins Schloss. Ohne das Licht einzuschalten, setzte er sie langsam, endlos langsam, ab. Sie spürte seine harten Muskeln. Selbst als sie wieder festen Boden unter den Füßen hatte, löste sie sich nicht ganz von ihm. Ihre Hände fuhren über die breiten Schultern, fühlten die Muskeln, die sich unter ihren Fingern anspannten.

»Ellie.« Sein Brustkorb hob und senkte sich. Ihr Herzschlag schien einen Augenblick auszusetzen, als Toms Fingerspitzen über ihre Wange glitten. Ihre Haut prickelte.

Auf einmal strichen seine Lippen über ihren Mundwinkel. Nur eine federleichte Bewegung, doch sie setzte alles zwischen ihnen in Brand. Ellie seufzte und erwiderte die Geste. Während sie diesen Moment wie durch einen Nebelschleier wahrnahm, schien Tom immer noch mit der Geschwindigkeit eines Raubtiers zu reagieren. Plötzlich fand sie sich mit dem Rücken an der Tür wieder, und Tom presste sich leidenschaftlich an sie. Ihre Brüste wurden gegen seinen Oberkörper gedrückt und seine Lippen fuhren vorsichtig über ihre.

Tom war berauscht. Berauscht von Ellies Duft, ihrem weichen Körper. Überwältigt von der zärtlichen Berührung ihrer Lippen. Während er sie küsste, verselbstständigten sich seine Hände, strichen über ihren Oberkörper, ihren Hals, bevor er ihr Gesicht umfasste. Ellie fuhr ihm mit den Fingern durch seine Haare, und ihr linkes Bein schob sich an seinem Schenkel hinauf, hielt ihn fest. Mit einer fast schüchternen Bewegung stieß ihre Zungenspitze gegen seine, worauf er sich nicht mehr bremsen konnte und heftig ihren Kuss erwiderte. Ihre Zungen vollführten einen Tanz, bewegten sich zu einer Melodie, die nur in ihren Köpfen existierte. Zu einem Rhythmus, der dem schnellen Pochen seines Herzens entsprach. Einem Klopfen, das laut in seinen Ohren klang. Wie Fäuste, die gegen die Haustür hämmerten. Wie … verdammt! Er fuhr zurück. Ellies Hände glitten über seinen Brustkorb, der sich immer noch hektisch hob und senkte.

Verdammt.

Er hatte den Verstand verloren.

Er hatte Ellie geküsst wie ein Wahnsinniger, während draußen die Filmcrew lauerte.

Einen Augenblick lang lehnte er die Stirn gegen die Tür und atmete tief durch, bevor er sie einen Spalt aufmachte. »Was ist?«, fragte er.

»Wir müssen noch den nächsten Drehtermin besprechen.« Holzmaier.

»Schick die Informationen mit deinem verdammten

neuen Drehbuch.« Er schob die Tür wieder zu. Ihm war nicht nach Reden. Weder mit dem Aufnahmeleiter noch mit Ellie. Ihr Atem klang laut in seinen Ohren. Immer noch spürte er ihren Körper, ihre Rundungen.

»Tom?«, flüsterte sie mit rauer Stimme.

Was tat er hier? Wenn es jemanden gab, auf den er sich auf gar keinen Fall einlassen sollte, dann war es Ellie. Sich in jemanden wie sie zu verlieben kam einer Selbstverstümmelung gleich. Ellie würde ihm das Herz brechen, bevor er überhaupt bemerkte, dass er es an sie verloren hatte. Er musste das hier und jetzt beenden. »Hör mal«, sagte er in die Dunkelheit. »Ich habe mit Rina gesprochen. Sie kann deine Hilfe im Restaurant dringender brauchen als wir auf dem Weinberg. Wir reden morgen darüber.«

Sie antwortete nicht.

Für einen Augenblick starrte er in die Dunkelheit. Dann zwang er sich, zu gehen. Bevor er sie noch einmal berührte und es nicht mehr schaffte, die Finger von ihr zu lassen.

8

Landliebe – Szene 8 – Elisabeth

(Kamera 1: Totale auf Weidenmann vor dem Gasthof zum Stein*)*

»Liebe Zuschauer, Tom und Elisabeth kommen sich immer näher. Nach einem Besuch bei seinen Verwandten scheint die neckische Nageldesignerin fest in die Familie integriert worden zu sein. Inzwischen darf sie sogar in der Küche des familieneigenen Restaurants aushelfen. Wir sind gespannt, wie sich diese junge Liebe weiterentwickelt, und besuchen inzwischen den zärtlichen Ziegenhirten, der seine Auserwählte, Sabrina, mit einem Picknick überraschen möchte.«

(Kamera 1: Zurückfahren und ausblenden)

Ellie lauschte dem Knattern von Erics Traktor. Sie hörte das Hupen und gleich darauf das Zufallen der Haustür. Müde rollte sie sich auf den Rücken und starrte an die dunkle Decke. Die ganze Nacht hatte sie sich von einer Seite auf die andere gewälzt, hatte alles, was zwischen Tom und ihr geschehen war, analysiert. Jedes seiner Worte, jede seiner Gesten. Wie sie es auch drehte und wendete, es lief darauf hinaus, dass er sie in einem Moment geküsst hatte, als gäbe es kein Morgen, nur um sich im nächsten Moment umzudrehen und sie mit weichen Knien an der Haustür stehen zu lassen.

Ihre Hilfe wurde auf dem Weinberg nicht mehr gebraucht. Das stimmte zwar nicht, aber sie wollte auch nicht den ganzen Tag mit ihm zusammen zwischen den Reben verbringen, zu sehr verwirrte sie sein Verhalten. Seit Eric ihr von dem Gasthaus erzählt hatte, war sie neugierig auf das Restaurant. Sie würde das Angebot, Rina zu helfen, auf jeden Fall annehmen. Vielleicht gab es dort genug für sie zu tun, sodass sie Tom aus dem Weg gehen konnte, bis er auf sie zukam. Oder bis sie wusste, wie sie mit dem Kuss umgehen sollte.

Noch am Abend hatte Holzmaier eine E-Mail mit dem neuen Drehplan und der Entwicklung ihrer »Beziehung« geschickt. Sie hatten für eine ganze Woche Ruhe vor der Filmcrew, trafen sie dafür aber ausgerechnet beim Rebenfest wieder, das alljährlich in Steinbach gefeiert wurde. Der Aufnahmeleiter würde bestimmt verlangen, dass Tom und sie miteinander tanzten. Vermutlich unzählige Male, bis alles so passte, wie er sich das vorstellte.

Sie strampelte die Decke zurück und kletterte aus dem Bett. In der Küche brühte sie sich einen Kaffee auf und wählte Alex' Nummer. Kurz nach sechs war für die meisten Menschen zwar mitten in der Nacht, nicht so für ihre Freundin. Sie saß mit Sicherheit bereits in ihrer kleinen WG-Küche, blätterte durch die Veranstaltungsseiten der Zeitung und war hoffentlich bereit, ihr einen guten Rat zu erteilen. »Tom hat mich geküsst, und jetzt muss ich mich auch noch in ihn verlieben«, platzte sie heraus, sobald Alex abnahm. Ellie hatte bereits am Abend zuvor darüber nachgedacht, sie anzurufen, sich dann aber doch dafür entschieden, sich erst einmal selbst darüber klar zu werden, was der Kuss zu bedeuten hatte.

Alex' ausgeschlafenes Hirn war viel reger als ihre übernächtigten Nerven. Sie lachte herzhaft und war geradezu begeistert über die Dating-Show. Der Kuss jedoch war eine ganz andere Sache.

Ellie nippte an ihrem Kaffee. »Verstehst du nicht, was ich meine?«, fragte sie. »Er hat sich einfach umgedreht und ist gegangen. Ich konnte nicht einmal seinen Gesichtsausdruck erkennen.«

»Er war von der Situation – und von dir – überwältigt«, widersprach Alex. »Das kommt vor. Männer verlieren da schon mal den Kopf.«

»Aber was soll ich jetzt tun? Wie soll ich ihm denn unter die Augen treten?« Murdock kam aus dem Wohnzimmer, blieb in der Küchentür stehen, um herzhaft zu gähnen, und ließ sich dann zu ihren Füßen nieder. Ellie lehnte sich vor und streichelte ihn.

»Was erwartest du denn von Tom?«, fragte Alex.

»Ich … ähm.« Sie hielt einen Moment inne und dachte über die Frage nach. Grundsätzlich hätte sie nichts dagegen, sich noch einmal so küssen zu lassen. Aber das stand natürlich nicht zur Diskussion. Tom hatte deutlich gemacht, dass sie nicht sein Typ war und er sich nicht in sie verlieben würde. Allerdings … wenn er sie so küsste, war er möglicherweise trotzdem an ihr interessiert. Auf eine Art, die ihr gegen den Strich ging. Zu oft hatten Männer aufgrund ihres Aussehens falsche Schlüsse gezogen. Sie war keine Frau für eine Nacht, auch wenn ihre Oberweite ein wenig üppiger ausfiel als beim Durchschnitt. »Ich möchte mit ihm auskommen. Mehr erwarte ich gar nicht. Und das ist mir nur wichtig, damit wir die nächsten drei Wochen gut über die Bühne bringen.«

»Aha.« Ellie konnte das Grinsen in Alex' Stimme geradezu hören. »In diesem Fall musst du gar nichts tun. Sieh dir das Restaurant an. Verbring einen schönen Tag mit Rina. Und wenn du ihn heute Abend triffst, lass das Thema auf sich beruhen. Wenn er darüber sprechen will, bitte. Aber wenn er es vergessen will, wird er dir dankbar sein, wenn du nicht nachbohrst.«

Er darf es nicht vergessen, hätte sie am liebsten erwidert. Er sollte genauso fühlen wie sie. Natürlich hatte Alex recht. Dummerweise spürte sie seine Lippen immer noch auf ihren, erinnerte sich an seinen Geruch, wenn sie die Augen schloss. Sie war ehrlich zu Alex. Sie wollte wirklich gut mit ihm auskommen. Doch auch wenn sie nicht für ein romantisches Abenteuer zur Verfügung stand, Tom hatte irgendetwas an sich, das sie dazu bringen könnte, sich auf weit mehr als einen verstohlenen Kuss in der Dunkelheit einzulassen. Sie musste verdammt vorsichtig sein und durfte keine Dummheiten machen.

»Leg dich noch mal hin, und schlaf ein paar Stunden«, sagte Alex, »bis du in den Gasthof gehst. Ich muss jetzt los. Ich bin zum Frühstück verabredet. Bis bald, Süße.«

»Tschüss.«

»Und, Ellie?«

»Ja?«

»Ruf mich an, wenn es Probleme gibt. Jederzeit, okay?«

»Klar.«

»Gut. Bis dann.«

Ellie befolgte Alex' Rat und legte sich noch einmal hin. Es half nichts. Die Gedanken ließen sie nicht los, und sie fand keinen Schlaf. Immerhin kam sie zu dem Schluss, dass ihre Freundin recht hatte. Sie würde den Kuss einfach ignorieren und sich Tom gegenüber verhalten, als wäre nichts geschehen.

Schließlich quälte sie sich zum zweiten Mal an diesem Morgen aus dem Bett, duschte und schlüpfte in Jeans und T-Shirt. Sie hatte Pause von *Landliebe*, also würde es vermutlich niemand bemerken, wenn sie auf ihr Kostüm verzichtete und die Dirndl auf dem Kleiderbügel hängen blieben.

Sie ließ Murdock auf der Wohnzimmercouch zurück und machte sich auf zum Gasthof. Das Innere der Wirtschaft sah genauso aus, wie sie es sich vorgestellt hatte. Dunkle Tische und Stühle auf einem abgenutzten Dielenboden, der seinen ganz eigenen Charme hatte. Hohe Decken mit Balken. Die Nischen der Sprossenfenster waren herbstlich dekoriert und erinnerten daran, dass es sich beim *Gasthaus zum Stein* um ein Weinlokal handelte. Auf den Tischen standen Kerzen in schmiedeeisernen Leuchtern, und hinter dem Tresen befand sich ein beeindruckendes Weinregal. »Hallo?«, rief sie in den leeren Gastraum. »Rina?«

»Komm nach hinten durch. Ich bin in der Küche«, ertönte eine Stimme.

Ellie trat durch die Schwingtür und blinzelte. Mit einem einzigen Schritt war sie mitten in ihr Universum geraten, in die Parallelwelt, in der sie sich schon immer am wohlsten gefühlt hatte. Im Gegensatz zum rustikalen Ambiente der Wirtschaft gab es hier in der blitzsauberen Küche moderne, auf Hochglanz polierte Arbeitsgeräte. Rina stand an einem Tisch aus Edelstahl und schälte Kartoffeln. Sie sah müde und blass aus.

»Hey.« Ellie umarmte sie kurz. »Ich dachte, du managst den Laden. Ich wusste nicht, dass du auch in der Küche stehst.«

»Nein«, sagte Rina. »Normalerweise manage ich weder den Laden noch kann ich besonders gut kochen.«

»Auf diese Geschichte bin ich gespannt. Setz dich.«

»Aber die Kartoffeln …«

»Ich mach das.« Ellie nahm ihr das Schälmesser und die Kartoffel aus der Hand, und Rina blieb nichts übrig, als sich zu setzen. Mit einem erleichterten Seufzen legte sie die Beine hoch.

Ellie warf ihr einen Blick zu. »In deinem Zustand hast du eigentlich überhaupt nichts mehr in einer Küche verloren.«

»Wem sagst du das! Ich hätte mir wirklich keinen blöderen Zeitpunkt für eine Schwangerschaft aussuchen können. Die Weinlese läuft auf Hochtouren, und meine Schwiegermutter ist krank.«

Das Restaurant war Johanna Sanders Herzensprojekt, wie Ellie inzwischen wusste. Sie war die treibende Kraft und eine leidenschaftliche Köchin. »Deine Schwiegermutter kann die Küche unmöglich allein betrieben haben.«

»Nein, sie hat Lisa. Die sich heute mit einer Magen-Darm-Grippe krankgemeldet hat. Lisa ist mit der Situation noch überforderter als ich. Ich kann es ihr nicht verübeln.

Das Mädchen ist noch nicht einmal zwanzig. Seit Johannas Unfall hat sie ganz allein die Verantwortung für die Küche. Sie ist keine gelernte Köchin und eigentlich nur Johannas rechte Hand. Ich helfe ihr, wo es geht, aber meine Stärken liegen eindeutig woanders.«

Ellie schluckte. Im Moment befand sie sich genau dort, wo sie sein wollte. Das Kochen fehlte ihr. Wenn sie vorsichtig war, Rina nicht überrumpelte, vielleicht konnte sie dann … »Tom sagte, er braucht mich auf dem Weinberg nicht mehr. Er hat mich gebeten, dir Gesellschaft zu leisten. Aber wenn ich schon mal hier bin, könnte ich dir doch ein wenig zur Hand gehen.«

Rina sah sie ernst an. »Ellie, ich weiß, dass du Köchin bist. Falls das Angebot ein vorsichtiger Versuch ist, mich zu fragen, ob du hier arbeiten darfst, tu dir keinen Zwang an.« Sie breitete die Arme aus. »Die Küche gehört dir.«

Ellies Herzschlag beschleunigte sich. »Vielleicht sollte ich erst einmal irgendetwas zur Probe kochen.«

»Für so etwas haben wir keine Zeit. Der *Stein* ist ausgebucht. Nicht nur heute.« Rina zog eine entschuldigende Grimasse. »Es ist die Zeit der Weinlese. Die Saison, in der wir die meisten Touristen in der Gegend haben. Die Pensionen und Hotels sind voll, überall finden Weinproben und Verkaufsshows statt. Und die Leute wollen gut essen. Ich bringe es nicht übers Herz, die Reservierungen abzusagen, aber genauso wenig kann ich die Gäste zufriedenstellen. Ich bin eigentlich die Buchhalterin des Guts. Das ist das Einzige, was ich wirklich beherrsche.«

Das bezweifelte Ellie zwar, aber sie würde nicht mit Rina diskutieren. Wenn sie ausgebucht waren, wurde es höchste

Zeit, mit den Vorbereitungen zu beginnen. »Welche Gerichte stehen auf der Speisekarte? Ich muss mir einen Überblick verschaffen, damit ich weiß, was ich alles benötige.«

»Koche einfach, was du willst.«

»Was?« Ellie drehte sich zu Rina um.

Die Schwangere wedelte mit den Armen. »Es ist egal. Hauptsache, wir bekommen die Gäste satt. Johanna kocht jeden Tag, worauf sie Lust hat. Wir haben eine winzige Karte und ansonsten nur Tagesangebote.«

Ellie wusste genau, dass sie sich auf dünnes Eis begab. Kein Küchenchef ließ sich gern in seinem Territorium herumpfuschen. Und diese Frau, Toms Mutter, kannte sie noch nicht einmal. Wenn sie Gerichte auf den Tisch brachte, die nicht gewünscht waren, konnte das wirklich Ärger geben. Aber im Moment war niemand hier außer Rina und ihr. Bis Johanna Sander in ihr Restaurant zurückkehrte, war Ellie längst zurück in München. Aber natürlich würde sie alles daransetzen, dass sie nicht den Ruf des Restaurants ruinierte. Sie richtete sich auf, um sich selbst Mut zu machen. Es war schon immer ihr Traum gewesen, für eine Küche verantwortlich zu sein. Heute wurde dieser Wunsch Wirklichkeit, und sie hatte nicht damit gerechnet. »Okay, lass uns nachsehen, was das Lager hergibt.«

In Rinas Begleitung inspizierte sie die Vorratsräume und die Kühlkammern. Sie machte sich ein paar Notizen und stellte Fragen zu den Reservierungen. Schließlich legte sie den Stift auf die Arbeitsplatte. »Ich glaube, ich hab's. Wir halten die Karte so klein wie möglich, damit ich allein klarkomme. Wenn Lisa sich erholt hat, sprechen wir über ein paar Änderungen. Aber jetzt machen wir Folgendes.« Sie schob Rina das Blatt mit ihrer Liste zu. »Bei den Kürbisvorräten bieten wir auf jeden Fall eine Kürbissuppe an. Die lässt sich wunderbar vorbereiten. Außerdem gibt es ein Selleriesüppchen und Wirsingtaschen, die wir mit Ziegenkäse und Honig füllen.«

»Das sind die Vorspeisen?«, sagte Rina mit leuchtenden Augen. »Das würde mir schon reichen, um die Tageskarte zu füllen. Was hast du noch geplant?«

»Ihr habt fantastisches Wildfleisch in der Kühlkammer, also gibt es Steaks vom Hirsch mit Kürbispuffern und Kartoffel-Sellerie-Stampf. Alternativ bieten wir Hühnerbrust mit Zucchinigemüse an und Rostbraten mit Senfgemüse und Bratkartoffeln. Für Vegetarier setzen wir ein klassisches Pilzrisotto und Spaghetti mit hausgemachtem Kräuterpesto auf die Karte.« Auf den Fensterbänken der Küche hatte sie alle nur erdenklichen Kräuter entdeckt. In dieser Küche zu arbeiten war einfach himmlisch. »Als Erstes kümmern wir uns um den Nachtisch. Wir machen nur Apfel-Crumble und ein paar Kuchen. Das geht am schnellsten. Notfalls können wir den Kuchen auch für ein paar Sekunden in die Mikrowelle stellen und lauwarm mit einer Kugel Eis servieren.«

»Das war's? Das willst du alles allein hinbekommen?« Rina strich langsam über das Blatt Papier. »Ich meine, ich helfe dir natürlich. Aber zu viel mehr als zum Schnippeln tauge ich wirklich nicht.«

»Das bekommen wir gut hin, wenn wir jetzt anfangen«, sagte Ellie.

»Eric und Tom werden ganz aus dem Häuschen sein, dass der Laden wieder läuft.« Rina strahlte.

Tom. Ellie stellte überrascht fest, dass sie nicht mehr an

ihn und den Kuss gedacht hatte, seit sie durch die Schwingtür in die Küche getreten war. »Vielleicht müssen wir das Ganze ja nicht so an die große Glocke hängen. Sagen wir einfach, ich habe dich in der Küche ein wenig unterstützt.«

»Aber …«, begann Rina.

»Bitte. Könntest du das für mich tun?«, unterbrach Ellie sie. Wenn Tom erfuhr, dass sie die Küche übernommen hatte, würde er denken, sie versuche mit allen Mitteln, sich in sein Leben zu schleichen.

»Na gut.« Rina zuckte die Schultern. »Jemandem, der mir dermaßen den Hintern rettet wie du, schlage ich sicher keinen Wunsch ab. Es bleibt unter uns.«

»Was ist los mit dir?«, fragte Eric. Er hielt auf dem Hof an und stellte den Motor des Traktors ab. Vermutlich wollte sein Bruder mit ihm reden. Tom seufzte innerlich.

Er wollte kein Gespräch mit ihm führen, schon gar nicht über die Dinge, über die er pausenlos nachdachte. »Nichts ist los mit mir. Was soll schon sein?«

»Du bist noch übler gelaunt als sonst. Dabei hatten wir gestern einen wirklich netten Abend. Hast du dich etwa mit Ellie gestritten?«, fragte Eric.

»Nein, hab ich nicht«, gab Tom zurück. Er hatte sie nur stehen gelassen, nachdem er über sie hergefallen war wie ein Verdurstender, der nach einem ewig langen Marsch durch die Wüste zu einem Brunnen gelangte. Er war nicht Herr seiner Sinne gewesen. Weich und anschmiegsam hatte sie in seinen Armen gelegen und ihm das Hirn vernebelt. Er war verdammt noch mal Mitte dreißig. In seinen besten Jahren, wie seine Mutter immer zu sagen pflegte. Natürlich bekam er Lust, wenn er permanent den in ein Dirndl gepressten Reizen einer wunderschönen Frau ausgesetzt war. Und wie er sich ehrlich eingestehen musste, gab es viel mehr an ihr, was ihn faszinierte. Dieser sture Zug um den Mund, wenn sie versuchte, sich durchzusetzen. Ihr Lachen und die Begeisterung, mit der sie die Dinge anging. Ihr Durchhaltevermögen. Und diese großen grünen Augen, die ihn bis in seine Träume verfolgten. Irgendetwas war seit ihrer Ankunft zwischen ihnen geschehen. Sie zog ihn magisch an. Doch Gott sei Dank hatte er dieser Sehnsucht nicht ganz nachgegeben. Ellie war auf der Suche nach einem Mann. Sie würden sich beide Hoffnungen machen – auf etwas, was nicht funktionieren konnte. Sobald die erste Aufregung vorbei war, würde sie merken, dass es in Steinbach keine Coffeeshops und Boutiquen gab und das einzig gute Restaurant der Gegend ihr eigenes war.

»Rina hat mir eine Nachricht geschickt«, fing sein Bruder wieder an. »Ellie macht sich gut im Gasthof.«

»Das habe ich mir gedacht«, sagte Tom. »Rina braucht Gesellschaft, und die beiden scheinen sich zu mögen. Im Weinberg ist sie doch nur im Weg.«

»So würde ich das zwar nicht nennen, aber ich bin froh, dass du ihr einen leichteren Job zugeteilt hast.« Eric schlug Tom auf die Schulter. »Und ich freue mich darüber, dass ihr inzwischen gut miteinander klarkommt.«

Das stimmte nicht. Ellie würde den Kuss bestimmt nicht so schnell vergessen. Er kannte die Frauen. Sie wollten immer alles ausdiskutieren. Wenn ihm keine vernünftige Erklärung einfiel, würde die nächste Eiszeit in sein Haus einkehren. Schon einmal hatte Ellie angedeutet, dass sie den

Hof verlassen würde, wenn sich das Verhältnis zwischen ihnen nicht änderte. Das durfte er auf keinen Fall zulassen. Eric und Rina zählten auf ihn. Seine Mutter zählte auf ihn. Seine Angestellten. Wenn Ellie, nur weil sie sauer auf ihn war, ging, würden sie alles verlieren. Erst heute hatte dieser verdammte Bankberater wieder angerufen und ihn an die fällige Zahlung erinnert. Er brauchte sie, wenn er ehrlich zu sich selbst war. Deshalb, und weil sie auf eine seltsame Art tatsächlich so etwas wie Freunde geworden waren, würde er sich auch etwas einfallen lassen und besonders nett zu ihr sein. Vielleicht öffnete er einfach eine Flasche Wein und lächelte sie an. Es hatte in seiner Vergangenheit Frauen gegeben, bei denen das genügt hatte, damit sie ihm verziehen. »Ich muss los, Bruder. Bis morgen.« Er sprang vom Traktor und stiefelte zum Haus.

Daheim angekommen, tobte Tom als Erstes mit Murdock herum. Der Hund kam während der Weinlese viel zu kurz, weil er allein auf dem Hof bleiben musste. Murdock neigte dazu, sich ohne Gesellschaft furchtbar zu langweilen.

Schließlich rollte sich der Hund vor dem Sofa zusammen. Er würde auf die Couch klettern, sobald Tom ihm den Rücken zukehrte. Aber er ließ ihm das durchgehen, solange Murdock gehorchte, wenn sie das Haus verließen. Er streichelte ihm noch einmal über den Kopf, und der Hund verdrehte verzückt die Augen. »Ich gehe unter die Dusche, und du empfängst Ellie, wenn sie kommt. Sei nett zu ihr, verstanden.«

Murdock schenkte ihm sein Hundegrinsen. Er hatte offensichtlich kapiert, worauf es ankam.

Tom duschte ausgiebig, um seine Gedanken zu ordnen. Er musste Ellie dringend aus seinem Kopf verbannen. Schließlich hatte er ihr gesagt, dass sie nicht sein Typ sei. Als er das Wasser abdrehte und nach einem Handtuch griff, hatte er sich einen guten Plan zurechtgelegt, wie er den Ausrutscher vom Vorabend erklären konnte. Er würde sagen, dass es genau das gewesen war. Ein *Ausrutscher*. Und dass es nie wieder vorkommen würde. Schließlich waren sie jetzt Freunde – oder so was in der Art. Die Freundschaftsschiene war eine gute Idee. Sie hatte ja damit angefangen, dass sie miteinander auskommen mussten. Er konnte sie mit ihren eigenen Argumenten schlagen.

Als er aus dem Bad trat, war Ellie noch immer nicht zurückgekehrt. Er holte einen Riesling aus dem Kühlschrank, stellte ihn in den Weinkühler und trug ihn mit zwei Gläsern ins Wohnzimmer. Noch drei Wochen, bis er diesen hässlichen Couchtisch wieder los war. Murdock belagerte zwei Drittel des Sofas und stellte sich schlafend. Er schob den Hintern des Hundes ein Stück zur Seite und setzte sich neben ihn. Während er auf Ellie wartete, konnte er sich das Champions-League-Spiel ansehen. Am Ende der ersten Halbzeit führte Bayern München – und Ellie war immer noch nicht aufgetaucht. Langsam begann er, sich Sorgen zu machen. Sie hatte natürlich keine Sperrstunde, aber bis jetzt war sie noch nie so lange weggeblieben. Vielleicht hatte sie sich wieder mit Wendt verabredet. Verdammt. Er spionierte wirklich niemandem nach, aber sie hatte sich schließlich schon einmal mit ihm getroffen.

Er scrollte in seinem Handy zu ihrer Nummer und wählte. Mailbox. Mist. Er legte auf, ohne eine Nachricht zu hinterlassen, und klopfte sich mit dem Handy nachdenklich gegen das Kinn. Was, wenn sein Kuss sie irgendwie aus der Bahn geworfen hatte? Was, wenn sie sich bei Wendt ausheulte … Entschlossen wischte er über das Display und wählte die Nummer der Dorfkneipe.

»Zur Linde.«

»Rosi? Hallo, ich bin's, Tom Sander.«

»Tom, mein Lieber. Wie geht es dir?«

»Danke, gut. Rosi, hör mal, ist Elisabeth Lorenz im Gasthof?«

»Dein Gast mit dem Dirndl? Tut mir leid, nein. Bis jetzt hat sie sich noch nicht zu uns verirrt.«

»Hmm. Und was ist mit Marcus Wendt? Ist er da?«

»Nein, heute war er noch nicht da. Ich würde gern noch ein wenig mit dir plaudern, Tom. Aber diese Filmleute halten mich echt auf Trab.«

»Kein Problem. Danke, Rosi.«

Als Nächstes versuchte er es im Dorfcafé. Auch dort hatte man Ellie und Wendt nicht gesehen. Wo steckte sie nur? Und mit wem war sie zusammen? Sie hätte ihm wenigstens Bescheid geben können.

Sein Handy klingelte. Auf dem Display erschien der Name seiner Schwägerin. Er drückte noch vor dem zweiten Klingeln auf die grüne Taste. »Rina, ist mit dir und dem Baby alles in Ordnung?«

»Ja, sicher. Ich wollte nur wissen, ob dein Drucker funktioniert. Der im *Stein* streikt mal wieder, und Ellie muss dringend ihre Einkaufsliste ausdrucken.«

»Ellie ist bei dir? Ihr seid noch im Restaurant?« Er spürte, wie der Druck in der Brust nachließ. Ellie war weder abgehauen noch traf sie sich mit seinem schlimmsten Feind.

»Ja, wir gehen noch die Menüplanung für diese Woche durch. Warum?«

»Ihr Handy ist aus, und ich habe mich gefragt, wo sie bleibt.« Er hielt kurz inne. Das klang nach Kontrollfreak. »Ich meine, ich wollte wissen, ob es ihr gut geht und so weiter.«

»Ja.« Sie flüsterte etwas, was er nicht verstand. »Ja, es ist alles in Ordnung. Ich schick sie bald nach Hause und maile dir die Datei.«

»Okay. Bis dann.«

»Bye, Tom.«

»Alles in Ordnung«, erklärte er Murdock und strich ihm über den Kopf. »Sie ist mit Rina zusammen.« Der Hund schlug einmal verständnisvoll mit dem Schwanz auf die Sofalehne, und Tom konzentrierte sich wieder auf das Spiel.

Als die Haustür eine Weile später ins Schloss fiel, fuhr er hoch. Er war eingenickt. Murdock hatte sich seinen Schoß als Kissen auserkoren, und im Fernsehen liefen die Nachrichten. Es war nach elf.

Ellie warf einen Blick ins Wohnzimmer und blieb unentschlossen im Türrahmen stehen. »Hi«, sagte sie leise.

»Hallo. Komm doch rein.« Er schob Murdock von der Couch und klopfte neben sich. »Hast du Lust, ein Glas Wein zu trinken?«

»Es ist schon spät. Ich sollte lieber ins Bett gehen.«

»Okay. Möchtest noch etwas essen oder so?«

»Ich habe den ganzen Tag in der Küche verbracht«, antwortete sie lächelnd. »Ich bin satt, danke.« Sie wandte sich zum Gehen. »Gute Nacht, Tom.«

»Ellie.«

»Ja?« Mit wachsamem Blick drehte sie sich noch einmal zu ihm um.

»Ist zwischen uns alles in Ordnung?«, fragte er.

»Natürlich. Warum denn nicht?«, gab sie zurück und stieg die Treppe hoch.

Tom atmete auf. »Es ist alles in Ordnung, Murdock«, sagte er. »Zeit für mich, ebenfalls die Segel zu streichen und dir das Sofa zu überlassen.«

Der Hund gähnte zustimmend.

Für einen Augenblick breitete sich ein warmer Kegel Licht auf dem dunklen Gutshof aus, dann fiel die Tür hinter Ellie ins Schloss, und Dunkelheit umfing ihn.

Marcus lehnte sich an die Mauer. Die vergangenen Tage hatten sich nicht im Sinne seines Plans entwickelt. Dass es ein Großstadtpüppchen wie Ellie nicht lange auf dem Berg aushalten würde, war ihm klar gewesen. Mehr als achtundvierzig Stunden hätte er ihr allerdings schon zugetraut.

Ihre neue Beschäftigung im Restaurant hatte sich am Nachmittag wie ein Lauffeuer im Dorf herumgesprochen. Anscheinend kochte sie ziemlich gut. Er hatte sie angerufen, um herauszufinden, ob Ellie noch nützlich für ihn war. Als er nur ihre Mailbox erreichte, hatte er ihr einen kleinen Besuch im Restaurant abgestattet. Er hatte im *Stein* gegessen und darauf gewartet, dass sie Feierabend machte und aus der Küche kam. Der Gasthof schloss, ohne dass er sie zu Gesicht bekam. Noch einmal probierte er, sie zu erreichen. Nichts. Während er hinter dem Haus herumlungerte und sie beobachtete, tratschte und lachte sie in der Küche mit Rina. Als die beiden Frauen endlich ihren Heimweg antraten, folgte er ihnen vorsichtig. Sie unterhielten sich nicht gerade leise. Dummerweise war nichts von dem, was sie von sich gaben, in irgendeiner Form nützlich für ihn.

Immerhin hatte er genug Zeit gehabt, sich eine neue Strategie zu überlegen. Morgen würde er Ellie noch einmal anrufen und ihr ein Angebot machen, dem sie nicht widerstehen konnte.

Sein Handy vibrierte in der Hosentasche. Marcus zog es heraus und warf einen Blick auf das Display. Perfekt. Er nahm den Anruf an. »Hast du etwas Neues für mich?« Zum Glück war Ellie nicht die einzige Informationsquelle, die er anzapfen konnte.

9

Landliebe – Szene 9 – Elisabeth

(Kamera 1: Totale auf Weidenmann und Lorenz)

»Elisabeth, du bist ja nun schon über eine Woche auf Toms Hof. Wie läuft es denn zwischen euch? Kann man schon von Liebe sprechen?«

»Nein. Liebe würde ich es nicht nennen. Wir verstehen uns ziemlich gut und lernen uns immer besser kennen. Mehr kann ich dazu noch nicht sagen.«

»Ob wir ihr das glauben sollen, liebe Zuschauer? Haben Sie das Funkeln in Elisabeths Augen gesehen, wann immer sie den Namen ihres Gastgebers ausspricht? Wir dürfen gespannt sein, wie sich das Zusammenleben der beiden weiter gestaltet.«

(Kamera 1: Zurückfahren und ausblenden)

Ellie schwenkte mit der rechten Hand eine Pfanne mit Speckwürfeln, während sie mit der linken ihr Handy aus der Hosentasche holte und auf das Display sah. Marcus Wendt. »Hier ist Ellie.«

»Hallo, ich bin's, Marcus. Ich habe gestern schon versucht, dich zu erreichen. Alles okay bei dir?«

»Oh, entschuldige. Mein Akku war leer und das Handy den halben Tag ausgeschaltet.« In den vergangenen Tagen war so viel geschehen, an ihre Bekanntschaft aus dem Dorf hatte sie gar nicht mehr gedacht.

»Ich hoffe, ich störe dich nicht«, sagte er.

»Kein bisschen.« Ellie klemmte sich das Handy zwischen Schulter und Kopf, ließ gehackte Zwiebeln, Knoblauch und Ingwer in die Pfanne rieseln und schwenkte sie wieder.

»Gut. Ich wollte dich fragen, ob du Lust auf das Rebenfest nächstes Wochenende hast. Ich kann dich herumführen und dir alles zeigen.«

War das etwa ein Date? Ellie gab den Inhalt der Pfanne in einen Topf auf dem Gasherd und entzündete die Flamme. Sie war in Steinbach, weil sie an einer Dating-Show teilnahm, und musste sich nun zu allem Übel auch noch filmmäßig in ihren Gastgeber verlieben. Marcus beabsichtigte ja wohl nicht, Tom Konkurrenz zu machen?

»Ich meine nur, falls dir langweilig sein sollte, oder so. Auf dem *Schwarzen Stein* wird nächstes Wochenende immer noch Wein gelesen«, überbrückte er ihr Schweigen.

Okay, er meinte es nur nett. Erleichtert atmete Ellie aus. Nach Toms Kuss musste sie sich erst einmal neu sortieren. Mit einem anderen Mann auszugehen wäre allein deshalb keine gute Idee. Von dem Wutanfall, den Holzmaier bekommen würde, mal ganz abgesehen. »Danke. Es ist lieb, dass du an mich denkst, aber wir werden mit dem Filmteam auf dem Fest sein. Es sollen ein paar Szenen gedreht werden.«

»Schade. Es gibt da noch etwas, was ich dich fragen wollte. Dein Ruf als Köchin hat sich in Steinbach schneller verbreitet als ein Trojaner im Computersystem des öffentlichen Dienstes. Kann man dich für ein Dinner buchen?«

»Wie meinst du das?« Ihr Herz schlug laut. Man sprach über sie? Und Marcus wollte sie als Caterer? Oh Gott, das würde bedeuten, sie hatte an einem Tag in Steinbach mehr erreicht als in zehn Jahren Kochsklaverei in München.

»Meine Mutter feiert bald ihren Geburtstag. Ich habe mir gedacht, es wäre eine tolle Überraschung, ihr eine kleine Dinnerparty auszurichten. Könntest du diesen Auftrag übernehmen?«

»Ja, natürlich.« Sie merkte, dass sie vielleicht ein wenig zu überschwänglich reagierte. »Das würde ich wirklich gern.«

»Alles klar. Dann will ich dich nicht länger stören. Ich schick dir die Daten für das Essen, und wir sehen uns auf dem Rebenfest. Wir können dort bestimmt trotz des Fernsehteams kurz die Details besprechen. Und Ellie …«

»Ja?«

»Reservier mir einen Tanz.«

Sie musste grinsen. Marcus, der personifizierte Charme. »Auf jeden Fall. Bis dann.« Sie legte auf, schob das Handy zurück in die Hosentasche und füllte Brühe in den Topf.

Durch den zischenden Dampf fing sie Rinas neugierigen Blick auf. Toms Schwägerin, die sie inzwischen als Freundin betrachtete, hatte die Beine hochgelegt und schälte Karotten. »Da hat dir aber jemand ein Lächeln ins Gesicht gezaubert. Tom war das wohl nicht.«

»Nein. Das war Marcus Wendt. Er wollte nur wissen, ob ich zum Rebenfest gehe.«

»Oh«, sagte Rina nur und schälte eifrig weiter.

Ellie drehte die Gasflamme herunter und setzte den Deckel auf den Topf. Sie wollte erzählen, dass er ihr außerdem einen Catererjob angeboten hatte, aber die verhaltene Reaktion ließ sie innehalten. »Was ist los?«

»Was meinst du?« Rina wich ihrem Blick aus.

»Irgendetwas stimmt nicht zwischen euch und Marcus. Ich komme mir blöd vor, wenn ich nicht weiß, was los ist.«

Rina stellte die Karotten zur Seite. »Er ist nicht gern gesehen auf dem *Schwarzen Stein*.«

»Das habe ich gemerkt«, sagte Ellie. »Ich verstehe nur nicht, warum. Er scheint sehr nett zu sein.«

»Manche Menschen haben mehr als ein Gesicht, Ellie.«

»Das weiß ich natürlich. Marcus macht diesen Eindruck nicht auf mich.« Sie zog sich einen Stuhl heran und setzte sich neben Rina. »Er hat mir erzählt, dass das Weingut Probleme hat und die Winzergenossenschaft gern bereit ist, zu helfen. Ist es das? Geht es um euren Stolz?«

Rina verzog die Lippen zu einem bitteren Lächeln. »Er will helfen? Das glaub ich gern. Vor allem will er unseren Weinberg.

Sieh mal, Ellie, was ich jetzt sage, ist nicht böse gemeint. Aber es ist nun mal so, dass die Weinherstellung eine Wissenschaft für sich ist. Das kann man nicht eben zwischen Tür und Angel lernen. Marcus ist sicher gut in dem, was er tut, aber er setzt dir einen Floh ins Ohr. Was er dir über unser Weingut erzählt, mag für dich logisch klingen, aber es wäre der Untergang für den *Schwarzen Stein*.«

»Ich gebe zu, dass mein Wissen von Google stammt. Aber was ist denn so anders an euch?«

»Wir sind eines der letzten Güter, die nicht in der Genossenschaft sind. Und das aus gutem Grund. Für viele Weinbauern ist die Mitgliedschaft eine feine Sache. Sie werden unterstützt, können günstig den Vollernter mieten und sehen am Ende des Jahres immer Geld. Der Wein, den sie herstellen, ist gut, keine Frage. Aber er ist nicht vergleichbar mit dem *Schwarzen Stein*. Wir spritzen unsere Reben nicht, wir lesen von Hand und pressen die Trauben anders. Unsere Erzeugnisse sind nicht nur gut, sie tragen auch ein Bio-Siegel und sind schon mehrfach mit DLG-Medaillen ausgezeichnet worden. Das, was den *Schwarzen Stein* zu etwas ganz Besonderem macht, ist Tom. Er ist nicht nur ein hervorragender Winzer, sondern auch ein außergewöhnlicher Kellermeister. Ja, es geht um Stolz.« Rina sah sie ernst an. »Es geht um das, was wir hier seit Generationen tun, und darum, es beizubehalten.«

Ellie nickte. »Das kann ich nachvollziehen. Danke, dass du es mir erklärt hast.« Sie stand auf und widmete sich wieder ihrer Suppe. Was Rina ihr erzählt hatte, stimmte sie nachdenklich. Sie verstand die Position ihrer Freundin.

Doch Marcus hatte die Situation anders dargestellt. Wem sollte sie glauben? Vielleicht sah Rina die Angelegenheit als direkt Betroffene einfach zu eng. In Anbetracht ihrer Einstellung zu Marcus schien es ihr nicht ratsam, ihr von dem geplanten Dinner zu erzählen. Wenn sie ein Angebot bekam, zu kochen, konnte sie nicht widerstehen. Aber sie wollte Rina in ihrem Zustand nicht aufregen.

Tom ging ihr aus dem Weg. Am Abend nach ihrem kleinen Intermezzo hatte er mit einer Flasche Wein auf sie gewartet. Offenbar wollte er herausfinden, ob sie ihm den Kuss übel nahm oder gar mehr von ihm erwartete. Sie hatte sich an Alex' Rat gehalten und die Erleichterung in seinen Augen bemerkt. Ihr hatte es den Hals zugeschnürt. Natürlich hatte sie diesen Kuss ebenfalls nicht gewollt. Aber musste er so reagieren? Er hätte zumindest sagen können, dass es ihm gefallen hatte. Denn obwohl ihre Gefühle völlig unangemessen und fehl am Platz waren, hatte sie es genossen, in seinen Armen zu liegen, von ihm gegen die Tür gepresst zu werden. Noch nie war sie so geküsst worden. Sie bemühte sich, nicht daran zu denken und sich vor allem keine Wiederholung dieses sinnlichen Überfalls vorzustellen. Tom zu küssen brachte sie nicht weiter. Und doch hätte es sie gefreut, wenn sie anstatt Erleichterung einen Ausdruck von Bedauern in seinen Augen erkannt hätte.

Er fragte nicht nach, wie es im Gasthof lief. Rina hielt anscheinend dicht und sprach nicht weiter darüber, dass Ellie in der Küche die Verantwortung übernommen hatte, wofür sie ihr sehr dankbar war. Tom nahm bestimmt an, sie greife seiner Schwägerin ein wenig unter die Arme und würde ansonsten ihre Zeit im Restaurant totschlagen. Rina hatte sie in ihrem Wagen mitgenommen und auf dem Hof abgesetzt. Jetzt schleppte Ellie die Lebensmittel und den großen Topf, die sie aus dem Gasthof mitgenommen hatte, ins Haus. Sie wollte eine ordentliche Brühe als Basis für Soßen und Suppen ansetzen. Bis jetzt hatten sie im Restaurant nicht genug Zeit dafür gehabt. Also würde Ellie am nächsten Morgen zeitig aufstehen und im Haus kochen. Die Küche von Toms Mutter war fast so gut ausgerüstet wie die der Gaststätte. Sobald sich Tom am nächsten Tag auf den Weg in die Weinberge machte, hätte sie genug Zeit.

Unter dem wachsamen Blick von Murdock, der sich insbesondere für das Suppenhuhn interessierte, verstaute sie die Zutaten und stieg die Treppe zu ihrem Zimmer hinauf.

Bei halb geöffneter Tür saß Tom in seinem Arbeitszimmer und hämmerte wild auf der Tastatur seines PCs herum. Murdock ging zu seinem Herrchen, um ihm Gesellschaft zu leisten. Ellie blieb im Türrahmen stehen und grüßte. Als Antwort murmelte Tom irgendetwas, das einem Hallo ähnelte, sah jedoch nicht auf. Anscheinend war nach dem Kuss doch nicht alles in Ordnung zwischen ihnen. Seine Reaktion erinnerte sie stark an die ersten Tage auf dem Hof. Gerade wollte sie sich zum Gehen wenden, als er abrupt aufblickte und sagte: »Ellie?« Seine Augen waren leicht zusammengekniffen. Die Lippen zu einer schmalen Linie zusammengepresst.

»Ja?« Sie lächelte abwartend.

Tom musterte sie. »Du hattest nicht zufällig Kontakt zu Wendt, oder?«

»Doch … ähm … heute«, stotterte Ellie. »Wir haben telefoniert. Warum?«

»Und um was ging es bei dem Gespräch, wenn ich fragen darf?«, entgegnete er barsch.

Welche Laus war ihm denn nun schon wieder über die Leber gelaufen? Rina hatte ihr erklärt, warum sie Vorbehalte gegen den Geschäftsführer der Winzergenossenschaft hatten und um was es bei dem Streit zwischen ihm und dem Weingut ging, aber Tom kannte offenbar nur die Methode mit dem Holzhammer. Das konnte er gern bei jemand anderem ausprobieren. »Nein, das darfst du nicht fragen.« Sie drehte sich auf dem Absatz um und stolzierte zu ihrem Zimmer.

»Ellie«, rief er ihr nach. »Hast du mit ihm über den *Schwarzen Stein* geredet?«

Ellie antwortete nicht, sondern warf wutentbrannt die Tür hinter sich zu. Tom war nicht der Einzige, der die Wände zum Wackeln bringen konnte.

Um sich ein wenig abzureagieren, fuhr sie ihren Laptop hoch und surfte im Internet nach Menüvorschlägen für Marcus' Dinnerparty. Sie merkte, dass sie nicht weniger heftig auf den Tasten herumhackte als ihr Gastgeber. Sie atmete tief durch und zählte bis zehn. Sie würde sich nicht von diesem wütenden Hinterwäldler den Abend verderben lassen.

Aufgebracht tippte Tom Begriffe in die Suchmaschine. Er war kein Fan des Internets, wo alle möglichen Informationen verbreitet wurden. Die Menschen gaben viel zu viel von sich preis, veröffentlichten Details aus ihrem Leben, die niemanden etwas angingen und die ihm persönlich einen Schauer über den Rücken jagten.

Irgendein Idiot hatte das World Wide Web dazu benutzt, Gerüchte zu streuen, Gerüchte, die falsch und geschäftsschädigend waren.

Da war es. Ein Artikel über den *Schwarzen Stein* in der Online-Ausgabe der Kreiszeitung. Blätterte denn niemand mehr morgens am Frühstückstisch in der Zeitung? Als er den Beitrag las, wuchs mit jedem Satz seine Wut auf dieses verdammte Schmierblatt. Wie konnten sie es wagen, vom bevorstehenden Ruin des Weingutes zu schreiben? Wie konnten sie es wagen, ihnen finanzielle Probleme zu unterstellen und zu behaupten, dass die Lese dieses Jahr mies ausfallen werde? Sie sprachen von Zwangsversteigerung. Das war Verleumdung. Den Tag über hatten fünf Leute angerufen, die ein Angebot für den Hof und die Weinberge abgeben wollten. Eric hatte sich noch mehr aufgeregt als er. Er hatte sich fast den Knöchel gebrochen, so fest hatte er gegen den Reifen seines Traktors getreten.

Deshalb kümmerte sich Tom jetzt um dieses Problem. Ihr Anwalt hatte ihm geraten, erst einmal mit der Redaktion zu sprechen und sie dazu zu bringen, einen Widerruf zu drucken, bevor sie rechtliche Schritte einleiteten. Er hatte recht. Ein Gerichtsverfahren war das Letzte, was sie jetzt noch brauchten. Es würde ein noch größeres finanzielles Loch in ihren Geldbeutel reißen und unnötiges Aufsehen erregen. Dieser Mist sollte auf keinen Fall im Fernsehen breitgetreten werden, weil Holzmaier es für eine gute Ergänzung der Story hielt.

Wenn er mit rechtlichen Schritten drohte, reichte das hoffentlich aus, dass der Artikel aus dem Netz verschwand.

Er notierte sich die Telefonnummer der Zeitung. Heute Abend erreichte er niemanden mehr, aber morgen früh würde er als Erstes anrufen und ihnen die Hölle heißmachen. Falls sie sich weigerten, mit ihm zu sprechen, würde er ihnen persönlich einen Besuch abstatten, auch wenn das wieder die Weinlese verzögerte.

Was ihn allerdings viel mehr interessierte, war die Frage, wie diese Schmierfinken auf die Idee kamen, so etwas zu schreiben. Das hatte sich niemand ausgedacht. Er konnte sich nur zu gut vorstellen, wer ihnen diese Geschichte gesteckt hatte. Beweise dafür hatte er nicht. Ihm waren die Hände gebunden. Auch wenn er am liebsten jemanden am Kragen gepackt und gegen die Wand geschleudert hätte. Und Ellie hatte noch immer Kontakt zu diesem Mistkerl. Die Details aus dem Artikel konnten nicht von ihr stammen, dazu wusste sie zu wenig über das Gut. Dennoch musste er sie im Auge behalten, damit sie keinen weiteren Schaden anrichtete und Wendt gegenüber irgendetwas von sich gab, das ihnen das Genick brach.

Erst in ihren Träumen beschäftigte sich Ellie wieder mit Tom. Und das sehr ausführlich, wie sie feststellte, als sie am nächsten Morgen einmal mehr mit ihrem Kissen im Arm und einer wild um ihre Beine geschlungenen Bettdecke erwachte.

Sie schob das Kissen unter ihren Kopf und strich sich die Haare aus dem Gesicht. Es war noch dunkel draußen. Tom rumorte in der Küche herum, redete mit Murdock. Sie konnte nicht hören, was er sagte, aber der Stimme nach zu urteilen handelte es sich um ein Herrchen-Hund-Gespräch, das sich um Benimmregeln drehte. Geduldig wartete sie, bis sie die Hupe von Erics Traktor hörte und die Haustür zuschlug. Erst dann ging sie ins Erdgeschoss.

Zum Glück hatte er die Kaffeemaschine angelassen. Sie schob eine Tasse unter den Ausguss und nahm das Huhn aus dem Kühlschrank.

In dem Moment, in dem sie die Kühlschranktür schloss, wurde die Küchentür aufgerissen. Erschrocken fuhr sie herum. Im Rahmen stand, die Klinke noch in der Hand, Tom. Murdock rappelte sich auf, um ihn zu begrüßen, als hätte er ihn monatelang nicht mehr gesehen.

»Guten Morgen«, murmelte Ellie.

Er sagte nichts. Starrte sie einen Augenblick stumm an, bevor er sich sein Handy schnappte, das auf dem Sideboard lag, und verschwand. Murdock blickte ihm genauso irritiert nach wie Ellie. Die Luft vibrierte um sie herum. Ihr Herz schlug laut und hart gegen ihren Brustkorb. Dieser Blick – er brachte es fertig, ihr vor Sehnsucht eine Gänsehaut über den Rücken zu jagen. Wie sollte sie diesen verdammten Kuss vergessen, wenn er sie so anschaute? Und wie sah sie überhaupt aus? Sie trug Wollsocken, hatte unordentliche Haare und ihre Brille auf der Nase. Nicht gerade eine Aufmachung, die ihn dazu animierte, seine Lippen noch einmal auf ihre zu pressen.

Mit einem Seufzen legte sie das Hühnchen auf die Anrichte und trank anstatt ihres Kaffees einen Schluck kaltes Wasser aus dem Hahn. Sie hielt ihre nassen Hände an ihre Wangen, um sie zu kühlen. Was für Gedanken am frühen Morgen! Sie sollte dankbar sein, dass Tom schlechte Laune hatte. Es war gut, dass er keinen Annäherungsversuch mehr machte.

Tom marschierte über den Hof und kletterte auf den Seitensitz des Traktors. Sein Kopf fühlte sich komisch an, wie mit Watte gefüllt. Oder Helium. Wenn er sich nicht festhielt, würde er wahrscheinlich abheben und in die Weinberge fliegen.

»Was hast du?« Eric warf ihm einen Blick zu und fuhr an. »Du siehst aus, als wäre dir ein Geist begegnet.«

Keinem Geist. Nur einer atemberaubenden Frau, deren Anblick sich unwiderruflich in sein Hirn gebrannt hatte. Ellie war der Typ Frau, der einem nicht guttat, von der man aber trotz aller Komplikationen nicht die Finger lassen konnte. Nicht zu vergessen sein Ärger mit Wendt und die verdammte Fernsehshow, in der sie ein Liebespaar mimen durften. Er musste Ellie zumindest vor der Kamera anschmachten, während sich in seinem Kopf Szenarien abspielten, die ihr die Schamesröte ins Gesicht getrieben hätten.

Bis gerade eben war ihm nicht klar gewesen, dass man über eine schöne Frau am Morgen fantasieren konnte, die, nur mit einem Schlafshirt bekleidet, an den Küchentresen gelehnt Kaffee trank. Mit ihren wilden Locken und den pinkfarbenen Wollsocken war sie das unwiderstehlichste Wesen, dem er jemals begegnet war. Er hatte sie doch für eine dumme Großstadttussi gehalten, als er sie zum ersten Mal gesehen hatte. Die Dirndl. Das dicke Make-up und diese albernen Flechtfrisuren. Doch seit er sie geküsst hatte, kam er nicht mehr los von ihr. Er wollte nicht so fühlen, er wollte verdammt noch mal bei klarem Verstand bleiben. Wenn Ellie allerdings auf ihn zugekommen wäre … Wenn sie ihn berührt hätte, wäre er nicht in der Lage gewesen, seine Hände in die Hosentaschen zu schieben, sich umzudrehen und zu gehen.

Tom graute vor dem Rebenfest. Holzmaier würde mit Sicherheit von ihm verlangen, mit Ellie zu tanzen. Wenn er keinen Tobsuchtsanfall des Aufnahmeleiters provozieren wollte, konnte er nicht kneifen.

Der Traktor holperte durch ein Schlagloch und riss Tom aus seinen Gedanken. Er hielt sich gerade noch fest, sonst wäre er von seinem Sitz gerutscht. »Pass auf, wo du hinfährst«, knurrte er seinen Bruder an.

Eric grinste. »Hör auf zu träumen«, gab er zurück.

Die Woche verging wie im Flug. Lisa kehrte an ihren Platz in der Küche zurück, sodass Rina vom Kochdienst befreit war. Auf Anhieb verstand Ellie sich mit der jungen Frau, die zwar noch nicht viele Erfahrungen in der Küche gesammelt hatte, aber das Kochen liebte.

Ellie war so viel wie möglich im Restaurant, und Tom verbrachte die meiste Zeit auf dem Weinberg. Sie liefen sich nur selten über den Weg. Wenn sie sich zufällig trafen, behandelte jeder den anderen wie ein rohes Ei. Nur nicht anfassen. Nur nicht zu lange anstarren.

Aber um den heutigen Tag kamen sie nicht herum. Im Dorf stieg das Rebenfest, das jede Menge Touristen, Einheimische und vor allem Schaulustige, die Tom und sie sehen wollten, anzog. Nach einer Woche in Jeans, T-Shirts und Crocs schlüpfte Ellie wieder in ihr Dirndl und die High Heels, wurde geschminkt und frisiert. Sie fühlte sich jedes Mal fremder in diesem Aufzug. Wie eine Kleiderpuppe im Schaufenster eines Trachtenladens.

Holzmaier hatte sie informiert, dass heute mehrere Kamerateams vor Ort sein würden, weil sowohl auf dem Fest als auch im Gutshaus gedreht werden sollte. Alles war fertig für ihren großen Auftritt. Tom schien sich ernsthaft zu bemühen, nur halb so grimmig dreinzublicken wie sonst, während Eric und Rina so fröhlich waren wie eh und je. Sie fuhren mit Toms Wagen ins Dorf und schlenderten an den Weinständen, Ess- und Spielbuden vorbei, während die Kamera entweder vor, neben oder hinter ihnen war. Rina hatte bald genug von dem Trubel und zog Eric mit sich, um Freunde zu treffen. Sofort war die unbeschwerte Stimmung verflogen und die Spannung zwischen Tom und Ellie wieder da.

»An diesem Schießstand haben wir einen Stopp vorbereitet. Tom, du solltest Ellie ein Plüschtier schießen.«

»Mach ich.« Er schien erleichtert, etwas zu tun zu haben. »Welches willst du?«

Die Gewinne waren allesamt nicht besonders hübsch. »Den Hund dort hinten, bitte.«

»Alles klar.«

»Stopp!« Sie drehten sich zu Holzmaier um, der sein Klemmbrett nach oben hielt wie ein Prediger die Bibel. »Du willst das pinkfarbene Ding da drüben.«

Ellie wandte sich wieder zur Schießbude um und blinzelte. »Das da?« Sie wies auf ein glitzerndes undefinierbares Etwas in Pink. »Aber … das sieht aus wie ein Minion, der sich schämt.«

»Es passt perfekt zu deinem Kleid, dem Teint und den Haaren. Du willst dieses Ding.«

Ellie seufzte. »Wenn du das sagst, will ich es.«

»Und du wirst es bekommen. Das garantiere ich dir«, flüsterte Tom ihr ins Ohr und grinste sie an. Sein warmer Atem strich über ihren Hals. Wenigstens er hatte Spaß.

Er hielt sein Wort und überreichte ihr nach fünf Schüssen das Kuschelding.

»Toll. So was wollte ich schon immer.« Tom wollte sie provozieren? Das Spiel verstand sie ebenfalls. Nicht nur er sollte sich amüsieren. Sie legte die Hände auf seinen Arm, stellte sich auf die Zehenspitzen und küsste ihn auf die Wange. »Das ist so süß von dir.« Er erstarrte. Gut so. Und weil es solchen Spaß machte, ihn zu ärgern, entschied sie, ihn nicht darauf hinzuweisen, dass ihr bonbonfarbener Lippenstift auf seiner Wange prangte wie ein Mal.

»Wunderbar, das haben wir im Kasten.«

Ellie löste sich von Tom und fragte: »Was steht als Nächstes auf dem Programm?«

»Essen und ein paar Weine testen.«

Sie probierte Flamm- und Zwiebelkuchen, nippte an einem Riesling und einem Chardonnay, während Tom ihr etwas über den Wein erzählte. Sie konnte sich nicht richtig konzentrieren. Ihr war warm, was vermutlich am Alkohol lag. Und sie nahm seinen Geruch wahr, wann immer er sich auf Holzmaiers Befehl hin zu ihr hinunterbeugte, hinter sie stellte oder seine Finger mit ihren verschränkte.

Schließlich breitete die Nacht ihre Sternendecke über Steinbach, die mit bunten Lämpchen geschmückten Zweige der großen Eiche auf dem Dorfplatz glitzerten. Als die Band zu spielen begann, suchten sie sich einen Platz auf einer Bierbank, die etwas weiter weg im Dunkeln lag.

Abseits der Kameras nahm Toms Gesicht wieder den grimmigen Zug an. »Ich würde sagen, für heute haben wir uns genug angefasst.«

»Charmebolzen«, murmelte Ellie in ihr Glas. Wie schaffte er es nur, in einem Moment so nett und im nächsten ein kompletter Arsch zu sein? »Ich denke, Holzmaier wird gleich auftauchen und uns zum Tanz auffordern.«

»Dann tanz doch mit *ihm*. Ich tanze nicht. Grundsätzlich nicht«, fügte er halb entschuldigend hinzu. Auch wenn sein Gesichtsausdruck ihr sagte, dass ihm das kein bisschen leidtat.

Ellie schlüpfte aus den Schuhen und wackelte mit ihren verkrampften Zehen. Sie hatte keine Ahnung, wie sie einen ganzen Abend in diesen Killerdingern durchstehen sollte.

Tom beobachtete sie. Einen Moment starrte er ihre Füße an, bevor er sich mit einem Ruck abwandte und in die Dunkelheit sah, als gäbe es dort etwas Spannendes zu entdecken.

Holzmaier tauchte mit einem Kameramann im Schlepptau auf. »Jetzt brauchen wir noch ein paar Tanzszenen, bevor wir hier abbrechen und im Gutshaus weiterdrehen können.«

Ellie blickte Tom an und hob die Augenbrauen. Hatte sie es ihm nicht prophezeit?

Tom verschränkte die Arme vor der Brust. »Ich tanze nicht.«

»Du wirst tanzen. Und zwar jetzt«, erwiderte Holzmaier.

»Ich habe alles getan, was ihr verlangt. Jeden Scheiß mitgemacht, nachgeplappert, was auch immer ihr wolltet. Das muss reichen. Ich tanze nicht.«

Jetzt verstand Ellie sein Verhalten. Er war nicht deshalb heute so unbeschwert mit ihr, weil sie sich so gut verstanden. Er hatte den gut gelaunten Sonnyboy gemimt, damit er das Tanzbein nicht schwingen musste. Cleverer Schachzug, das musste sie ihm zugutehalten.

Aber Holzmaier ließ sich nicht hinters Licht führen. »Du wirst …«

»Entschuldigung. Komme ich ungelegen?«

»Sie stören! Was wollen Sie?« Holzmaier fuhr herum, und Marcus Wendt trat vorsichtshalber einen Schritt zurück. Er sah gut aus. Dunkle Jeans, ein graues Hemd, das die Farbe seiner Augen betonte. Im Gegensatz zu Tom war er frisch rasiert. »Das tut mir leid. Elisabeth hat mir einen Tanz versprochen«, sagte er und lächelte sie breit an. Tom neben ihr wirkte angespannt. Vor Wut, vermutete sie. Wunderbar. Sie ärgerte sich ebenfalls. Was dachte Tom denn? Dass ein Tanz mit Marcus Verrat an ihm und seinem verdammten Weingut war? Da ihr einmal mehr bewusst geworden war, dass er nur für die Kameras gelächelt und seine Freundlichkeit und sein Charme nicht ihr gegolten hatten, verspürte sie keine große Lust mehr, Rücksicht auf seine Gefühle zu nehmen. »Das stimmt. Ich freue mich schon den ganzen Abend darauf, endlich das Tanzbein zu schwingen.« Sie lächelte Marcus an.

»Moment. Das geht nicht.« Holzmaiers Gehirn lief offensichtlich auf Hochtouren. »Oder doch? Warte mal … Das ist es! Ich habe eine geniale Idee. Wir machen eine Eifersuchtsszene daraus. Du tanzt mit ihm.« Er wedelte mit der Hand zwischen Ellie und Marcus hin und her. »Und du kannst genauso sitzen bleiben und dieses Gesicht ziehen. Das ist perfekt. Wir brauchen eine zweite Kamera«, raunzte er in sein Funkgerät.

»Na, da bin ich ja froh, dass ich helfen konnte. Wollen wir?« Galant reichte Marcus ihr die Hand. Sie schlüpfte in ihre Schuhe und ließ sich hochziehen. Gefolgt von der Kamera gingen sie zur Tanzfläche, die schon gut gefüllt war. Marcus wiegte sich mit ihr zu den Klängen einer Ballade aus den Achtzigern. Er roch gut, aber anders als Tom. Bei ihm war es irgendein nicht ganz billiges Rasierwasser. Bei Tom war es einfach … Tom. Heute hatte sie mehrmals weiche Knie bekommen. Sein Geruch war schlicht und unaufdringlich, Weichspüler, Wald und Mann.

Sie sollte nicht an Tom denken, während sie mit einem anderen Mann tanzte. Also lächelte sie Marcus an und hielt Small Talk. »Die Band ist gut.«

»Ja.« Er lachte. »Das sollte man bei ihrem Namen *Die Rebläuse* gar nicht denken. Genießt du das Fest?«

»Ja, es ist super. Mein erstes Weinfest. Ich kann mich zumindest nicht daran erinnern, schon mal auf einem gewesen zu sein.«

»*Landliebe* hat dich zu uns gebracht. Da sollst du auch Steinbachs schönste Seite kennenlernen und lächeln, wenn du dich an uns erinnerst«, sagte er und zog sie ein wenig enger an sich. »Vielen Dank für die Menüvorschläge, die du mir geschickt hast. Ich habe mich für die zweite Variante entschieden und sorge dafür, dass du alles kriegst, was du brauchst.«

»Prima. Gute Vorbereitung ist alles.«

»Und der Termin passt dir? Kannst du dich im Gasthof loseisen?«

»Kein Problem. Ich habe an dem Tag einen Außendrehtermin. Danach habe ich genügend Zeit. Ich freue mich drauf.«

Marcus lächelte und strich ihr eine verirrte Locke hinter das Ohr.

Ellie sah ihm in die Augen. Freundlich und gut gelaunt erwiderte er ihren Blick. Nichts deutete darauf hin, dass er Hintergedanken haben könnte. Wieder überlegte sie, ob Rina übertrieben hatte.

»Seit du im Restaurant arbeitest, läuft der Laden.« Er wirbelte sie herum und zog sie noch etwas enger an sich. Ein kleines bisschen zu eng. Sie legte die Hand auf seine Brust und schaffte ein wenig Abstand zwischen ihnen. »Johanna Sander ist sicher eine großartige Köchin. Das sieht man allein schon an der Reservierungsliste des Restaurants. Es ist sehr schade, dass sie sich so schwer verletzt hat und ich sie nicht kennenlernen werde.« Und das sagte sie weder, um einen guten Eindruck zu hinterlassen, noch weil eine Kamera auf sie gerichtet war. Die Rezepte und Ideen, die sie in der Küche des Restaurants gefunden hatte, sprachen für die Kreativität und das Talent von Toms Mutter.

»Das stimmt natürlich«, sagte Marcus. »Johanna ist eine faszinierende Frau. Wie ist es denn mit Tom? Er ist bestimmt viel beschäftigt. Ich wette, die Weinpresse läuft Tag und Nacht.«

Wollte er tatsächlich über Tom sprechen? Sie nicht. Auch wenn ihr Gastgeber und sie auf dem Fest viel Spaß gehabt hatten. Ihr Verhältnis zu Tom ging weder Marcus – noch irgendwen sonst – etwas an. Sie sah zu Wendt auf und lächelte ihn strahlend an. »Ich habe keine Ahnung. Was ist eine Weinpresse?«

Als die *Rebläuse* wieder eine langsame Nummer spielten, wollte Marcus sie erneut an sich ziehen. Doch das Unterfangen wurde von zwei großen, von der Arbeit rauen Händen unterbunden. Tom schob Marcus zur Seite. »Partnerwechsel«, knurrte er. »Verschwinde, Wendt.«

Marcus warf Tom einen Blick zu. »Wir sehen uns, Ellie«, sagte er und verschwand mit einem knappen Nicken zwischen den Tanzenden.

»Was meint er damit?«, fragte Tom.

»Was … ähm, keine Ahnung.« Ihr Herz schlug schnell. Tom erweckte fast den Eindruck, als sei er eifersüchtig. Deshalb unterließ sie es lieber, ihm zu erklären, dass sie einen Cateringauftrag von Marcus angenommen hatte. »Wahrscheinlich einfach nur, dass man sich mal wieder über den Weg läuft.«

Tom kommentierte ihre Antwort nicht. Er zog Ellie an sich und trat ihr auf den Fuß. »Ich habe dir gesagt, ich kann nicht tanzen.«

Ellie schluckte und versuchte, das Gesicht nicht schmerzhaft zu verziehen. »Warum tust du es dann?«, fragte sie.

Tom antwortete nicht, sondern drückte sie an sich, und diesmal ließ Ellie es geschehen.

10

Landliebe – Szene 10 – Tom

(Kamera 1: Totale auf Weidenmann und Sander)

»Tom, du hast herausgefunden, was Elisabeth am liebsten nascht. Was ist es?«

»Mon-Chéri-Pralinen kann sie nicht widerstehen.«

»Damit hast du sie überrascht. Und wir waren dabei, liebe Zuschauer. Mehr von dieser romantischen Geste nach einer kurzen Werbepause.«

(Kamera 1: Zurückfahren, abblenden)

Tom hatte nicht gelogen. Er wusste, dass seine Bewegungen etwas von einem Tanzbären hatten. Er war nicht besonders gelenkig und Taktgefühl war – zumindest auf der Tanzfläche – ein Fremdwort für ihn. Es schien Ellie nicht zu stören. Anders als mit Wendt, zu dem sie zumindest ein bisschen Abstand gehalten hatte, schmiegte sie sich in seine Arme. Es fühlte sich gut an. Zu gut. Den ganzen Abend hatten sie sich immer wieder berührt, waren sich immer wieder viel zu nahe gekommen. Es war nicht gut für ihn, und doch machte er sich gerade auf einem Dorffest zum Affen und tanzte.

Dass Wendt Ellie mit seinen dreckigen Pfoten anfasste, war ihm gehörig gegen den Strich gegangen. Es hatte nicht unbedingt etwas mit ihr zu tun oder damit, dass seine Gedanken pausenlos um sie kreisten. Er konnte den Geschäftsführer der Winzergenossenschaft einfach nicht ausstehen und hätte jede andere Frau ebenfalls aus seinen Fängen gerettet. Okay, er war mit Marcus aufgewachsen und hatte ihn schon zig Mal mit Mädchen tanzen sehen und noch nie das Bedürfnis gehabt, eine von ihnen seinen Armen zu entreißen. Er spürte Ellies Atem an seinem Hals, roch den klaren, frischen Duft, der von ihr ausging. Mit aller Willensstärke, die er aufbieten konnte, hielt er sich zurück, sein Gesicht in ihren Hals zu pressen und an der zarten Haut zu riechen, dort, wo ihr Puls schlug. Er wollte, dass dieser Tanz so schnell wie möglich vorbei war – er wollte, dass er niemals endete.

Die Hand, die sich auf seine Schulter legte, brachte ihn aus dem Takt, falls man das überhaupt sagen konnte. Er trat Ellie noch einmal auf den Fuß und spürte, wie sie zusammenzuckte. Verdammt.

Er blickte auf. Holzmaier hüpfte aufgeregt um sie herum, am Rand der Tanzfläche standen Eric und Rina.

»Wir haben alles abgefilmt. Ihr könnt jetzt aufhören. Wir verschwinden hier. Die Szenen auf dem Hof müssen noch in den Kasten.«

»Seid ihr sicher?« Widerstrebend ließ er Ellie los.

»Ja, das mit dem Tanzen hat sich erledigt. Und nebenbei, das, was du da tust, hat nicht das Geringste mit Tanzen zu tun.«

»Rina hat genug, Tom«, mischte sich Eric ein. »Lass uns heimfahren.«

Tom sah zu seiner Schwägerin. Sie wirkte ein wenig müde. »Ist sie okay?«, fragte er.

»Ja. Es reicht nur für heute.«

Stumm stand Ellie neben ihm. Ihre Wangen waren gerötet, und ihre Augen glänzten. Vielleicht war ihr der Wein zu Kopf gestiegen. Besser, er ging jetzt und hakte den Abend einfach ab. Noch war nichts passiert, und so sollte es auch bleiben. Er wollte die Jagd auf die fünfzigtausend Euro nicht mit einer Frau verkomplizieren. Schon gar nicht mit einer, die auf der Suche nach einem Mann fürs Leben war, aber nichts fürs Landleben übrighatte.

Schweigend fuhren sie nach Hause, verabschiedeten sich von seiner Familie und wurden bereits von der nächsten Filmcrew erwartet. Holzmaier war vor ihnen eingetroffen. Manchmal, dachte Tom, scheint sich der Typ zu klonen.

Murdock hatte sich wegen des ganzen Trubels in Toms Arbeitszimmer zurückgezogen und schlief unter dem Schreibtisch.

Ellie stand in der Küche und blickte Holzmaier wütend an. So aufgebracht hatte er sie bislang noch nicht erlebt. »Ich hasse Mon Chéri«, sagte sie.

»Sie passen aber perfekt«, entgegnete Holzmaier. »Besonders wenn Tom sie in Herzform auf einem Teller drapiert.«

Tom stöhnte innerlich. Wie weit konnte man sich denn noch erniedrigen lassen? »Komm schon, Ellie«, sagte er. »Bringen wir es einfach hinter uns.«

»Aber ich esse diese Dinger nicht.«

»Das gehört dazu«, warf Holzmaier ein.

»Wunderbar«, erwidert sie genervt. »Dann kotz ich euch allen vor die Füße.«

Sie drehte sich um und stürmte aus dem Zimmer. Tom bemerkte, dass sie ihre High Heels ausgezogen hatte.

Einer der Filmleute dekorierte ein Herz aus den rosa eingeschlagenen Schnapspralinen auf einem Teller und stellte ein brennendes Teelicht in die Mitte.

Tom nahm den Teller. Er riss ein paar Blätter Küchenpapier ab, stopfte sie in die Gesäßtasche seiner Jeans und balancierte das lächerliche Betthupferl die Treppe hinauf.

»Okay, alle halten sich an das Drehbuch, verstanden? Ich will keine Abweichungen. Wenn es gut läuft, haben wir es mit einem Dreh im Kasten«, befahl Holzmaier. »Kamera?«

»Läuft.«

»Ton?«

»Läuft.«

»Klappe, die erste.«

Tom wartete, bis die Kamera auf ihn gerichtet war, und klopfte an Ellies Zimmertür.

»Herein.«

Er öffnete und vergaß, zu atmen. Ellie trug einen Hauch von … Nichts. Etwas Pinkfarbenes, Durchsichtiges, das nur an einigen strategischen Stellen etwas verstärkt war. Die Haare fielen ihr in einem kunstvoll geflochtenen Zopf über die rechte Schulter. Neben ihr im Bett saß das hässliche Plüschding, das er für sie geschossen hatte. Es passte farblich perfekt zu dieser Nachthemdkreation. Tom verstand, warum der Aufnahmeleiter unbedingt diesen Preis hatte haben wollen. Wahrscheinlich hatte er das Vieh eigenhändig in die Schießbude gehängt. Passte auch super zu den Mon Chéri. Er schluckte. Wie war noch mal sein Text? Ach ja. »Hallo, Ellie. Ich wollte mich noch für den schönen

Abend bei dir bedanken und habe dir eine kleine Überraschung mitgebracht.«

»Oh, das ist aber toll«, flötete sie pflichtschuldig und nahm das pinke Monster und bedeckte damit ihr Dekolleté. »Dabei muss ich mich bei dir bedanken. Das Fest war wunderschön, und du hast etwas für mich geschossen.«

»Hmm … na ja …« Wie ging es weiter? Er wollte diese Szene kein zweites Mal durchstehen müssen. »Ich … ähm … ich hoffe, du magst Mon Chéri?«

»Ich *liebe* sie.« Sie lächelte ihn strahlend an. »Darf ich gleich eines probieren?«

»Na klar.« Er setzte sich zu ihr auf die Bettkante.

Ellie nahm eine Praline, wickelte sie aus und schob sie in den Mund. »Hmm«, war das Einzige, was sie von sich gab.

Warum brauchte Holzmaier so lange? Sie hatten doch jetzt alles gefilmt, oder?

»Schnitt!« Endlich. »Wir haben es.«

Tom zog das Küchenpapier aus seiner Gesäßtasche und hielt es Ellie hin. »Spuck es aus«, sagte er.

Sie zögerte keine Sekunde, was ihn in der Annahme bestätigte, dass sie vermutlich wirklich auf den hässlichen Teppich seines Gästezimmers gekotzt hätte, wenn sie die Praline hätte runterschlucken müssen.

»Danke«, flüsterte sie. Ihre Wangen färbten sich so pink wie ihr Schießbudengewinn.

»Keine Ursache.« Tom legte ihr die Hand auf die Schulter und drückte sie kurz. Eine freundschaftliche Geste, die sich auf nackter Haut überhaupt nicht freundschaftlich anfühlte. Langsam zog er seine Finger zurück. »Du musst nicht noch einmal mit runterkommen. Ich kümmere mich um die Filmfuzzis. Gute Nacht.«

»Danke«, sagte sie noch einmal leise. »Schlaf gut.«

Das würde er mit Sicherheit nicht. Mit einem letzten Blick in ihre Richtung verließ er das Zimmer. Der dankbare Ausdruck auf ihrem Gesicht wühlte ihn auf und brachte ihn schon wieder völlig aus dem Gleichgewicht.

Er half den Fernsehleuten beim Einladen ihres Equipments, weil er sein Haus so schnell wie möglich für sich haben wollte. Er wollte seine Ruhe, allein sein. Nicht ganz allein, natürlich. Aber zumindest wollte er keine neugierigen Blicke fremder Menschen mehr in seiner Privatsphäre.

Hoffentlich schlief Ellie schon. Er verschwendete noch keinen Gedanken an sein Bett. Den ganzen Abend über war die Sehnsucht nach ihr in ihm ständig gewachsen. Sein Verlangen hatte sich von Minute zu Minute gesteigert. Er konnte sich nicht daran erinnern, jemals so widersprüchliche Gefühle für eine Frau empfunden zu haben. Er begehrte sie, das konnte er sich inzwischen eingestehen. Aber er durfte sich nicht auf sie einlassen. Denn er wollte nicht mit gebrochenem Herzen zurückbleiben, wenn sie den Hof wieder verließ. Es ging nur ums Geld. Nur die fünfzigtausend spielten eine Rolle. Und dann war da noch Wendt, mit dem sie sich gut amüsiert zu haben schien. Auch wenn sie sich beim Tanzen enger an ihn geschmiegt hatte als an diesen Schmierlappen. Von sich selbst genervt fuhr sich Tom durchs Haar. Es brachte nichts, sich den Kopf darüber zu zerbrechen.

Er holte eine Flasche Riesling aus dem Kühlschrank, öffnete sie und ging nach oben. Wenn er sich ein paar Stunden mit Kalkulationen und den Kreditforderungen beschäftigte, würde sein Gedankenkarussell hoffentlich an Geschwindigkeit verlieren und ihm wenigstens etwas Schlaf vergönnt sein.

Das würde wohl erst einmal nicht passieren, stellte er frustriert fest, als er den oberen Treppenabsatz erreichte und die Badezimmertür geöffnet wurde. Tom hatte wirklich gehofft, Ellie heute nicht noch einmal zu begegnen. Seine Beherrschung stand auf der Kippe. Jeder Kontakt mit ihrer Haut, jeder Blick aus diesen großen grünen Augen stellte eine Herausforderung dar.

Sie war barfuß. Der kunstvolle Zopf war verschwunden, ihr Haar zu einem wirren Knoten geschlungen. Als hätte sie mit beiden Händen in die blonde Mähne gegriffen und sie irgendwie zusammengefasst. Das war genau das, was er tun wollte. Mit den Fingern durch diese dicken, seidig weichen Locken fahren. Scheiße, er musste aufhören, sich solche Sachen auszumalen. Ohne zu überlegen, hob er die Weinflasche an den Mund und trank einen Schluck. Vielleicht ließen sich seine Gedanken auf diese Art betäuben. Warum mit dem Trinken warten, bis er in seinem Arbeitszimmer war und ein Glas fand? Er setzte die Flasche noch einmal an.

Es wäre einfach, sie zu ignorieren. Mit einem knappen Kopfnicken an ihr vorbeizugehen, wie er es seit ihrer Ankunft so oft getan hatte. Doch nach diesem Abend schien ihm das irgendwie nicht richtig. Sie hatten heute Spaß gehabt. Hatten den Abend, vom Tanzen mal abgesehen, genossen, obwohl die ganze Zeit Kameras um sie herum gewesen waren.

Ellie zögerte einen Moment, dann kam sie auf ihn zu, nahm ihm die Flasche aus der Hand und trank ebenfalls einen Schluck. Sie hatte das pinkfarbene Ding ausgezogen. An einem Sleepshirt, auf dem sich Charlie Brown und Snoopy umarmten, mit Ärmeln, die bis zu den Ellenbogen reichten, und einem Saum, der die Hälfte ihrer Schenkel bedeckte, war nichts sexy. Außer, es wurde von Ellie getragen.

Er wollte seine Weinflasche zurück. Doch bevor er danach greifen konnte, setzte sich Ellie auf den Boden. »Ganz schön verrückter Abend, nicht wahr?« Sie trank noch einen Schluck. Entnervt überlegte Tom, was er jetzt tun sollte. Er konnte immer noch gehen, sich in sein Arbeitszimmer zurückziehen. Oder in sein Schlafzimmer. Das lag noch näher. Unmittelbar dort, wo Ellie auf dem Boden saß. Mit seiner Weinflasche. Anstatt die Flucht anzutreten, setzte er sich neben sie und lehnte sich an die Wand. Er nahm ihr die Flasche ab und trank. »Das kannst du laut sagen«, erwiderte er.

»Es hat ziemlichen Spaß gemacht. Bis auf die Sache mit dem Mon Chéri.«

»Hmm.« Er konnte ihr nicht richtig folgen. Ihr Duft hüllte ihn ein. Ihm war schwindlig. Vielleicht lag es auch am Wein. Wenn er einen Funken Verstand hätte, würde er jetzt gehen. Warum brachte er die Energie dafür nicht auf?

Seine Hand zitterte ein wenig, als er erneut einen Schluck aus der Weinflasche nehmen wollte. Doch Ellie stellte sie neben sich hin. Unerreichbar für ihn, wenn er sich nicht über sie lehnen wollte.

»Tom?«, sagte sie.

»Hmm.«

»Warum tun wir es nicht einfach?«

»Hmm.« Wovon sprach sie? »Was?«

Ellie antwortete nicht, sondern erhob sich langsam auf die Knie.

Tom sah ihr in die Augen. Sie wirkte entschlossen. Der Puls an ihrem Hals hämmerte so schnell wie sein eigener. Mit einer fließenden Bewegung setzte sie sich rittlings auf seinen Schoß, griff nach der Weinflasche, trank einen Schluck und hielt sie ihm hin.

Tom krallte sich daran fest, als wäre sie sein Anker. »Was hast du vor, Ellie?«, fragte er.

Ihre Wangen überzogen sich mit einem zarten Rosa, und er hörte die Alarmglocken schrillen. Sie verführte ihn und wollte, dass er sich in sie verliebte. Schließlich war sie auf der Suche nach einem Mann.

Tom wollte etwas sagen, sie abhalten, doch Ellie strich über die Stoppeln seines unrasierten Kinns und berührte seinen Mundwinkel für einen flüchtigen Moment mit ihren Lippen. »Wir schleichen seit Tagen umeinander herum. Vielleicht müssen wir einfach nur diese nervöse Energie zwischen uns abbauen. Vielleicht ist das nötig, um die Luft zu klären. Wir wollten Freunde sein, aber wir fühlen uns viel zu sehr zueinander hingezogen.« Ihre Finger fuhren durch seine Haare. »Wenn du jetzt sagst, ich soll gehen, tue ich es«, sagte sie. »Dann vergessen wir diesen Augenblick einfach. Wenn du willst, dass ich bleibe …« Sie sprach nicht weiter.

Tom sagte keinen Ton. Er konnte nicht sprechen. Vorsichtig, als traue er seinem Körper nicht mehr, stellte er die Flasche auf den Boden.

Ellie interpretierte sein Schweigen offenbar als ein Ja. Sie hob die Hände über den Kopf und löste den Haarknoten. Die blonden Locken fielen schwer auf ihre Schultern, wippten auf ihrem Dekolleté.

Toms Hände verselbstständigten sich und zogen ihren Kopf zu sich heran.

Er wollte das Richtige tun, aber die Sehnsucht, die sich in ihm aufgestaut hatte, seit er mit Ellie unter einem Dach lebte, übernahm die Führung. Er wusste, dass er einen Fehler machte, konnte sich aber nicht dagegen wehren. Ellies Mund war nur Millimeter von seinem entfernt, und er brachte gerade noch heraus: »Nur heute Nacht.« War dieses verzweifelte Flehen tatsächlich seine Stimme? Er durfte sein Herz, den Hof und das Leben, das sie hier führten, nicht aufs Spiel setzen, weil er sich nicht unter Kontrolle hatte. »Versprich mir das, Ellie. Morgen früh ist alles wie immer.«

Sie zögerte keine Sekunde. »Ja.«

Ellie schloss die Augen und versank in dem Kuss. Sie ließ sich von ihrer Sehnsucht nach ihm davontragen. Sie war auf ihn zugegangen, hatte ihn dazu gebracht, sie zu küssen. Das schien ihr nach diesem außergewöhnlichen Abend das einzig Richtige zu sein. Heute hatten sie Spaß gehabt, sich gut verstanden, miteinander gelacht. Sie hatte eine Seite an Tom entdeckt, von der sie nichts gewusst hatte. Er war tatsächlich witzig. Und als er Marcus auf der Tanzfläche weggeschubst hatte, um ihr auf die Füße zu treten, hätte sie schwören können, dass sie einen Funken Eifersucht in seinem Blick entdeckt hatte.

Tom war fürsorglich, das wusste sie, und kümmerte sich um seine Schwägerin oder seinen Bruder. Dass sie jedoch selbst in den Genuss seiner Fürsorge kam, hatte sie unvorbereitet getroffen. Tom hatte sie vor einem Mon Chéri gerettet. Sie bekam dieses Zeug nicht mehr herunter, seit sie mit elf Jahren den Süßigkeitenschrank ihrer Großmutter geplündert und eine Überdosis von diesen Pralinen erwischt hatte. Ihr wurde schlecht, wenn sie die Dinger nur sah. Und was hatte Tom getan? Ihr einfach ein Küchenpapier vor das Gesicht gehalten und sie das Mistding ausspucken lassen, als wäre es das Normalste der Welt. In diesem Moment war irgendetwas mit ihr passiert. Dankbarkeit hatte sie gespürt, und Vertrauen. Sie vertraute ihm und fühlte sich mit einem Mal sicher. Er würde sie nicht benutzen. Sie brauchten die Nähe des anderen, mussten die verwirrenden Gedanken aus dem Kopf bekommen. Wann immer sie sich berührten, schienen Funken zu sprühen. So sehr knisterte die Luft zwischen ihnen.

Tom löste sich und schob sie ein Stück zurück. Er überlegte es sich doch jetzt nicht noch anders? Seine Lider waren halb geschlossen, doch seine Augen funkelten wie flüssiger Honig. Er schluckte, und sein Finger wanderte über ihr Schlüsselbein. Mit sanften Bewegungen strich er ihr die Haare hinter die Schultern und ließ seinen Zeigefinger an ihrem Hals hinaufgleiten.

»Halt dich fest«, flüsterte er. Ellie schlang ihm die Arme um den Nacken, und er stemmte sich an der Wand nach oben und trug sie in sein Schlafzimmer. Er setzte sie im Dunkeln auf das Bett und schaltete die Nachttischlampe ein. Bevor sie es selbst tun konnte, zog er mit einer ungeduldigen Bewegung sein T-Shirt aus und griff nach dem Saum ihres Nachtshirts. Langsam zog er es ihr über den Kopf, und sie hob einladend die Arme. Tom ließ es fallen und schluckte. Mit dem Fingerknöchel strich er über ihre Wange, berührte mit dem Daumen ihren Mundwinkel. »Du bist so wunderschön.«

Ellies Herz stolperte. Nichts war so erregend wie diese Worte, ausgesprochen von einem Mann wie Tom. Der dabei nicht ihren Körper betrachtete, sondern ihr tief in die Augen sah. Sie konnte noch länger hier sitzen und ihn mit wild galoppierendem Herzen anstarren – oder ihn endlich berühren.

Ohne den Blick abzuwenden, kniete sie sich hin und legte ihre Hände auf seinen Oberkörper.

Als ihre Finger über seine glatte Haut glitten, spürte sie das Spiel seiner Muskeln. Sie erforschte das Tal seiner Wirbelsäule, fuhr an den Seiten hinauf, über seinen Brustkorb und den flachen Bauch. Sein Körper zuckte, wo sie ihn berührte, überzog sich mit einer Gänsehaut. Tom ließ sie gewähren, beobachtete sie. Erst als sie den Bund seiner Jeans erreichte, umfasste er ihre Hände, legte sie um seinen Nacken und küsste sie. Noch einmal hob er sie hoch und ließ sich mit ihr zusammen auf das Bett sinken. In dem warmen gelben Kreis, den die Nachttischlampe um sie herum bildete, fühlte sich Ellie fast wie in einem Kokon, fern der Welt, aus der sie kamen – und in die sie am nächsten Morgen wieder zurückkehren mussten.

Toms Lippen glitten über ihre Wangen, an diese ganz spezielle Stelle unter ihrem Ohr. Er küsste sie auf den Hals. Sein Bart kratzte über ihre Haut, ließ sie erschauern.

Langsam zog er eine Spur aus Küssen über ihr Dekolleté. Seine Hände liebkosten ihre Brüste, während sich sein Kopf weiter nach unten schob, seine Lippen ihren Bauchnabel umkreisten.

Sanft schob er ihre Schenkel auseinander und küsste die sensiblen Innenseiten. Heiliger Himmel. Ein paar der Synapsen in ihrem Hirn erlitten einen Kurzschluss. Seine Lippen glitten weiter zu ihrem empfindlichsten Punkt. Ellies Hände versuchten, Halt zu finden. Doch ihre Finger ertasteten nichts als die kühle, glatte Baumwolle der Laken unter sich, und sie stürzte in den leuchtenden Strudel, der sich in ihr aufbaute.

Ihr Oberkörper hob sich, spannte sich wie eine Bogensehne, und Ellie glaubte, zu zerspringen, innerlich zu explodieren. Tom hörte nicht auf, mit ihr zu spielen, bis sie in sich zusammenfiel und nach Atem rang. Regungslos blieb sie liegen. Vermutlich würde sie sich nie wieder bewegen können.

Verschwommen tauchte Toms Kopf in ihrem Blickfeld auf.

Er küsste sie sanft. »Hi«, flüsterte er.

»Hi«, erwiderte sie leise mit rauer Stimme.

Tom hatte keine Ahnung, woher er seine Selbstbeherrschung nahm. Ellie lag vor ihm, die Wangen gerötet, einen Ausdruck in den halb geschlossenen Augen, der sich vermutlich nie mehr aus seinem Gedächtnis verdrängen ließ. Die Lippen leicht geöffnet und das Haar wie ein Heiligenschein um ihren Kopf verteilt. Sie war die personifizierte Sinnlichkeit.

Er erhob sich, um seine Jeans samt Boxershorts und Socken auszuziehen. Mit zitternden Händen fischte er ein Kondom aus seinem Nachtkästchen und zog Ellie wieder an sich. Haut an Haut. Herz an Herz. Zwischen ihre Körper hätte kein Blatt gepasst, und obwohl das Verlangen ihn innerlich verbrannte, bewegten sie sich langsam, liebkosten sich, erforschten sich. Ihre Haut rieb über seine, ihr Duft war allgegenwärtig. Erst als sich ihre Hand an seinem Körper hinabstahl und ihn an den Rand des Wahnsinns trieb, gewann die Lust gegen die Zurückhaltung. Er zog ihre Finger weg und schob sich zwischen ihre Schenkel. So schnell es seine zitternden Hände zuließen, rollte er das Kondom über. Er küsste Ellies Nasenspitze, ihre Wangen, strich ihr eine Locke aus der Stirn. »Ich bin verrückt nach dir«, flüsterte er an ihren Lippen und verschränkte seine Hände mit ihren. Während sie in einem tiefen Kuss versanken, eroberte er ihren Körper.

Ellie gab einen seufzenden, sinnlichen Laut von sich und legte den Kopf in den Nacken. Tom versuchte, Luft in seine Lungen zu pressen, während ein Schauer nach dem anderen über seinen Rücken jagte. Ihre Körper waren miteinander verbunden, und die Gefühle stürzten auf ihn ein. Er wollte innehalten, seine Selbstbeherrschung zurückgewinnen, doch Ellie ließ das nicht zu. Wild bewegte sie sich unter ihm, und sie fanden ihren Rhythmus, ein geheimes Wunder, das nur zwischen ihnen existierte. Ihrer beider Atem beschleunigte sich. Ellies Hände glitten immer schneller über seinen Rücken. Die Erlösung, in die sie ihn trieb, war fast schon schmerzhaft, so heftig tobte sie durch seinen Körper. Er biss die Zähne zusammen, damit sie nicht merkte, wie sehr er sie begehrte. Seine Arme trugen ihn nicht mehr, und er ließ sich schwer auf sie sinken.

Tom hielt die Augen geschlossen und drehte sich mit Ellie in den Armen auf die Seite, um sie nicht zu zerquetschen. Er hatte gerade einen Blick ins Paradies geworfen.

11.

Landliebe – Szene 11 – Elisabeth

(Kamera 1: Schwenk durch die Küche des Gasthofes, dann Totale auf Weidenmann und Lorenz)

»Elisabeth, ich sehe, du hast dich an der Hand verletzt. Was ist passiert?«

»Auch eine Köchin rutscht hin und wieder mit dem Messer ab.«

(Kamera 2: Zoom auf den verbundenen Finger)

Ellie streckte sich genüsslich. Die Bettdecke glitt über ihren nackten Körper. Ihren *nackten* Körper? Oh Gott! Sie zog das Laken unters Kinn und riss die Augen auf. Eben noch im Halbschlaf, war sie jetzt hellwach.

Mit klopfendem Herzen sah sie sich um. Sie kannte das Zimmer nicht, in dem sie lag. Hellgraue Wände, bodenlange weiße Stores vor den Fenstern. In der Ecke ein gemütlicher Ledersessel. Und das Bett. Das Kopfteil war aus einem wunderschönen dunklen Holz gefertigt. Wildkirsche vielleicht. Sie fuhr mit den Fingerspitzen über die kühle, glatte Oberfläche. »Oh Gott!« Diesmal sprach sie es laut aus. Es klang fremd in diesem Raum. Sie hatte mit Tom geschlafen.

Und zwar, weil sie ihn angemacht und verführt hatte. Wie man es auch benennen wollte, Ellie hatte den ersten Schritt getan.

Jetzt lag sie allein in seinem Bett. Toms Decke hing halb auf dem Boden. Sie strich mit der Hand über die Kuhle, die sein Kopf im Kissen hinterlassen hatte. Kalt. Er war irgendwann aufgestanden und zur Arbeit gegangen, ohne dass sie etwas davon mitbekommen hatte. Heute war Sonntag, die Weinlese stand trotzdem nicht still. Bis zum Mittag wurde gearbeitet. Sie selbst musste später ins Restaurant, aber erst einmal benötigte sie einen Kaffee. Suchend sah sie sich um. Ihr Shirt hing über dem Fußende des Bettes. Sie griff danach und schlüpfte hinein.

Tom hatte ihr keine Nachricht hinterlassen. Was hätte er ihr auch schreiben sollen? Er hatte sich klar ausgedrückt. Eine Nacht. Diese Art von Sex bedurfte keiner kleinen Zettel voller Herzchen am nächsten Morgen. Eine Nacht, um den anderen aus dem Kopf zu bekommen. Allerdings schien das bei ihr nicht funktioniert zu haben. Wenn sie nur an Tom dachte, flatterte es in ihrem Bauch. Noch nie hatte sie mit einem Mann eine so sinnliche Nacht erlebt. Er wollte sie mit Sicherheit nicht wiederholen, aber für Ellie war dieser Entschluss mit dem Abreagieren nach hinten losgegangen und ihre Sehnsucht noch gewachsen. Jetzt, nachdem sie diese leidenschaftliche Nacht mit ihm verbracht hatte, fragte sie sich ernsthaft, warum er keine Beziehung hatte und über eine Dating-Show eine Frau suchte. Auch wenn er ihr deutlich gesagt hatte, dass sie nicht in sein Profil passte, nahm er an *Landliebe* teil. Sehr seltsam.

Allein im Haus herumzulungern frustrierte sie, und Ellie

ging früher als sonst in den Gasthof. Der Mittagstisch war ausgebucht, und auch für das Abendessen gab es ziemlich viele Reservierungen. Das Kochen half ihr wie immer, sich abzulenken. Tom würde sie erst wieder beschäftigen, wenn sie heute Abend allein in ihrem Bett lag.

Am späten Mittag tauchten Rina und Eric in der Küche auf. »Hallo«, sagte sie erfreut. »Was treibt euch hierher?«

»Das Essen. Irgendjemand hat behauptet, hier würde seit Neuestem sehr gut gekocht werden«, witzelte Eric.

Ellie zwinkerte ihm zu. »Hier wurde schon immer sehr gut gekocht. Seid ihr fertig für heute?«

»Ja. Du weißt ja, sonntags wird höchstens bis zum Mittag geschuftet.«

»Begleitet Tom euch?«, fragte sie und bemühte sich, so beiläufig wie möglich zu klingen.

»Nein. Er ist zu unserer Mutter in die Reha gefahren. Als gute Söhne versuchen wir, wenigstens am Sonntag vorbeizuschauen. Sie wird wahnsinnig in dieser Klinik.«

»Es sind nur sechs Wochen«, meinte Rina und verdrehte die Augen. »Tom und Eric tun so, als sei sie zu einer lebenslangen Haftstrafe verurteilt worden.«

Ellie lachte. Johanna Sander hätte sie zu gern kennengelernt. Sie nahm ein Schneidebrett und begann, einen Hokkaido-Kürbis zu zerteilen.

»Was ist mit dir passiert?« Rina schaute Ellie prüfend an. »Du siehst heute irgendwie anders aus. Hast du was mit deiner Haut gemacht?«

»Oh, das, ähm …« Stimmte das tatsächlich? Sah die Haut nach dem Sex wirklich straffer und rosiger aus, wie es die Frauenzeitschriften immer behaupteten? »Ich habe eine neue Creme. Antifalten und so.« Ellie konzentrierte sich wieder auf den Kürbis.

»Schreib mir den Namen auf. Diese Creme brauche ich unbedingt auch.«

»Klar, mach ich.« Hoffentlich wurde sie nicht so rot, wie sich ihre Wangen anfühlten.

»War ein toller Abend gestern, nicht wahr?«

»Scheiße!« Das Messer fiel klappernd zu Boden, Blut lief über Ellies Hand.

»Oh Gott, mir wird schlecht.« Rina ließ sich schwer auf die Bank in der Ecke sinken, die Hände vor das Gesicht gepresst. »Wie schlimm ist es? Musst du genäht werden?«

»Nein. Ist nur ein kleiner Schnitt. Das bekomme ich so hin.« Was für eine Idiotin sie war. Rina erwähnte den vergangenen Abend, und prompt dachte sie an den Sex mit Tom und rutschte mit dem Messer ab. Rina hatte den Abend gemeint. Das Rebenfest. Nicht das Bett ihres Schwagers.

Eric stand mitten in der Küche und blickte ein wenig panisch zwischen ihr und seiner Frau hin und her.

Ellie steckte sich den blutenden Finger in den Mund, damit es nicht noch eine größere Sauerei in der Küche gab. »Komm her, Eric«, nuschelte sie und trat ans Waschbecken. Sie riss ein paar Küchentücher ab, hielt sie unter das kalte Wasser und reichte sie ihm. »Leg das Rina aufs Gesicht. Dann geht's ihr gleich besser.«

Ellie hielt ihren Finger unter das Wasser, um die Blutung zu stillen. Mit der anderen Hand öffnete sie den Erste-Hilfe-Kasten und nahm ein Pflaster heraus. Vorsichtig trocknete sie ihren Finger mit einem Küchentuch ab und verarztete ihn. Sie wischte das Blut auf, desinfizierte die Arbeitsplatte und legte ihr Messer ins Spülbecken. Als sie sich wieder umdrehte, hatte Rina bereits wieder etwas Farbe in den Wangen.

Ellie nahm Eric das Tuch ab. »Besser?«

Rina nickte. »Entschuldige. Seit der Schwangerschaft kann ich kein Blut mehr sehen.«

»Kein Problem. Und jetzt raus aus meiner Küche. Hier wird schwer gearbeitet.« Sie umarmte die beiden. »Bestellt euch etwas Leckeres. Geht ja aufs Haus.«

Rina nippte an ihrem Tomatensaft und lehnte sich behaglich auf ihrem Stuhl zurück. Ausnahmsweise hatte sie mal keine Rückenschmerzen. Sie konnte kein Blut mehr sehen, trank dafür aber Tomatensaft, den sie früher widerlich gefunden hatte. Es war verrückt, was Schwangerschaftshormone mit künftigen Müttern anstellten. »Da ist was im Busch«, ließ sie ihren Mann wissen.

Eric sah von der Speisekarte auf. »In welchem Busch?«

»Wenn du mich fragst, hat Ellie einen Mann an der Angel.«

Verblüfft sah Eric sie an, dann lachte er. »Deine Fantasie geht mal wieder mit dir durch. Woran willst du das denn bemerkt haben?«

»An diesem Strahlen.«

»Das Strahlen«, wiederholte er verständnislos.

»Ja. Ellies Strahlen. Das hat eine Frau nur, wenn ein Mann im Spiel ist. Ein toller Mann. Ich kenne diesen Ausdruck, weil ich ihn selbst schon oft genug im Spiegel gesehen habe.« Sie schenkte ihm einen gespielt hochmütigen Augenaufschlag.

»Wirklich?« Eric küsste sie. »Dieses Funkeln kann ich jederzeit wieder in dein Gesicht zaubern«, murmelte er an ihren Lippen.

»Was uns zu der Frage führt«, sagte Rina lächelnd, »wer dahintersteckt. Dein brummiger Bruder wird es ja wohl kaum sein.«

Eric runzelte die Stirn. »In wen sollte sich Ellie in so kurzer Zeit verlieben? Es ist sicher niemand von der Erntecrew. Wenn Tom etwas mit ihr angefangen hätte, wüssten wir das. Bleibt nur einer.«

Rina gab ihm einen Klaps auf die Hand. »Das denkst du nicht wirklich! Sie hat nichts mit Wendt. Ich habe ihr erklärt, was er für den *Schwarzen Stein* bedeutet. Sie ist gern hier. Sie liebt das Gasthaus. Niemals würde sie sich hinter unserem Rücken mit dem Feind verbünden.«

»Hoffen wir es. Wir sollten das jedenfalls nicht auf die leichte Schulter nehmen. Wir sind darauf angewiesen, dass sie für vier Wochen auf dem Hof bleibt.«

»Ich mache mir darum keine Sorgen«, sagte Rina. »Ellie ist bei uns glücklich. Du hast sie doch in der Küche gerade selbst erlebt. Es ist, als hätte das Schicksal endlich mal eine gute Entscheidung getroffen, als sie für die Show ausgewählt wurde.«

»Trotzdem werde ich mit Tom reden. Er soll sich bei Ellie ein bisschen mehr ins Zeug legen. Nur, um ganz sicherzugehen.« Eric strich sanft über Rinas Bauch und küsste sie auf den Hals, was ihren Magen zum Kribbeln brachte und ihren ungeborenen Sohn dazu, ihrer Blase einen Tritt zu verpassen.

Wie konnte eine Frau nur so glücklich sein? »Habe ich dir heute schon gesagt, dass ich dich liebe?«, flüsterte sie.

Tom riss sich zusammen. Langsam einen Schritt vor den anderen setzend, lief er neben dem Rollator seiner Mutter her. Dabei wäre er am liebsten einmal quer über das Gelände der Rehaklinik gerannt, um die überschüssige Energie loszuwerden, die durch seine Adern strömte. Energie, die er überhaupt nicht haben dürfte, nach einer leidenschaftlichen Nacht und einem Minimum an Schlaf. Er müsste entspannt sein, ja. Aber vor allem erschöpft. Doch anstatt dass ihm die Augen zufielen, lief er hellwach durch die Gegend, als hätte er seinen Kaffee mit Red Bull aufgebrüht. Irgendetwas hatte diese Nacht mit ihm angestellt. Ellie und er waren sich einig gewesen. Es sollte nur einmal passieren, damit sich diese knisternde Spannung abbaute, die permanent zwischen ihnen herrschte. Das Bedürfnis, sie zu berühren, war beim Aufwachen genauso stark gewesen wie gestern Nacht. Sie war, den Kopf an seine Brust gebettet, ins Land der Träume geglitten. Irgendwann hatte sie sich aus seiner Umarmung gewunden und ihm den Rücken zugedreht. Er konnte sich nicht daran erinnern, dass ihm das Aufstehen jemals so schwergefallen war. Er wollte sie an sich ziehen und ihren warmen Körper spüren. Ellie war wie eine Sucht, die sich nicht befriedigen ließ. Vielleicht war das das Problem. Vielleicht war eine Nacht einfach nicht genug, um diese starke Sehnsucht zu stillen. Wahrscheinlich würde es besser werden, wenn sie ein paar Mal zusammen gewesen waren. Dummerweise hatte er Ellie das Versprechen abgenommen, es bei dieser einen Nacht zu belassen. Er würde seine eigenen Regeln nicht brechen. Ellie sah das bestimmt nicht anders. Sie war auf der Suche nach einem Ehemann. Er durfte ihr auf keinen Fall das Gefühl vermitteln, ein geeigneter Kandidat zu sein. Das wäre ihr gegenüber nicht fair. Sosehr er sich auch zu ihr hingezogen fühlte, eine Beziehung mit ihr kam nicht infrage. Das musste er sich immer wieder ins Gedächtnis rufen. Sie kam aus einer Großstadt. Und dorthin würde sie auch zurückkehren. Er hatte sie in den vergangenen zwei Wochen schätzen gelernt, er mochte sie. Also war es das Mindeste, ihr nicht das Herz zu brechen.

Sie hatte noch tief und fest geschlafen, als er sich aus dem Bett gestohlen hatte. Er hatte ihr Nachtshirt eingesammelt und ans Bettende gelegt. Der Wein, der noch im Flur stand, wanderte zurück in den Kühlschrank.

Einen Moment hatte er gezögert, darüber nachgedacht, ihr eine Notiz zu hinterlassen. Doch was hätte er schreiben sollen? Die Nacht war toll? Es war schön, mit dir zu schlafen? Es hatte nur ein einziges Mal passieren sollen. Punkt. Aus.

»Reservier uns einen Tisch, und bestell ein Stück Käsekuchen für mich.«

»Was?« Tom kehrte in die Wirklichkeit zurück und drehte sich zu seiner Mutter um.

»Ich mag den Käsekuchen hier. Wenn du vorgehst, kannst du mir schon mal ein Stück bestellen.«

Verdammt. Er war mindestens zehn Meter vor seiner Mutter. »Entschuldige.« Er ging zu ihr zurück und küsste sie auf die Wange. »Ich war in Gedanken.«

»Die Weinlese?«

»Ja«, log er. »Allerdings müssen wir uns im Moment keine Sorgen machen. Das Wetter hält, und wir kommen gut voran.« Sie bogen langsam in den Weg ein, der zu dem kleinen Wintergarten mit dem Café führte, das sie am meisten mochte.

Die erste Woche im Krankenhaus war die Hölle gewesen. Seine Mutter war über Nacht um Jahre gealtert, dabei war sie gerade einmal Mitte fünfzig. Nach der OP hatte man ziemlich schnell mit der Mobilisierung der Hüfte begonnen. Und das war ihr wichtig. Nach zwei Wochen Reha durfte sie für Strecken wie von ihrem Zimmer zum Café den Rollstuhl benutzen. Aber sie nahm lieber den Rollator. Die Krücken, gegen die sie ihn in der nächsten Woche eintauschen wollte, standen bereits neben ihrem Bett. Niemand musste fragen, warum Eric und er solche Sturköpfe waren.

»Was beschäftigt dich dann?«

»Nichts.« Er hielt die Tür des Cafés auf und versuchte, den bohrenden Blick zu ignorieren.

Sie suchten sich einen Tisch am Fenster, und er rückte ihr den Stuhl zurecht. »Tom, ich habe mir den Oberschenkelhals gebrochen, nicht den Schädel. Und ich bin immer noch deine Mutter. Ich weiß, wenn du lügst.«

Er griff über den Tisch und nahm ihre Hand. »Wir hassen es einfach, dass du hier in der Klinik bist und wir so wenig Zeit für Besuche haben.«

»Das mag sein. Aber das ist nicht der Grund für deine geistige Abwesenheit.«

Die Kellnerin nahm die Bestellung entgegen, und sie warteten, bis sie sich den nächsten Gästen zuwandte. Seine Mutter legte ihre freie Hand über seine und lächelte ihn mit diesem Ich-bin-deine-Mutter-ich-weiß-alles-Blick an. »Du denkst, weil ich den ganzen Tag in der Küche des Gasthofes stehe, weiß ich nicht, was auf dem *Schwarzen Stein* los ist? Du glaubst, weil ich für ein paar Wochen im Krankenhaus und in der Reha herumhänge, bekomme ich nicht mit, was in Steinbach passiert? Du täuschst dich, mein Junge.«

Tom wurde heiß. »Was willst du mir damit sagen?«, fragte er.

Sie sah ihn an, sagte aber nichts.

Unruhig rutschte er auf seinem Stuhl herum. »Ich weiß nicht, wovon du sprichst.«

Als Kaffee und Kuchen serviert wurden, lehnte sich seine Mutter auf ihrem Stuhl zurück. »Ich rede davon, dass ich sehr wohl weiß, in welchen Schwierigkeiten das Gut steckt«, sagte sie. »Und ich weiß von Elisabeth Lorenz und dass du bei dieser *Landliebe*-Sendung mitmachst. Ich vermute, wegen der Gage.«

»Was? Aber … wie?« Die Show würde erst im kommenden Frühjahr ausgestrahlt werden. Eric und er hatten sich darauf geeinigt, ihr das Ganze schonend beizubringen, wenn sie wieder zu Hause war.

»Ich lebe und arbeite auf diesem Hof. Natürlich merke ich es, wenn etwas nicht stimmt. Wir sind eine Familie, Tom. Wir sollten so etwas zusammen durchstehen. Niemand zwingt dich, das allein durchzuziehen, nur weil du der Geschäftsführer unserer Firma bist. Ich habe die Geschäfte nicht an dich abgegeben, weil mich der *Schwarze Stein* nicht mehr interessiert, sondern weil er in jüngere Hände gehört.«

»Du hast recht«, entgegnete er und fuhr sich durch die Haare. Dieses Gespräch hatte er nicht führen wollen. Zumindest nicht jetzt. Und nicht hier. »Wir hätten es dir sagen sollen. Aber wir haben gehofft, die Situation bald wieder im Griff zu haben. Wir wollten dich einfach nicht beunruhigen.«

»Das weiß ich.« Sie drückte seine Hand. »Aber glaubt nicht, ihr könntet mich einfach so aufs Abstellgleis schieben«, sagte sie. »Ich bin da. Ich bin fit im Kopf. Und auch ich habe Ideen. Wenn auch nicht ganz so kreative wie ihr.« Sie zwinkerte verschmitzt, und Tom wusste, was sie meinte.

»Woher weißt du das mit Ellie … Elisabeth?«, verbesserte er sich.

»Facebook.« Sie aß ein Stück Käsekuchen. »Ist dieser Kuchen nicht fantastisch? Ich frage mich, was die da reinmachen? Irgendetwas Säuerliches. Es ist keine Limette. Irgend etwas anderes. Erinnere mich daran, die Kellnerin zu fragen.«

»Facebook?« Tom starrte seine Mutter an und wusste, dass er vermutlich gerade ziemlich dümmlich aussah. »Du bist auf Facebook? Nicht einmal ich bin auf Facebook. Und Eric nicht. Und Rina.«

Seine Mutter winkte ab. »Natürlich ist dein Bruder online. Genau wie deine Schwägerin. Du bist der Einzige, der es verpasst hat, auf den Zug der digitalen Medien aufzuspringen.«

»Aha«, erwiderte Tom. Sie sagte das, als sei es das Normalste der Welt. Digitale Medien. Er schüttelte den Kopf.

»Ich habe die Steinbach-Seite gelikt, also bin ich immer informiert. Was im Übrigen ziemlich wichtig ist, wenn die eigenen Söhne einen an der Informationsfront verhungern lassen.«

»Aha«, wiederholte er. Mehr fiel ihm nicht ein.

»Erzähl schon. Diese Elisabeth sieht sehr nett aus und kann offenbar fantastisch kochen. Ich will mehr über sie erfahren.«

»Na ja, viel gibt es da nicht zu erzählen.« Er räusperte sich. »Woher willst du wissen, wie sie kocht?«

»Weil das ganze Dorf darüber redet. Hast du noch nichts von ihr probiert?«

Von ihr probiert hatte er schon, nur nicht das, was seine Mutter meinte. »Vielleicht sollte ich mir irgendwann die Zeit nehmen und im Gasthof essen«, sagte er.

»Das solltest du auf jeden Fall tun. Und was gibt es sonst Neues? Wie ist es, an so einer Show teilzunehmen?«

»Du wärst nicht gerade begeistert, was die Filmcrew mit dem Haus angestellt hat. Das Wohnzimmer und das Gästezimmer sind nicht mehr wiederzuerkennen. Mein Hobby ist angeblich Flugzeugmodellbau. Für diese hässlichen Plastikflugzeuge haben sie deine Bücher aus dem Regal geräumt.«

»Aber was ist mit dieser Elisabeth?«, fragte seine Mutter. »Ist sie nett? Habt ihr Spaß zusammen?«

Spaß? Das konnte man wohl sagen. »Nun, sie ist witzig und nett. Wir waren gestern auf dem Rebenfest. Aber weißt du, Mam, die ganze Zeit sind Kameras um uns herum. Wir sind praktisch nie allein«, bog er die Wahrheit ein wenig zurecht. »Wir haben gar keine Möglichkeit, wirklich etwas über den anderen zu erfahren.«

»Rina hat sie ganz gut kennengelernt, scheint mir. Sie singt bei WhatsApp ständig Lobeshymnen auf sie.«

Mit dem Begriff WhatsApp konnte sogar Tom etwas anfangen. Das hatte Rina auch auf seinem Handy installiert.

Nicht dass er es nutzte. Wenn er etwas von jemandem wollte, rief er an. »Ich glaube, es ist kein Geheimnis, dass die Küche nicht gerade Rinas Leidenschaft ist. Aber Lisa und Ellie kommen ganz gut miteinander aus, was man so hört. Ellie ist gelernte Köchin.«

»Umso schlimmer, dass du es noch nicht fertiggebracht hast, dich von ihrem Talent zu überzeugen.«

»Warum ist das so wichtig?«

Das Gesicht seiner Mutter wurde ernst. Ein Ausdruck, den er nicht mochte. »Wir müssen realistisch sein, Tom«, antwortete sie. »Ich werde wieder fit. Aber so wie vorher wird meine Hüfte nicht mehr sein. Ich werde auf jeden Fall im Gasthof kürzertreten müssen. Über kurz oder lang brauchen wir einen neuen Koch. Den Kommentaren auf Facebook entnehme ich, dass Elisabeth eine geeignete Kandidatin wäre. Und wenn du sie magst …«

»Das ist keine Option, und darüber wird es keine Diskussion geben.« An eine solche Möglichkeit wollte er nicht einmal denken. »Ich mache bei dieser Sendung mit, um Geld für die offenen Kredite zu verdienen. Es geht hier nicht um Ellie und mich.« Je eher Ellies Zeit auf dem Hof rum war, desto besser. »Sie wird nicht in Steinbach bleiben wollen.« Er stand auf. »Ich zahle jetzt, und dann bring ich dich zurück auf dein Zimmer.«

»Vergiss nicht, nach dem Käsekuchenrezept zu fragen«, rief ihm seine Mutter nach.

12

Landliebe – Szene 12 – Tom

(Kamera 1: Totale auf Weidenmann und Sander)

»Wie gewinnt man das Herz einer Frau wie der munteren Münchnerin Elisabeth?«

»Kleine Überraschungen sind immer eine gute Idee.«

(Kamera 1: Zurück, ausblenden)

Tom fand seinen Bruder im Probierraum, wo er, vertieft in ein paar Dokumente, am Tresen saß.

Als Tom eintrat, sah er auf. »Ich verstehe nicht, warum diese Formulare für die Versicherung der Angestellten jedes Jahr anders aussehen. Ich fange immer bei null an.«

»Keine Ahnung. Wir müssen reden«, gab Tom zurück. Er zog einen Barhocker unter dem Tresen hervor und setzte sich seinem Bruder schräg gegenüber.

Eric schien dankbar für die Unterbrechung und schob die Blätter zur Seite. Ohne hinzusehen, griff er hinter sich und nahm mit einer zielsicheren Bewegung ein Weinglas aus dem Regal. Er stellte es vor Tom und schenkte ihm aus der bereits geöffneten Flasche ein. »Wie geht es Mam?«

»Störrisch wie eh und je. Sie hat den Rollstuhl verweigert und ist mit dem Rollator bis zu diesem Café an der Ecke gelaufen. Nächste Woche will sie es mit Krücken probieren.«

Eric hob sein Glas und sagte: »Auf die Sander'schen Gene. Und ihren Sturkopf.« Er trank einen Schluck. »Was ist das Problem?«

»Sie weiß es.«

»Was?«

»Alles. Die Schwierigkeiten, in denen wir stecken. Ellie. Die *Landliebe*-Show.«

»Na ja.« Eric drehte sein Glas zwischen den Fingern und starrte in den Chardonnay. »Das wundert mich nicht. Mam besitzt ein Netzwerk, das sich gewaschen hat. Sie ist besser informiert als wir alle zusammen. Nur weil sie nicht hier ist, heißt das noch lange nicht, dass sie von den Neuigkeiten des Moseltals nichts mitkriegt. Es war nur eine Frage der Zeit, bis sie ihre eigenen Schlüsse zieht.«

»Sie hat ein Facebookprofil.« Tom konnte es immer noch nicht glauben.

Eric seufzte und legte seine Hand tröstend auf Toms Schulter. »Bruder, jeder ist bei Facebook. Du bist der letzte hoffnungslose Idiot, der das noch nicht gerafft hat.«

»Ich muss mein Seelenleben auch nicht dem gesamten Universum offenlegen.« Er schob Erics Hand zur Seite, schwenkte sein Weinglas und ließ das Aroma wirken.

»Stimmt«, erwiderte Eric und hob die Augenbrauen. »Du hältst dein Seelenleben dermaßen verschlossen …«

»Du kommst vom Thema ab. Wir waren bei Mam«, unterbrach Tom ihn.

»Was sagt sie zu der ganzen Geschichte?«

»Von unseren finanziellen Problemen ist sie nicht gerade angetan und findet es nicht gut, dass wir sie außen vor lassen. Sie hätte sich gern eingebracht, Ideen beigesteuert.«

»Kann ich ihr nicht verübeln. Und was meint sie zu Ellie?«

Tom warf seinem Bruder einen Blick zu. »Ich habe ihr gesagt, dass die Bewerbung für die Show auf deinem Mist gewachsen ist. Falls also im Haus irgendetwas kaputtgehen sollte, ist es deine Schuld.«

Eric lehnte sich zurück und verschränkte lässig die Arme vor der Brust. »Keine Sorge, ich werde sie schon noch von der Genialität meiner Idee überzeugen. Nun sag schon, wie findet sie Ellie?«, fragte er.

Tom starrte in sein Glas und ließ das Gespräch mit seiner Mutter Revue passieren. Der Gedanke, dass Johanna Sander in Zukunft nicht mehr so mobil und fit sein könnte, bedrückte ihn. »Sie glaubt, kürzertreten zu müssen, wenn sie aus der Reha kommt, und findet, wir sollen darüber nachdenken, Ellie als Köchin einzustellen.«

»Das hat sie gesagt?«, sagte Eric und grinste.

»Was ist daran so witzig?«

Sein Bruder zuckte die Schultern. »Rina und ich haben heute im Stein gegessen. Was mich dazu bringt, zu glauben, dass unsere Mutter mit Weitsicht und Geschäftssinn agiert. Die Idee ist ziemlich gut. Wir sollten Ellie fragen, ob sie für uns arbeiten will. Ich meine, richtig arbeiten. So mit Geldverdienen und allem Drum und Dran.«

»Angestelltenversicherung?«

»Das auch«, sagte Eric und warf ihm einen giftigen Blick

zu. »Aber manche Mitarbeiter sind den Papierkram wirklich wert.«

Tom richtete sich auf. »Es geht hier um zwei Wochen. Vergiss das nicht. In nicht einmal vierzehn Tagen ist Ellie zurück in München. Sie wird diesen Job gar nicht wollen.«

»Das sollten wir sie fragen, bevor wir diese Entscheidung für sie treffen.«

»Das werden wir nicht. Nicht solange ich hier das Sagen habe.«

Eric runzelte die Stirn. »Alles klar. Ich vergesse es manchmal. Du bist der Bestimmer. Warst du ja schon immer. Aber vielleicht hast du vor lauter Chef spielen vergessen, dass Personalentscheidungen in mein Ressort fallen. Die Leute im Dorf sprechen schon über den Gasthof. Sie sind begeistert. Wenn wir über die gehobene Küche des Restaurants Feinschmecker auf den Berg bringen können, haben wir genau die richtige Kundschaft für unseren Wein hier. Das ist das Beste, was uns passieren kann. Wir könnten Gourmetzeitschriften anschreiben, Restauranttester kontaktieren.«

»Eric.« Tom stützte seine Ellenbogen auf den Tresen und beugte sich vor. »Das klingt toll. Wirklich. Aber Ellie kommt nicht aus der Gegend. Sie ist ein Mädchen aus der Großstadt. Früher oder später wird sie nach München zurückwollen. Was tust du, wenn ihr das genau in dem Moment einfällt, wenn du irgendeinen tollen Gastrokritiker hierherlockst? Belassen wir es bei den vier Wochen. Lass sie gehen und uns einen klaren Schlussstrich ziehen.«

»Du willst Ellie einfach abhaken und sie nach Hause schicken?«, entgegnete Eric verwundert.

»Ja. Warum denn nicht?«

»Weil sie vielleicht gar nicht gehen will.« Eric lehnte sich verschwörerisch über den Tisch. »Rina glaubt, Ellie hat was am Laufen. Mit einem Mann, meine ich. Hoffen wir, dass es nicht Wendt ist. Aber abgesehen davon könnte die Liebe doch dafür sorgen, dass sie in Steinbach bleibt.«

Tom schluckte. Was für ein Mann? »Wie kommt deine Frau denn auf so was? Wann und wo soll Ellie jemanden getroffen haben?«

»Ich habe keine Ahnung«, antwortete Eric. »Rina hat was von einem Leuchten in ihren Augen erzählt. Du weißt schon, irgend so was, was nur Frauen bei anderen Frauen erkennen. Sie glaubt, Ellie hat mit irgendjemandem angebandelt.«

Tom hatte gar nicht bemerkt, wie sehr sich sein Herzschlag beschleunigt hatte. Jetzt beruhigte er sich wieder. Natürlich lief Ellie mit einem geheimnisvollen Leuchten im Gesicht durch die Gegend. Doch dafür war nicht irgendein Kerl verantwortlich, sondern er. Das ging seinen Bruder allerdings nichts an. Und auch sonst niemanden. »Lass uns für heute Schluss machen«, schlug er vor.

Eric nickte. Sie räumten auf und traten auf den Hof hinaus. In der kalten Nachtluft atmete sein Bruder tief durch. »Weißt du, Tom. Ellie ist nicht Maren.«

»Eric …«

»Ich will dir das nur klarmachen. Sie ist nicht der Typ, der einfach alles stehen und liegen lässt und bei Nacht und Nebel verschwindet.«

»Lass es, okay?« Tom wollte nicht an seine Exfreundin denken, geschweige denn über sie reden.

Er stieß Eric an. »Komm mit, ich hab noch was für Rina.« Er nahm einen leicht zerdrückten kleinen Karton vom Beifahrersitz seines Wagens und reichte ihn ihm.

»Ist das so ein Muffinding?« Sein Bruder schnüffelte an der Verpackung.«

»Cupcake«, verbesserte Tom ihn. »Unsere Mutter meint, ich gehe nicht mit der Zeit. Du glaubst, ich lebe hinter dem Mond. Dabei weiß ich ganz genau, worauf es wirklich ankommt. Darauf, die Frauen in der Familie glücklich zu machen.«

Eric zog eine Grimasse. »Falls du dich damit bei meiner Frau einschleimen willst, wird dir das vermutlich sogar gelingen. Gute Nacht, Bruder.«

»Nacht, Eric.«

Tom blieb auf dem Hof stehen und sah seinem Bruder nach, bis er auf dem Feldweg zum Kutscherhaus in der Dunkelheit verschwand. Erst dann holte er die zweite Cupcakeschachtel aus dem Wagen und machte sich auf den Weg zum Gutshaus.

Ellie hatte es sich mit Murdock auf der Couch gemütlich gemacht und lag mit geschlossenen Augen da, während der Hund aufmerksam die Herzschmerz-Komödie im Fernsehen verfolgte.

Die Dielen knarzten, als er ins Wohnzimmer trat. Murdock ließ sich kurz von der Kussszene ablenken, wedelte mit dem Schwanz und schenkte ihm ein Hundegrinsen. Ellie öffnete die Augen und blinzelte. Sie richtete sich ein wenig auf.

»Hey.« Er hockte sich vor die Couch und betrachtete ihr

Gesicht. Die langen Wimpern, der grüne, verhangene Blick. Auf der rechten Seite war der Abdruck des Sofakissens zu erkennen.

»Hallo«, sagte sie. Ihre Stimme klang wachsam.

Leicht berührte er ihr Gesicht, und Ellie schloss die Augen, genoss die Liebkosung. Egal, was er den Tag über getan hatte, er bekam diese Frau nicht aus seinem Kopf. Sie schob sich vor die Probleme des Weingutes, das für ihn immer an Platz eins gestanden hatte. Sie blitzte vor seinem inneren Auge auf, wenn er sich um die Gesundheit seiner Mutter Gedanken machen sollte. Sie war überall. Um ihn herum. In ihm. Er konnte sie sogar riechen. In den unmöglichsten Augenblicken.

»Wie geht's dir?« Seine Hand glitt zu ihrem Hals hinunter, bis zu der Stelle, an der ihr Puls schlug. Er hatte einen Entschluss gefasst. Wenn Ellie damit einverstanden war, würden sie die vergangene Nacht wiederholen. Sie konnten die gemeinsame Zeit, die ihnen blieb, genießen – und er konnte dafür sorgen, dass dieses Leuchten anhielt, von dem Rina gesprochen hatte. Ihnen blieben zwei Wochen. Vierzehn verdammt schöne Tage. Solange er nicht vergaß, dass sie danach verschwinden würde, und sie begriff, dass all das nicht auf eine Beziehung hinauslief.

»Mir geht's gut«, flüsterte sie. »Und deine Mutter? Ist sie okay?«

»Unverwüstlich wie eh und je.« Er winkte ab. »Ich hab dir was mitgebracht.« Er hielt ihr den kleinen Karton hin.

Ellie öffnete ihn und lächelte. »Der sieht lecker aus«, sagte sie. »Ich werde ihn zum Frühstück essen. Danke.« Sie küsste ihn auf die Wange. Eine beinahe schüchterne Geste.

Tom wandte den Kopf, und sein Mund streifte ihre Lippen. Einen Moment verharrten sie. »Ellie«, murmelte Tom, und dann küsste er sie. Lange und zärtlich.

Schließlich lösten sie sich voneinander, und er strich ihr eine der seidigen blonden Locken hinter das Ohr. »Ich habe gesagt, ich will nur eine Nacht mit dir.«

»Ja.« Sie legte ihre Hand an sein Gesicht, und er drehte den Kopf und küsste ihre Handfläche. »Es könnte sein«, fuhr er fort und räusperte sich, »dass eine Nacht nicht ausreicht, damit ich dich vergesse.«

»Du möchtest noch eine mit mir verbringen?«, fragte sie.

»Hmm. Und vermutlich auch eine dritte und eine vierte. Möglicherweise will ich jede Nacht mit dir verbringen, solange du hier bist.«

Ellie grinste. »Da ich dann die nächsten vierzehn Tage nicht in diesem grauenvollen Gästezimmer verbringen muss, wäre ich bereit, darauf einzugehen.« Liebevoll fuhr sie ihm durch das Haar.

Dann wurde ihr Blick ernst. »Um ehrlich zu sein«, sagte sie, »es geht mir wie dir. Es würde mir schwerfallen, unter einem Dach mit dir zu leben und Abstand zu halten.«

Gott sei Dank, Tom war erleichtert. Doch eins musste er klarstellen. Schließlich galt es, realistisch zu bleiben. »Trotzdem kann nichts aus uns werden.« Er wollte sichergehen, dass sie verstand, wie viel er ihr geben konnte – und wo er die Grenze zog. »Das weißt du, oder? Uns bleiben nur vierzehn Tage.«

»Mach dir keine Sorgen, Tom. Lass uns die Zeit genießen, die wir miteinander haben«, flüsterte sie.

»Du bist eine verdammt kluge Frau.« Er stellte die Cupcake-Schachtel auf den Couchtisch und zog Ellie hoch. »Halt dich fest«, sagte er und schlang sich ihre Beine um die Hüften. Ellie quietschte, als er sich erhob. Er trug sie in sein Bett. Nicht ohne im Türrahmen des Wohnzimmers stehen zu bleiben, um sie zu küssen. Und im Flur. Und auf der Treppe.

Am nächsten Morgen erwachte Ellie abermals nicht in ihrem Bett. Doch diesmal war sie nicht allein. Tom hatte sich an ihren Rücken geschmiegt und seine Hand besitzergreifend um ihren Körper geschlungen. In der wirklichen Welt hatten sie nichts gemeinsam. Aber dieses Bett war ihre Insel. Sie waren wie zwei Teile, die an den Bruchstellen perfekt zueinanderpassten. Sie wandte sich um und küsste ihn.

Tom seufzte. »Ich muss aufstehen«, murmelte er. »Scheiße!« Plötzlich hellwach, starrte er sie an. »Hast du den Wecker gestellt?«, fragte er.

»Ich? Nein …«

Er blickte über ihre Schulter auf die grün leuchtende Anzeige auf dem Nachttisch. »Verdammt. Wir haben verschlafen.«

Ellie warf einen Blick auf den Wecker. »Wir liegen gut in der Zeit. Lass einfach das Frühstück ausfallen.«

»Frühstück wird sowieso überbewertet«, grummelte Tom vor sich hin.

»Ich könnte meinen Cupcake mit dir teilen.« Sie zwinkerte ihm zu und schlug die Decke zurück. »Du Dusche. Ich Koffein.« Sie zog eines von Toms T-Shirts über und ging nach unten, um die Kaffeemaschine anzuwerfen.

Mit der Tasse in der Hand betrat sie das Wohnzimmer, um ihren Cupcake zu holen. Sie blickte sich um und blieb wie angewurzelt stehen. »Murdock? Warst du das?«, fragte sie. Der Hund lag auf dem Sofa und stellte sich schlafend. Ignorierte er sie etwa? Um ihn herum, auf der Couch, dem Fußboden und dem Tisch, lag die Verpackung des Cupcakes, in winzige Fetzen zerrissen. Von dem Gebäckstück selbst war nichts mehr übrig.

»Du hast mein Frühstück geklaut.«

»Zumindest hat er Geschmack bewiesen.«

Ellie drehte sich um. Tom stand hinter ihr und betrachtete die Szene über ihre Schulter hinweg. Sein Haar war noch feucht vom Duschen, sein Hemd hatte er schon angezogen, aber noch nicht zugeknöpft. Ellie schluckte. Dieser Anblick war … Wer brauchte schon Kuchen zum Frühstück?

Tom legte seine Hände um ihre Taille und küsste sie zärtlich in den Nacken. »Ich kauf dir einen neuen«, flüsterte er an ihrem Ohr – und ihr Herz geriet ins Stolpern.

»Und was dich betrifft, Kumpel. Du räumst hier auf, verstanden?«, wandte er sich an den Hund.

Murdock hielt die Augen geschlossen und schlug einmal kurz mit dem Schwanz gegen das Sofapolster.

»Bedeutet das, er hat dich verstanden?«, fragte Ellie.

»Nein, das heißt: Du kannst mich mal, Alter.«

Ellie lehnte den Kopf an Toms Brust und lachte.

Tom mochte dieses herzliche Lachen, das tief aus Ellies Seele zu kommen schien. Er freute sich, dass er sie zum Lachen brachte, schmiegte sich noch ein wenig enger an sie und genoss es, sie noch für einen kurzen Augenblick in den

Armen zu halten. Der Traktor stand schon auf dem Hof. Tom konnte den Motor hören. Sein Bruder wartete auf ihn, auch wenn er noch nicht gehupt hatte. »Ich muss los«, flüsterte er und presste seine Lippen auf ihre. »Bis heute Abend.« Auf dem Weg nach draußen knöpfte er sein Hemd zu und nahm seine Jacke vom Haken.

Eric stand neben dem Traktor, die Hände in die Hüften gestemmt. Er schien nicht besonders gut gelaunt zu sein.

»Hey, Brüderchen, alles klar?«, sagte Tom.

»Wir haben schon wieder eine Verzögerung. Der linke Reifen des Hängers ist platt«, erwiderte Eric.

Tom ging um den Anhänger herum. Er holte sein Handy aus der Hosentasche und leuchtete den kaputten Reifen an. »Ich kann nichts erkennen. Sind wir in einen Nagel gefahren?«

»Keine Ahnung«, brummte Eric. »Ich weiß nur, dass das unseren Zeitplan schon wieder völlig über den Haufen wirft.«

»Seit wann bist du so negativ?« Tom schlug ihm auf die Schulter. »Das kriegen wir schon hin. Ich hole das Werkzeug.«

»Seit wann bist du so ein verdammter Sonnenschein?«, rief sein Bruder ihm hinterher, als er sich auf den Weg zur Werkstatt machte.

»Ich bin immer gut drauf«, gab er über die Schulter zurück und grinste. Wie konnte man an einem solchen Morgen keine gute Laune haben? Ellies empörtes Gesicht, als sie entdeckt hatte, wer ihr den Cupcake stibizt hatte, war zu köstlich gewesen. Genau wie Murdocks unschuldiger Hundeblick.

»Kommt dir das nicht langsam komisch vor?«, fragte Eric, als er mit dem Werkzeug zurückkehrte. »Du hast selbst gesagt, dass ein paar Scheren zu viel in die Presse gefallen sind. Von diesem Zeitungsbericht ganz zu schweigen. Merkwürdiger Zufall, dass wir eine Woche später auch noch einen platten Reifen haben.«

Tom zuckte die Schultern. »Angesichts der holprigen Feldwege ist das nicht verwunderlich. Uns hat ja keiner den Reifen aufgeschlitzt.«

13

Landliebe – Szene 13 – Elisabeth

(Kamera 1: Schwenk über die Dorfstraße, dann Zoom und Totale auf Weidenmann und Lorenz)

»Für die modebewusste Münchnerin wird es ernst. Wie wir auf dem Rebenfest und im Anschluss gesehen haben, macht Tom ihr ernsthaft den Hof. Wie fühlt sich das an, Elisabeth?«

»Es ist ganz wunderbar. Ich verstehe mich blendend mit Tom.«

»Den wilden Winzer zu zähmen ist sicher keine leichte Aufgabe. Elisabeth hat sich deshalb entschlossen, ihren Traum vom Nagelstudio nicht in ihrer Heimatstadt, sondern in Steinbach zu verwirklichen. Heute ist sie auf der Suche nach einem passenden Objekt für das Geschäft, und wir dürfen sie begleiten. Warum ein Nagelstudio, Elisabeth? Was fasziniert dich so daran?«

»Oh … ähm … Nägel sind etwas Tolles. Man kann so kreativ sein. Lack, Glitzersteinchen. Ach, es gibt so viele Möglichkeiten. Ich kenne Leute, die wechseln alle vier Wochen, passend zum Monat und zur Jahreszeit, ihr Nageldesign. Es ist aufregend, modebewussten Menschen den richtigen Style zu verpassen. Sommernägel sind meine absolute Spezialität.«

»Hmm … aha.«

(Kamera 1: Zurück, ausblenden)

Ellie stellte die Tafel mit den Tagesangeboten neben die Tür des Restaurants. Ein Kürbis war weggerollt. Sie nahm ihn und arrangierte die Herbstdekoration sorgfältig neu. Nicht ohne einen Blick zu den Weinbergen hinüberzuwerfen. Sie konnte Tom von hier unten nicht sehen, aber sie konnte es sich nicht verkneifen, an ihn zu denken.

Ihr Handy vibrierte und riss sie aus ihren Tagträumen. Ellie zog es aus der Hosentasche und sah auf das Display. Alex. »Hallo, beste Freundin. Wie geht's dir?«, fragte sie.

»Das wollte ich dich fragen, du Landei. Ich will mein Update. Wer kein eigenes Liebesleben hat, muss von dem seiner Freunde zehren. Dafür sind sie schließlich da«, antwortete Alex.

Ellie verdrehte die Augen. Sie hätte nichts von Tom erzählen sollen. Aber irgendwo musste sie ihre Gedanken loswerden, sonst wäre sie früher oder später geplatzt.

»Ich wette«, fuhr Alex fort, »wenn der starke männliche Bauer von seinem Weinberg heruntersteigt und nach Hause kommt, zieht er dich mit seinen Blicken aus, noch bevor die Tür hinter ihm ins Schloss fällt.« Alex seufzte angesichts ihrer Fantasien.

Ellie sah sich um, ob irgendjemand ihr Gespräch mithörte. Nach dem Rebenfest hatten Tom und sie ihre Beziehung auf ein neues Level gehoben. Freunde mit gewissen Extras traf das, was sie verband, wahrscheinlich am ehesten. Die Abende waren romantisch, die Nächte leidenschaftlich. Und an jedem Morgen schlich sich ein Hauch von Wehmut in Ellies Stimmung. Denn jeden Morgen rückte ihr Abschied näher. Tom hatte keinen Zweifel daran gelassen, dass sie gehen musste, sobald die Dreharbeiten vorüber waren. »Mit deiner Fantasie solltest du Heftchenromane schreiben. Es läuft im Moment ganz gut zwischen Tom und mir, falls das deine Frage war.«

»Aber?«, sagte Alex.

»Was aber?« Ellie prüfte, ob die Pflanzen in den Blumentöpfen Wasser brauchten, und goss hier und da ein wenig. »Wir verbringen die Nächte gemeinsam und genießen es. Als kleinen Bonus muss ich nicht mehr in diesem furchtbar eingerichteten Gästezimmer schlafen.«

»Süße, ich höre das *Aber* laut und deutlich zwischen den Zeilen.«

»Ich weiß nicht, was es ist. Irgendwie ist alles perfekt, und doch …« Sie hob den Kopf und betrachtete zwei kleine Schäfchenwolken, die gemütlich über den Himmel segelten. »Tom ist so … verschlossen. Wir haben Spaß. Wir reden miteinander. Aber er gibt nichts von sich preis. Er interessiert sich nicht für mein Leben. Weder erzählt er mir etwas, noch ist er neugierig auf mich. Er hat ein Problem mit diesem Marcus Wendt, aber um was es genau geht, sagt er mir nicht. Irgendetwas stimmt da nicht.« Ihr Magen zog sich zusammen bei dem Gedanken, dass sie heute für Marcus' Mutter eine Dinnerparty ausrichten würde. Bis jetzt wusste Tom nichts davon. Und er würde sicher nicht gerade begeistert reagieren.

»Er ist ein Buch mit sieben Siegeln, stimmt's?«, sagte Alex.

»Im Prinzip ja. Dabei sollte mich das alles überhaupt nicht stören. Diese Affäre, oder wie auch immer man das nennen will, hat ein Verfallsdatum. Die Zeit, die wir zusammen verbringen, ist auch ohne tief greifende Gespräche schön.«

Alex schwieg einen Moment. Ellie dachte schon, sie seien unterbrochen worden, als sie endlich weitersprach. »Was erwartest du von Tom?«

»Ich? Nichts.«

»Ihr führt keine Beziehung, Ellie.«

»Das weiß ich.«

»Dann ist ja alles gut«, sagte Alex. »Das bedeutet, du kannst weder etwas von ihm verlangen noch etwas erwarten. Er muss sich dir nicht öffnen, muss dir seine Geheimnisse nicht anvertrauen. Vielleicht tut er es irgendwann. Das ist ganz allein seine Entscheidung. Versuch, nicht zu viel von ihm zu verlangen, Süße.«

Ihre Worte klangen nach einer Warnung. Alex hatte recht. Sie musste sich davor in Acht nehmen, zu viel in dieses Verhältnis hineinzuinterpretieren.

»Na gut, wenn du nicht bereit bist, mir schlüpfrige Details zu erzählen, leg ich jetzt auf.« Alex schaffte es immer, Ellie aus ihren Grübeleien zu reißen und zum Lachen zu bringen.

Dabei hatte sie überhaupt keinen Grund, Trübsal zu blasen. Ellie genoss jede Sekunde ihrer Zeit auf dem Weingut, in Toms Nähe. »Ich muss sowieso weiterarbeiten. Danke für deinen Anruf. Bis bald.«

»Mach's gut.« Alex legte auf, und Ellie schob ihr Handy zurück in die Hosentasche. Sie setzte sich auf die kleine Bank unter dem Fenster und ließ ihren Blick über das Moseltal schweifen. Noch vor gut zwei Wochen hätte sie sich im Traum nicht vorstellen können, außerhalb einer Großstadt zu leben. Doch jetzt musste sie sich eingestehen, sich nicht erinnern zu können, jemals so glücklich und zufrieden gewesen zu sein. Sicher, Tom war verschlossen und das Filmteam manchmal nervig, aber wenn sie ehrlich war, durfte sie im Moment dort arbeiten, wo andere Ferien machten – und allein das fühlte sich wie ein kleiner Urlaub an.

Ein letztes Mal betrachtete sie den dekorierten Eingang des Restaurants. Zufrieden mit dem Ergebnis kehrte sie in die Küche zurück.

Das Kochen im Gasthof machte ihr Spaß wie seit Ewigkeiten nicht mehr, und ihr wurde wieder bewusst, warum dieser Beruf einst ihr Traum gewesen war.

Sie holte Zwiebeln und Kartoffeln aus der Kühlkammer und begann mit den Vorbereitungen. Lisa würde erst in einer Stunde kommen. Bis dahin hatte sie die Küche ganz für sich allein.

Als sie nach dem Abitur einen Ausbildungsplatz in einem Sternerestaurant ergattert hatte, schwebte sie auf Wolken. Die Arbeit in der Küche hatte schon damals dem entsprochen, was sie sich unter Kochen vorstellte. Nach den Erfahrungen im *Tischlein Deck Dich* kam es ihr fast unwirklich vor, dass sie ihre eigene Chefin war und Entscheidungen wie ein Küchenchef traf.

Sie setzte Wasser auf und suchte die Gewürze für die Kartoffelsuppe zusammen, die heute als Tagesessen auf der Menükarte stand.

Ihr Aufenthalt auf dem *Schwarzen Stein* hatte ihr die Augen geöffnet, und sie hatte wieder zu sich selbst gefunden. Einmal mehr fühlte sie sich in dem Gedanken bestärkt, irgendwann ihr eigenes Restaurant zu eröffnen, wenn sie genügend Geld zusammenhatte. Davon war sie allerdings momentan so weit entfernt wie das Raumschiff Voyager von seiner Heimatbasis. Sie konnte sich glücklich schätzen, dass sie nach dem Ende von *Landliebe* das Kunstwerk bezahlen konnte.

Das Wetter hielt sein Versprechen. Noch. Die Sonne stand am strahlend blauen Himmel, aber es war kühl, und Ellie hatte ihr Dirndl mit einer Trachtenjacke kombiniert. Das hatte sogar Holzmaier eingesehen. Der Wind fegte durch die Gassen Steinbachs, und sie war froh, dass die Kamera endlich einmal nicht die ganze Zeit auf ihr Dekolleté gerichtet war.

Ellie stakste über das Kopfsteinpflaster und gab Weidenmann eines dieser hirnlosen Interviews. Sie hielt sich ans Drehbuch, auch wenn sie keine Ahnung hatte, was um Himmels willen Sommernägel waren. Nach dem heutigen Termin gab es nur noch einen Drehtag – bevor das Finale stattfand. Seit drei Wochen lebte Ellie nun schon auf dem Hof.

Der Absatz ihres Schuhs rutschte in eine Rille zwischen den Pflastersteinen, und sie schwankte ein wenig. Um ihr Gleichgewicht wiederzufinden, blieb sie stehen. Wie von einem magischen Faden gezogen, wandte sie sich um und warf einen Blick zurück. Tom schuftete irgendwo da oben in den Weinbergen. Er musste am heutigen Dreh nicht teilnehmen, was ihm mehr als recht gewesen war. Die Erntescheren in der Presse, der defekte Reifen, die ständigen Termine mit der Filmcrew und ein ganzer Haufen weiterer Kleinigkeiten hatten das Zeitmanagement auf dem Weingut mehr als ausgereizt. Tom und Eric verbrachten mit ihren Helfern inzwischen jeden Tag von Sonnenauf- bis Sonnenuntergang bei der Weinlese, bemüht, die restlichen Rieslingtrauben einzubringen. Eric hatte behauptet, das schlechte Wetter bereits riechen zu können.

Ellie hielt auf den Tante-Emma-Laden am Marktplatz zu, wo Holzmaier sie hinbestellt hatte.

Wie nicht anders zu erwarten war bereits eine kleine Traube Schaulustiger versammelt und beobachtete sie neugierig.

Ellie setzte ein Lächeln auf und ging auf die Meute zu. Ein Nagelstudio. Was für ein Blödsinn! Das Licht der Kamera blinkte, als sie vor den Laden trat.

Die Besitzerin schubste ein paar der älteren Hausfrauen in Kittelschürzen zur Seite und bahnte sich – verhältnismäßig rücksichtslos, wie Ellie fand – einen Weg zu ihr. »Hallo.« Sie klang ein wenig atemlos. »Ich bin Gerti Schmidt.«

»Frau Schmidt. Schön, Sie kennenzulernen. Elisabeth Lorenz«, antwortete sie.

»Ich weiß, ich weiß.« Sie holte einen Schlüsselbund aus ihrer Schürzentasche. »Ich zeige Ihnen den … Laden.«

Die kleine Pause, die die Frau vor dem letzten Wort machte, ließ Ellie aufhorchen. Holzmaier hatte das Objekt ausgesucht, und sie hatte die strikte Anweisung, begeistert zu sein. Das Funkeln in Gertis Augen hinterließ allerdings ein mulmiges Gefühl in ihrem Magen. »Wunderbar.« Sie presste die Kiefer zusammen und lächelte, bis es wehtat. »Ich bin wahnsinnig gespannt.«

»Folgen Sie mir. Und wenn ich es einmal sagen darf«, sie beugte sich vertraulich zu Ellie und hüllte sie in eine Wolke ihres billigen Parfüms, »Sie sind so hübsch angezogen. Diese Frisuren und die Dirndl. Wirklich schön. Mein Rudi und ich, wir fahren ja alle fünf Jahre nach München auf die Wies'n. Ich trag dann auch immer mein Dirndl. Aber bei so jungen, feschen Frauen wie Ihnen sieht das einfach besser aus.«

»Vielen Dank. Wie finden Sie das Oktoberfest?«, fragte Ellie höflich.

»Zu viele Betrunkene und zu überzogene Preise.« Gerti senkte die Stimme zu einem verschwörerischen Flüstern und kam noch näher. Ellie hielt die Luft an. »Mein Rudi liebt es. Es ist nie ein Fehler, den Männern ihren Willen zu lassen. Wenn Sie verstehen, was ich meine.« Sie zwinkerte Ellie zu.

Wunderbar. Beziehungstipps aus dem Tante-Emma-Laden. »Ja … ich verstehe«, brachte sie heraus.

»Hier ist es.« Strahlend blieb Gerti vor einem Fachwerkhaus neben ihrem Geschäft stehen. Zwei Stufen führten zu einer massiven Eingangstür aus Holz. Die Fenster waren mit schweren bordeauxroten Samtvorhängen gegen neugierige Blicke geschützt. Nirgendwo wies ein Schild darauf hin, was sich vor dem potenziellen Nagelstudio in diesen Räumen befunden hatte.

Sie wollte gerade danach fragen, als Gerti auch schon aufschloss und zur Seite trat. »Bitte«, sagte sie. »Sehen Sie sich alles in Ruhe an.«

Begleitet von der Kamera und den Blicken von zwei Dutzend Schaulustigen, zog sie die Tür auf und trat in den muffig riechenden Raum. Sie tastete nach dem Lichtschalter, drückte ihn und erstarrte. Ungläubig drehte sie sich zur Tür um. Gerti stand auf der Schwelle und zuckte die Schultern. Sie musterte Ellie mit unverhohlener Neugier, schien sich aber nicht zu trauen, einen Fuß in das Etablissement – ein anderer Begriff fiel Ellie dafür nicht ein – zu setzen. »Das ist ein …«

»Ja«, hauchte die ältere Frau.

»… ein Puff.« Ellie trat zwei weitere Schritte in den Raum, der mit dunkelrotem Teppichboden ausgelegt war. Darunter knarzten die Bodendielen. An der Decke hing ein pompöser Kronleuchter. Er spendete gedämpftes Licht, das die golden gestrichenen Wände schimmern ließ. Genau unter dem Leuchter stand ein Brunnen, aus dem sich zwei Meerjungfrauen erhoben. Er war ausgeschaltet, das Wasser abgelassen. In einem Dörfchen wie Steinbach wirkte er ebenso fehl am Platz wie die roten Plüschsofas mit den silbernen Kissen. Jetzt verstand Ellie, warum vor den Fenstern dicke Vorhänge hingen und das Schild an der Tür fehlte.

»Geh weiter. Sieh dir alles an«, flüsterte Holzmaier in ihr Ohr. Automatisch legte sie den Zeigefinger an den winzigen Kopfhörer.

»Und nimm den Finger da weg.«

Ellie unterdrückte ein Seufzen und ging weiter. Das Bordell gehörte offenbar zu den kleineren Einrichtungen seiner Art. Nur zwei Hinterzimmer ergänzten das Ambiente. In einem befand sich ein runder schwarzer Futon, im anderen ein Bett in Herzform mit einem Überzug aus Samt, das von den an der Decke angebrachten Spiegeln reflektiert wurde.

Langsam ging sie zur Eingangstür zurück, an der Gerti, flankiert von ihren Freunden, noch immer stand. »Was sagen Sie? Eignet sich das … ähm … Haus … für Ihr Nagelstudio?«

Ellie konnte es noch immer nicht fassen. »Es gab ein Bordell in Steinbach?«

»Nicht wirklich«, antwortete Gerti und räusperte sich. »Diese jungen Leute glaubten, hier so etwas installieren zu können. Aber seien wir ehrlich. Das hier ist der Marktplatz. Das Haus befindet sich neben meinem Geschäft, in dem den ganzen Tag Kunden ein und aus gehen. Wie hätte jemand dieses Etablissement unbemerkt betreten oder verlassen können?«

Unter Gertis neugierigen Blicken? Mit Sicherheit niemand.

»Die haben schnell begriffen, dass es in Steinbach nichts zu holen gibt. Sind verschwunden, einfach so, bei Nacht und Nebel.«

»Die Räume sind perfekt für ein Nagelstudio«, soufflierte Holzmaier.

»Mir gefällt das Haus. Man könnte hier sicher ein hübsches Studio einrichten«, sagte Ellie gehorsam.

»Oh, das freut mich.« Gerti packte Ellies Hand und schüttelte sie herzlich. »Wir hatten schon befürchtet, Sie würden es sich anders überlegen und weiter bei den Sanders kochen. Dabei können wir ein bisschen Schönheitspflege hier im Dorf dringend brauchen.«

Als Ellie aufblickte, entdeckte sie Marcus, der neben der Tür des Gasthofs Linde lehnte und das Treiben amüsiert beobachtete. Er stieß sich von der Wand ab und schlenderte auf sie zu. »Ellie«, begrüßte er sie.

»Hallo, Marcus. Wie geht's?« Ellie war sich bewusst, dass alle die Ohren spitzten, damit ihnen ja nichts entging.

»Super. Wie ich sehe, hattest du einen interessanten Nachmittag.«

»Das kann man wohl sagen«, erwiderte Ellie. »Ich habe mir Rinas Wagen geliehen und alles, was vorbereitet werden konnte, in Kühlboxen dabei. Du musst mir nur noch sagen, wo die Party stattfindet.«

»Am besten fährst du mir einfach hinterher.« Marcus nickte den Umstehenden zu und ging zu seinem Wagen.

Vorsichtig setzte Ellie einen Schritt vor den anderen. In Rinas Auto tauschte sie die gefährlichen High Heels gegen Ballerinas und folgte Marcus' Mercedes-Cabrio aus dem Ort.

Marcus' Haus war das Gegenteil des Gutshauses auf dem *Schwarzen Stein*. Klare, kühle Linien, ein flaches Dach. Minimalismus. Und jede Menge Glas. Genau so, wie sie es gemocht hatte, bevor es sie nach Steinbach verschlagen hatte.

Sie hatten sich auf ein frühes Dinner geeinigt. Drei Gänge, die Ellie in Marcus' Küche zubereiten würde. Nach ihren Berechnungen hatte sie genug Zeit, nach dem Essen aufzuräumen und zurückzukehren, bevor das Gasthaus schloss. Tom würde von alldem nichts mitbekommen, was für alle Beteiligten am besten war. Sie tat nichts Unrechtes, beruhigte sie sich. Tom war sie keine Rechenschaft schuldig. Sie hatte die Chance bekommen, das zu tun, was sie am besten konnte, und wurde dafür auch noch bezahlt. Im Moment konnte sie nicht wählerisch sein. Außerdem war Marcus nicht so schlecht, wie Tom ihn darstellte. Sie mochte ihn, auch wenn Tom das nicht verstehen würde.

Marcus half ihr beim Ausladen der Lebensmittel und

ließ sie dann in seiner durchgestylten, modernen Küche allein. Hier fand sich alles, was das Herz eines Kochs begehrte, wurde aber anscheinend nicht oft benutzt. Die Küche war wie der Rest des Hauses, exklusiv, teuer und völlig seelenlos.

Marcus hatte überlegt, für den Abend eine Kellnerin anzuheuern, aber Ellie hatte ihm versichert, allein klarzukommen. Je weniger Leute, desto besser. Denn auch Holzmaier wäre mit Sicherheit nicht begeistert, wüsste er von diesem kleinen Nebenjob. Bei einer Tischgesellschaft von zwölf Personen war es kein großes Problem, selbst zu servieren und abzuräumen.

Das Dinner wurde ein voller Erfolg. Die Gäste ließen es sich nicht nehmen, sie in der Küche zu besuchen und sich für das tolle Essen zu bedanken. Schließlich verabschiedeten sie sich, und Ellie, die ihre Utensilien bereits in Rinas Wagen verstaut hatte, fuhr ein letztes Mal mit dem Lappen über die Oberflächen. Perfekt. Alles glänzte wie neu.

Aus den Augenwinkeln nahm sie eine Bewegung wahr und drehte sich um. Marcus lehnte im Türrahmen, in der einen Hand eine Flasche Prosecco, in der anderen zwei Gläser.

»Das war absolut gelungen. Ich werde auf Jahre der Lieblingssohn sein.« Grinsend trat er näher.

»Tja … ähm … das freut mich.« Plötzlich fühlte Ellie sich irgendwie befangen. »Ich sollte jetzt gehen.«

»Nicht so schnell.« Marcus schenkte ein und reichte ihr ein Glas. »Auf einen gelungenen Abend und auf unsere Freundschaft.«

Sie stießen an, und Ellie trank einen Schluck.

Marcus beobachtete sie über den Rand seines Glases hinweg. »Wie läuft es auf dem *Schwarzen Stein*?«, fragte er. »Geht es vorwärts mit der Lese?«

»Ich glaube schon«, sagte Ellie. »Tom, Eric und ihre Helfer schuften wie verrückt.« Der Prosecco schmeckte gut. Warum hatte sie dann plötzlich so einen schalen Geschmack im Mund? So, als verrate sie Freunde, wenn sie mit Marcus über das Weingut sprach.

»Wie viel von der Ernte haben sie denn schon eingebracht?«

»Das weiß ich nicht. Ich kenne mich doch überhaupt nicht aus mit Wein.« Wieso interessierte er sich plötzlich für den *Stein*? Ellie hatte gelernt, auf ihren Bauch zu hören, und jetzt breitete sich ein mulmiges Gefühl in ihrer Magengegend aus. Vorhin noch hatte sie Marcus für vertrauenswürdig gehalten. Sie stellte ihr Glas auf den Küchentresen und griff nach den Autoschlüsseln.

»Hey, warte.« Er hielt ihre Hand fest und verschränkte seine Finger mit ihren. »Ich wollte nur wissen, ob du auf dem Berg glücklich bist.« Er schob sein Glas neben ihres. »Wir sind doch Freunde, oder? Und Freunde reden über solche Dinge.«

»Ja … sicher.«

Bevor Ellie sich von ihm losmachen oder protestieren konnte, presste Marcus seine Lippen auf ihren Mund. »Vergiss Sander«, flüsterte er, als er ihre Lippen wieder freigab. »Wir könnten eine gute Zeit miteinander haben. Du und ich.« Er küsste sie noch einmal.

Ellie erstarrte. Er hatte sie überrumpelt. Bevor er sich ihr ein drittes Mal nähern konnte, kam sie wieder zu sich. »Marcus!« Sie stieß ihn weg. »Bist du verrückt geworden?«

»Komm schon.« Beschwichtigend hob er die Hände. »Findest du nicht, wir haben ein bisschen Spaß verdient?«

»Du kannst Spaß haben, so viel du willst. Aber nicht mit mir!«, gab sie ärgerlich zurück. »Ich bin wegen Tom in Steinbach. Wie kommst du darauf, ich könnte … ich würde mit dir …« Sie machte eine unbestimmte Geste, aber er verstand genau, was sie meinte, denn er kniff die Augen zusammen. Sein Mund verwandelte sich in eine harte, gerade Linie. »Du willst mir doch nicht ernsthaft erzählen, du hast dich in diesen Vollidioten Sander verliebt?«

Erbost blickte sie ihn an. Was zwischen Tom und ihr war, ging nur sie beide etwas an. »Hör zu, ich muss wirklich gehen.« Ohne eine weitere Erwiderung abzuwarten, verließ sie die Küche und rannte fast durch das Haus zu Rinas Wagen. Wütend startete sie den kleinen SUV und gab Gas, sodass das Auto schlingerte. Trotzdem trat sie das Gaspedal durch und schoss vom Hof. Sie folgte der schmalen, gewundenen Straße ein paar hundert Meter, bevor sie in einen Waldweg einbog und den Wagen zum Stehen brachte. Sie zitterte. »Verfluchter Mist.« Sie schlug mit der flachen Hand gegen das Lenkrad. Einmal. Zweimal. Dreimal. Dann lehnte sie den Kopf gegen die Nackenstütze, schloss die Augen und atmete tief durch. Was war das nur mit den Männern? Wie kam Marcus auf die Idee, sie würde sich auf ihn einlassen? Sie war hier, um an einer Dating-Show teilzunehmen. Auch wenn Marcus ihre wahren Beweggründe nicht kannte, konnte er doch nicht ernsthaft glauben, sie würde sich mit zwei Männern gleichzeitig verabreden.

Ellie öffnete die Augen. Ihre Hände zitterten kaum noch, auch wenn die Wut immer noch nicht verflogen war. Sie musste sich zusammenreißen. Tom würde ihren Ärger sofort bemerken und Fragen stellen. Fragen, die sie im Moment nicht beantworten wollte.

Tom schaltete den Fernseher aus, legte die Fernbedienung auf den Couchtisch und lehnte sich zurück. Ellie lag in seinen Armen, ihre weichen Rundungen an seinen Körper geschmiegt. Murdock hatte sich zwischen seine Beine und die Sofalehne gequetscht. Der Kopf des Hundes ruhte an seinem Oberschenkel.

Er genoss die Abende mit Ellie. Viel zu sehr, wie er sich eingestehen musste. Sie schliefen miteinander. Aber das war nicht alles. Genauso gern kuschelte er sich mit ihr auf das Sofa und sah sich alberne Komödien an, die sie zum Lachen brachte. Wenn Ellie lachte, war es, als ob in ihren Augen kleine Sonnen aufgingen.

»Ist das wahr?«, fragte er ungläubig. Sie hatte ihm von ihrem Nachmittag berichtet.

»Wenn ich es dir sage. Als Gerti die Tür öffnete, bin ich aus allen Wolken gefallen.«

»Nach dieser Mon-Chéri-Sache hätte ich nicht gedacht, dass Holzmaier sich noch weiter steigern könnte. Wir haben ihn offenbar unterschätzt«, sagte Tom.

»Ganz eindeutig.« Ellie ergriff ihr Weinglas mit dem Riesling, nippte daran und stellte es wieder auf den Tisch. »Mich erstaunt vielmehr, dass es überhaupt ein Bordell in Steinbach gibt.«

»Na ja.« Er strich mit den Lippen zärtlich über ihre

Schläfe. »Dieser Schuppen hatte nie eine Chance. Gerti stand den ganzen Tag vor ihrem Laden und vernichtete jeden mit ihrem Blick, der sich auch nur in die Nähe des Puffs wagte. Vermutlich hatten sie nicht einen einzigen Kunden.«

Ellie drehte den Kopf und küsste ihn. Er schmeckte den Wein.

»Ich habe jedem gesagt, was für ein schönes Nagelstudio man aus dem Objekt machen kann.« Sie lächelte verschmitzt. »Du hättest Gertis Blick sehen sollen, als ich ihr erzählt habe, dass ich den Großteil der Einrichtung so lassen würde, um ein gemütliches Ambiente zu schaffen. Die plüschigen Sofas, den Kronleuchter und vor allen Dingen den Brunnen mit den beiden Meerjungfrauen.«

Tom lachte und ließ seine Lippen über ihren Hals gleiten. »Erzähl mir noch mal von den Betten. War das eine tatsächlich rund?«

»Hmm.« Sie neigte den Kopf und lud ihn ein, die Liebkosungen fortzusetzen. »Nur das eine Bett. Das andere war aus rotem Samt und hatte eine Herzform. Und ein Spiegel hing an der Decke.«

»Die Sache mit dem Spiegel gefällt mir.« Er drehte sich, sodass Ellie unter ihm lag. Murdock gab einen unwilligen Laut von sich, sprang vom Sofa und verzog sich unter den Tisch. Sie küssten sich lange und zärtlich. Der Kuss schmeckte nach Behaglichkeit und Vertrauen. Tom hatte zuerst einen völlig anderen Eindruck von ihr gewonnen, denn Ellie schien eine sehr unkomplizierte Frau zu sein. Was das Zusammensein mit ihr gefährlich machte. Er war froh, dass sich ihre Wege trennten. Bevor sie noch in etwas

Unberechenbares hineinschlitterten. Tom hielt nichts davon, sich selbst zu belügen. Er würde Ellie vermissen. Eine Frau wie sie strich man nicht einfach aus dem Gedächtnis. Das hatte er auch gar nicht vor. Er wollte sich so lange wie möglich an die Abende und Nächte mit ihr erinnern. Weil er sich selbst schützen und sie nicht zu nah an sich heranlassen wollte, bemühte er sich darum, dass eine unbeschwerte Stimmung zwischen ihnen herrschte. Er hätte gern mehr über sie gewusst, kleine Episoden aus ihrem Leben erfahren, aber er hielt sich zurück. Bis jetzt hatte er nicht einmal herausgefunden, wie sie kochte, obwohl alle von ihrem Talent schwärmten. Je mehr er über sie erfuhr, je besser er sie kennenlernte, desto schwerer würde es ihm fallen, sie gehen zu lassen. Er durfte nicht aus dem Blick verlieren, warum er sich auf dieses Spiel eingelassen hatte. Es ging nicht um Liebe, genau genommen nicht einmal um Freundschaft. Alles, was zählte, war der riesige Batzen Geld, den er in eineinhalb Wochen in Empfang nahm. Da taten die Gefühle, die ihn aufwühlten, wann immer seine Gedanken zu Ellie abdrifteten, nichts zur Sache. Tom wählte den Weg, der ihm am logischsten erschien. Er schottete seine Emotionen ab und hielt die Affäre mit Ellie so oberflächlich wie möglich. Er wollte keine Details aus seinem Leben erzählen. Weder seine Beweggründe erläutern, warum er an der Dating-Show teilnahm, noch etwas über seine Exfreundin oder gar seine Familie verraten. Wenn sie sich nicht näherkamen, konnten sie sich auch nicht ineinander verlieben. So wurde am Ende niemand verletzt. Ellie schien das genauso zu sehen. Sie fragte ihn nicht aus, genoss, was er ihr bot, und verlangte nichts, was er ihr nicht geben konnte.

So locker sie ihr Zusammensein auch gestalteten, wurmte es ihn doch, dass er Ellie nicht so behandeln konnte, wie er es getan hätte, wenn sie sich unter anderen Umständen getroffen hätten. Er fühlte sich wie ein Höhlenmensch. Eine Frau wie Ellie hatte mehr verdient. Sie sollte von dem Mann, der sie begehrte, auf Händen getragen werden.

Vielleicht sollte er trotzdem einmal mit ihr ausgehen. Nur Ellie und er. Irgendwohin, wo er nicht tanzen musste. Ohne Kameras, die auf sie gerichtet waren und jeden Wimpernschlag einfingen, damit das Fernsehpublikum sie später analysieren konnte. »Hast du Lust, mit mir ins Kino zu gehen?«

»Kino?« Ellie öffnete die Augen und blinzelte ihn an. »Gibt es in Steinbach ein Kino?«

»Nein, wir müssten nach Bernkastel fahren. Ich habe mir schon seit Ewigkeiten keinen Film mehr angesehen. Ich könnte dir die Stadt zeigen. Wir gehen etwas essen. Keine große Sache.«

Einen Moment zögerte sie, dann trat dieses Strahlen, das er so an ihr mochte, in ihre Augen, und ihre Lippen verzogen sich zu einem breiten Lächeln. »Das wäre wundervoll.« Sie ließ ihre Hände durch seine Haare gleiten und zog seinen Kopf zu sich hinunter. »Ich war auch schon ewig nicht mehr im Kino«, flüsterte sie.

Ellie starrte in die Dunkelheit. Schemenhaft konnte sie die Vorhänge vor den Fenstern erkennen, die ein leichter Lufthauch bauschte. Toms tiefer, regelmäßiger Atem versicherte ihr, dass er schlief wie ein Stein. Er hatte sie fest an sich gezogen. Sie konnte ihn riechen, spüren. Und sie hatte

Angst. Angst, dass er herausfand, wo sie den Abend verbracht hatte. Und noch viel mehr Angst davor, dass es stimmte, was Marcus gesagt hatte. Hatte sie sich allen Ernstes in Tom Sander verliebt?

Er hatte sie ins Kino eingeladen. Einen Augenblick hatte sie gezögert, wäre seinem Vertrauen gern mit Ehrlichkeit begegnet und hätte ihm erzählt, dass sie einen Job für Marcus angenommen hatte und dass das nichts bedeutete. Kurz hatte sie den Eindruck gewonnen, Marcus war mehr am *Schwarzen Stein* interessiert als an ihr. Zumindest bis er sie geküsst hatte. Es hatte nichts in ihr ausgelöst. Es war einfach nur ein Kuss gewesen, um den sie nicht gebeten hatte. Tom hingegen fachte jedes Mal, wenn sich ihre Lippen trafen, eine Sehnsucht in ihr an. Nach etwas, das sie gar nicht genau definieren konnte. Marcus' Behauptung war Quatsch. Sie war nicht ernsthaft an Tom interessiert. Tom und sie verband nur Freundschaft. Sie achteten und vertrauten einander.

Da war es wieder, dieses Wort. Vertrauen. Tom vertraute ihr. Das hatte sie in seinem Blick gelesen. Sie wollte, dass er sich auf sie verlassen konnte. Die Dinnerparty hatte eine Grenze überschritten, von der er noch nichts ahnte. Sie verstand nicht, worauf Marcus hinauswollte, aber Rina und Tom hatten recht gehabt, dass er mit Vorsicht zu genießen war. Es ging um den *Schwarzen Stein*, aber es hatte wohl kaum etwas damit zu tun, dass er den Sanders angeboten hatte, Mitglied der Winzergenossenschaft zu werden. Tom schmiegte sich im Schlaf noch fester an sie, so als spürte er ihre Unruhe. Sie würde ihm alles sagen, entschied sie. Gleich am nächsten Tag würde sie reinen Tisch machen.

Tom musste sich nicht sorgen, dass sie sich von jemandem aushorchen und benutzen ließ. Sie schloss die Augen und lauschte auf Toms Herzschlag. Er war stetig und beruhigend. Morgen, dachte sie, morgen werde ich ihm alles erzählen.

14

Landliebe – Szene 14 – Tom

(Kamera 1: Schwenk über den Gutshof, dann Zoom und Totale auf Weidenmann und Sander)

»Tom, inzwischen ist es dir gelungen, das Herz der emsigen Elisabeth zu gewinnen. Verrate uns, wie man es schafft, bei einer so wunderbaren Frau zu landen.«

»Tja … spontan sein und sich ab und zu etwas Besonderes einfallen lassen, würde ich sagen.«

(Kamera 1: Zurück, ausblenden)

Ellie besuchte Bernkastel-Kues zum ersten Mal. Die Fahrt hierher hatte eine Dreiviertelstunde gedauert. Tom hatte sie zum Essen in ein hübsches italienisches Restaurant eingeladen. Die kleine Gaststube erfüllte alle Klischees, die man mit einem Italiener in Verbindung brachte. Rot-weiß karierte Tischdecken, Kerzen in bauchigen Weinflaschen, an denen das Wachs von Generationen abgebrannter Kerzen heruntergetropft war. Es roch nach Gewürzen, Knoblauch und frischer Steinofenpizza.

Nach dem Essen schlenderten sie durch die wunderschöne Altstadt. Vorbei an den restaurierten Fachwerkhäusern mit Blick auf die Mosel und die Burg Landshut.

Tom legte sich wirklich ins Zeug. Er hatte eine romantische Komödie ausgewählt, weil sie die gern mochte. Sie war sich sicher, dass er mit dieser Art Film nichts anfangen konnte und viel lieber den neuen James Bond gesehen hätte. Die Wahl schien seiner guten Laune aber keinen Abbruch zu tun. Er kaufte Popcorn, und sie betraten den dunklen Kinosaal.

Ellie wollte jede Sekunde dieses Abends genießen. Den ganzen Tag über hatte sie sich Gedanken darüber gemacht, wie sie ihm beichten sollte, dass sie für die Dinnerparty von Marcus' Mutter gekocht hatte. Spätestens als sie in Toms Wagen stiegen, merkte sie, wie viel Tom diese Verabredung bedeutete, auch wenn er es nicht aussprach. Schließlich musste er nach der harten Arbeit auf dem Weinberg noch fast eine Stunde nach Bernkastel-Kues fahren. Es war eine Einladung, zu der ihn keine Produzenten zwangen. Eine Verabredung, die nicht von Kameras festgehalten wurde. Ellie spürte, dass sie ihm nicht egal war, auch wenn er nur eine oberflächliche Affäre mit ihr haben wollte. Wenn sie sich in einer Woche von Tom verabschiedete, wollte sie diesen Abend in guter Erinnerung behalten.

Deshalb hatte sie beschlossen, ihm erst nach dem Kino von Wendt zu erzählen. Sie gab sich besondere Mühe mit ihrem Aussehen. Zu einem Jeansrock, der ein paar Zentimeter über dem Knie endete, trug sie eine Tunikabluse mit Spitzenapplikationen und ihre Lieblingsstiefel. Ihr Haar fiel offen über ihre Schultern, wie Tom es am liebsten mochte. Mit dem Make-up war sie sparsam umgegangen, weil sie sich so am wohlsten fühlte. Sie war einfach sie selbst. Tom ging mit Ellie Lorenz aus, nicht mit der übertrieben gestylten Münchnerin in Dirndl und Flechtfrisur, die sie für *Landliebe* mimte.

Sie setzten sich in die vorletzte Reihe. Tom legte ihr den Arm um die Schultern, zog sie an sich und küsste sie. Die erste intime Berührung, seit er auf der Fahrt hierher im Auto ihre Hand gehalten hatte. In der Öffentlichkeit hatte er den Sicherheitsabstand – wie sie es insgeheim nannte – aufrechterhalten, vermutlich aus Furcht, von einem Bekannten überrascht zu werden. Für *Landliebe* das verliebte Paar zu spielen war etwas anderes, als wirklich eins zu sein.

Tom stellte das Popcorn auf den Sitz neben sich und tat während der Filmvorschau das, was Teenager seit Generationen im dunklen Kino taten. Ellie fühlte sich tatsächlich ein bisschen, als wäre sie fünfzehn. Die Küsse, die Tom und sie tauschten, waren lang und innig wie früher, wenn man über Knutschen und ein bisschen Fummeln nicht hinauskam. Jetzt gab es diese Grenzen nicht mehr. Zumindest nicht für Tom, dessen Hand unter den Saum ihres Rockes glitt und auf ihrer Haut eine Spur aus Hitze hinterließ. Er vergaß nicht, dass sie in einem Kino saßen, trieb das Spiel nicht zu weit, und trotzdem wurde sie mit aller Macht von ihren Gefühlen überwältigt. Als der Film begann, stellte er die Popcorntüte auf seinen Schoß, und Ellie lehnte sich an seine Schulter. Sie saß nicht besonders bequem, aber es war unbeschreiblich romantisch. Zufrieden knabberte sie Popcorn, während ein halb nackter Ryan Reynolds über die Leinwand flimmerte.

Tom war erstaunlich still. Sie hatte erwartet, dass er sich

ein wenig über den Film lustig machte, um sie zu necken, so wie er es oft zu Hause tat. Sie richtete sich auf und betrachtete seine entspannten Gesichtszüge. Er hatte den Kopf nach hinten gelehnt und schlief tief und fest. Eine widerspenstige Locke war ihm in die Stirn gefallen. Es juckte Ellie in den Fingern, sie zurückzustreichen. Aber sie wollte ihn nicht wecken. Er hatte einen langen Arbeitstag hinter sich. Abgesehen von der Weinlese, die noch immer auf Hochtouren lief, hatten sie in den letzten Nächten verdammt wenig geschlafen. Irgendwann musste die Müdigkeit ihn in die Knie zwingen.

Ellie legte ihren Kopf wieder an seine Schulter, hüllte sich in seine Wärme und seinen Geruch ein. Im Schlaf zog er sie enger an sich und murmelte etwas, was sie nicht verstand.

Pünktlich beim Nachspann wachte Tom auf. Für einen Moment schien er verwirrt zu sein. »Verdammt«, flüsterte er in ihr Ohr. »Bin ich echt eingepennt?«

Ellie küsste ihn. »Du hast den Film komplett verschlafen. Aber er war gut. Wenn du willst, schildere ich dir haarklein, wie Ryan Reynolds nackt aussieht.«

Tom lächelte und legte seine Hand an ihre Wange. »Das klingt verlockend.« Ihre Lippen fanden sich zu einem warmen Kuss.

»Danke für die Einladung.«

»Ich bin offenbar kein gutes Date«, meinte Tom.

»Aber ein perfektes Kissen.« Ellie stand auf und streckte ihm die Hand entgegen. Tom nahm sie, und zusammen verließen sie den Kinosaal.

Für einen Moment fühlte sich alles richtig an. Tom an ihrer Seite, ihre Hand in seiner. Aber Augenblicke verflogen mit Lichtgeschwindigkeit. So auch dieser. Weit kamen sie nämlich nicht. Auf einmal löste sich Tom von ihr, als hätte sie eine ansteckende Krankheit.

»Ellie! Tom!« Eric und seine Frau traten auf sie zu, und Ellie bekam keine Gelegenheit, sich über Toms Verhalten zu ärgern. Die beiden waren anscheinend der Grund für seine Reaktion und ein deutliches Zeichen, dass sich zwischen ihnen nichts verändert hatte. Auch wenn dieser wundervolle Abend sie das fast hatte vergessen lassen.

»Was macht ihr denn hier?« Rina umarmte erst Ellie, dann Tom. Eric schlug seinem Bruder auf die Schulter und küsste sie auf die Wange. Sie verhielten sich wie gute Freunde. Und das waren sie auch geworden im Lauf der kurzen Zeit, die sie sich kannten. Sie würde nicht nur Tom vermissen, wenn sie nach München zurückkehrte.

»Ellie wollte mal etwas anderes sehen als den Weinberg«, log Tom, ohne zu zögern.

»Das kann ich verstehen«, pflichtete Rina ihm bei. »Hast du ein bisschen was von der Stadt gesehen? Bernkastel ist wirklich hübsch.« Sie hakte sich bei Ellie unter. »Ich musste unbedingt noch einmal raus, bevor ich Mutter werde. Ein paar Explosionen, ein paar Leichen.«

»Mit anderen Worten: James Bond«, sagte Eric. »Meine Frau mag diese Filme mehr als ich. Das war unser letztes Date als Mann und Frau. Demnächst wird es wahrscheinlich darauf hinauflaufen, dass Mama und Papa verzweifelt jemanden suchen, der auf das Kind aufpasst, weil sie mal einen ruhigen Abend verbringen wollen.« Er legte den Arm um Rinas Schultern und strich mit der freien Hand über ihren Bauch.

»Ich bin mir sicher, Onkel Tom wird von Herzen gern den Babysitter spielen, wenn wir das nächste Mal ausgehen wollen.« Rina grinste von einem Ohr zum anderen und zwinkerte ihrem Schwager zu.

»Natürlich. Klar.« Tom schob die Hände in die Hosentaschen und wippte auf den Fersen. Er fühlte sich offenbar unwohl. »Wir sollten sehen, dass wir nach Hause kommen. Wir müssen morgen früh raus.«

»Oh, ich wollte euch gerade fragen, ob ihr Lust habt, noch etwas mit uns trinken zu gehen«, sagte Eric.

»Nein. Das wird zu spät. Kommst du, Ellie?« Er hob die Hand zum Gruß. »Viel Spaß euch beiden.«

»Tut mir leid.« Ellie umarmte Rina kurz.

»Lass uns morgen mal telefonieren«, rief die Freundin ihr nach.

»Gern.« Ellie winkte ihr und Eric noch einmal zu und eilte hinter Tom her, der bereits im Stechschritt durch das Kinofoyer marschierte. Die vertrauensvolle, intime Atmosphäre war dahin, und sie bemühte sich, sich die Enttäuschung nicht anmerken zu lassen. Natürlich wollte er nicht, dass seine Familie von ihrer Affäre erfuhr. Ihr war das schließlich ebenfalls nicht recht. Offen zu einer Beziehung stehen sollte man nur, wenn man es ernst meinte. Wenn man den anderen wirklich wollte. So weit würde es zwischen Tom und ihr niemals kommen. Mit aller Macht ignorierte sie das sehnsüchtige Ziehen in ihrer Herzgegend. Tom war nicht der richtige Mann für sie, doch immer wieder musste sie an Marcus' Worte denken.

»Frau Lorenz!«

Abrupt blieb sie stehen und wandte sich um. Zuerst erkannte sie die ältere Frau nicht, die in Begleitung eines Mannes winkend auf sie zukam. Dann fuhr sie erschrocken zusammen. Scheiße! Sie warf einen Blick in Toms Richtung. Er war ebenfalls stehen geblieben und hatte sich umgedreht. Auch er erkannte das Paar und kniff kaum merklich die Augen zusammen. Geh einfach schon das Auto holen, betete Ellie innerlich. Schon wieder machte ihr das Schicksal einen Strich durch die Rechnung.

Tom kehrte um und stellte sich genau in dem Augenblick neben sie, als die strahlend lächelnde Frau ihre Hand ergriff. »Frau Lorenz«, sagte sie noch einmal, leicht außer Atem. »Was für ein Zufall, Sie hier zu treffen. Oh, wo bleiben meine Manieren.« Sie ließ Ellies Hand los, um Toms zu schütteln. »Tom. Wie schön, Sie zu sehen.«

»Frau Reitner.« Pflichtschuldig schüttelte er ihre Hand, nickte dem Mann – Ellie erinnerte sich, Herr Reitner war Bankvorstand – zu. Toms Miene war undurchdringlich.

»Ich muss Ihnen noch einmal ein Kompliment machen«, sagte Frau Reitner. »Das Essen gestern war einfach wunderbar.«

Ellie spürte, wie Tom sich neben ihr etwas entspannte. Gut. Er dachte, die Reitners seien zum Essen im *Gasthof zum Stein* gewesen. Vorsichtig atmete sie aus. Wenn sie den Dank einfach annahm und die Frau nicht weiterplapperte …

»Wissen Sie, Tom, Frau Lorenz hat ein ganz außergewöhnliches Kochtalent.« Ohne Luft zu holen, wandte sie sich wieder Ellie zu. »Ich bin sehr gut mit Marianne Wendt befreundet. Sie können sich nicht vorstellen, wie sehr sie den Abend genossen hat.«

»Wendt?« Tom sah Frau Reitner nicht an, sondern fixierte ihren Mann.

»Ja.« Die Frau redete weiter, und Ellie wurde klar, dass es vorbei war. Sie hatte ihre Chance, Tom reinen Wein einzuschenken, verspielt. »Marcus, dieses Schlitzohr, ist ja immer für eine außergewöhnliche Idee gut. Er hat ihr eine Dinnerparty geschenkt. Drei Gänge. Wie im Fernsehen, sag ich Ihnen. Wir waren hin und weg.« Falls sie sich wunderte, dass Tom darüber nicht informiert war, obwohl sie unter einem Dach lebten, ließ sie sich zumindest nichts anmerken.

»Und wo hat diese Party stattgefunden?«, fragte Tom.

Ellie zuckte innerlich zusammen.

»Bei Marcus natürlich«, antwortete Frau Reitner. »Er hat doch dieses wundervolle Haus. Alles aus Glas. Fürs Fensterputzen möchte ich dort nicht verantwortlich sein.« Sie zwinkerte Tom vertraulich zu. »Aber dieser Ausblick auf die Weinberge und die Mosel. Ein wahres Gottesgeschenk, sag ich Ihnen.«

Es wurde höchste Zeit, mit der Schadensbegrenzung zu beginnen. »Es war wirklich toll, Sie wiederzusehen«, unterbrach Ellie sie nervös. »Aber wir müssen los. Die Weinlese, Sie wissen schon. Früh aufstehen und so.« Tom sagte neben ihr keinen Ton, als sie sich hektisch verabschiedete, bei ihm unterhakte und ihn mit sich zog. Sobald sie außer Sichtweite waren, machte er sich los, und sie liefen stumm nebeneinander her zum Parkhaus.

Er wirkte fahrig, als er das Ticket am Parkautomaten bezahlte. Ellie folgte ihm zum Wagen. Er hielt ihr die Tür nicht auf, wie er es auf dem Hinweg getan hatte. Er nahm hinter dem Lenkrad Platz und schlug die Tür eine Spur zu heftig zu. Einen Moment zögerte Ellie, dann straffte sie die Schultern und setzte sich neben ihn. Das war doch lächerlich. Natürlich war Tom sauer, aber sie konnte ihm schließlich alles erklären.

Tom umklammerte das Lenkrad und blickte stur geradeaus. Die Chance, dass er sie ansehen und ein normales Gespräch mit ihr führen würde, schwand von Sekunde zu Sekunde.

Ellie hatte nichts zu verlieren. »Tom, hör zu …«, begann sie.

»Was glaubst du, was du hier abziehst?« Er hieb mit der Faust auf das Lenkrad, und Ellie zuckte zusammen. »Was hab ich dir getan, dass du mich so reinlegst? Was haben Rina und Eric getan, dass du sie so verrätst? Was, zum Teufel, ist dein beschissenes Problem? Haben wir dir nicht gesagt, dich von Wendt fernzuhalten?«

Ellie wollte antworten, aber Tom schien so richtig in Fahrt zu kommen. »Du ruinierst uns. Wir versuchen krampfhaft, diese Ernte einzubringen und uns gegen die Winzergenossenschaft zu behaupten. Und du? Treibst dich mit Wendt herum. Spitze! Wirklich! Ganz großes Kino!«

»Hey!«, rief Ellie. Tom hatte ein Recht, sauer zu sein. Aber diese selbstgerechte Tirade brachte sie auf die Palme. »Ich treibe mich überhaupt nicht rum. Ich wurde für ein Catering gebucht. Das ist hochprofessionelles Arbeiten.«

»Hochprofessionell, ja?«, sagte Tom. »Nicht nur, dass es in Wendts Haus stattfindet. Natürlich müssen ausgerechnet der Bankvorstand und seine feine Gattin dabei sein.«

»Das waren nicht meine Gäste, sondern die von Marianne Wendt …«

»Eben. Du hast überhaupt keine Ahnung. Du lässt dich von diesen Leuten ködern, damit sie dich – und damit den *Schwarzen Stein* – ausspionieren können. Du glaubst doch nicht ernsthaft, dass Wendt dich gebucht hat, weil du so gut kochst?«

»Ich …« Ellie schluckte. Hatte Tom das gerade wirklich gesagt? »Ich …« Tränen schossen ihr in die Augen. Mühsam blinzelte sie.

Ein Klopfen an der Scheibe der Fahrertür ließ sie zusammenzucken. Ein Uniformierter stand an ihrem Auto. Offenbar gehörte er zum Parkhaus-Wachdienst. »Ist bei Ihnen alles in Ordnung?«

»Sicher«, knurrte Tom.

»Das hörte sich nicht so an«, erwiderte der Mann. »Verlassen Sie bitte das Parkhaus. Wenn Sie sich anschreien wollen, tun Sie das woanders. Und …« Der Wachmann wartete, bis Tom ihn ansah. »Ich habe mir Ihr Kennzeichen notiert.« Er zog die Augenbrauen nach oben. »Einen schönen Abend noch.« Dann drehte er sich um und war im nächsten Moment zwischen den parkenden Autos verschwunden.

Tom blickte immer noch finster drein, aber immerhin schien er nicht mehr das Bedürfnis zu haben, sie anzubrüllen. Mit einem Fluch ließ er den Motor an, schoss mit quietschenden Reifen aus der Parklücke und fuhr los, ohne sie eines weiteren Blickes zu würdigen.

Die Heimfahrt war eine Tortur. Tom schwieg, während er das Lenkrad so fest umklammerte, dass seine Fingerknöchel weiß hervortraten. In regelmäßigem Abstand fiel das gelbe Licht der Straßenlaternen auf sein wütendes Gesicht, bevor es wieder in Dunkelheit getaucht wurde.

Ellie wandte sich ab und blickte durch die Seitenscheibe ins schwarze Nichts. Die Gedanken fuhren in ihrem Kopf Achterbahn. Was war zwischen Tom und Marcus vorgefallen? Warum konnte Tom ihn nicht ausstehen? Genau das war das Problem zwischen Tom und ihr. Er sprach nicht mit ihr. Er hatte ihr vor den Latz geknallt, dass sie sich von Wendt fernhalten sollte, ohne zu erklären warum. Wozu sollte er sich auch die Mühe machen? Ellie war ein vorübergehender Gast auf dem Hof, mit dem er zufällig schlief. Natürlich hätte sie ihm von Wendts Angebot erzählen müssen. Inzwischen hegte sie ebenfalls den Verdacht, dass der Geschäftsführer der Winzergenossenschaft versucht hatte, Informationen über den *Schwarzen Stein* aus ihr herauszubekommen. Hätte Tom ihr etwas über ihre Fehde erzählt, wären sie gar nicht erst in diese Lage geraten. Als Tom den Tuareg auf den Hof des *Schwarzen Steins* lenkte, stand ihr Entschluss fest. Ellie hatte nichts Unrechtes getan. Sie hatte das Weingut und die Sanders nicht verraten. Sie würde mit Tom reden, ihm erklären, dass er sich wegen ihr keine Sorgen machen musste.

Stumm hielt er an, um Ellie aussteigen zu lassen, und fuhr den Wagen anschließend in die Garage. Ellie betrat das Haus, begrüßte Murdock und wartete mit ihm gemeinsam im Wohnzimmer auf Tom. Doch Tom hatte nicht die Absicht, mit ihr zu reden. Er ignorierte sie, stampfte die Treppe hinauf und knallte die Schlafzimmertür hinter sich zu. Murdock fiepte und warf ihr einen unglücklichen Blick zu.

»Ich weiß.« Sie strich dem Hund über den Kopf. »Der

Abend ist nicht so toll gelaufen. Aber ich werde mit ihm reden.« Sie ging nach oben und klopfte an die Tür. »Tom? Kann ich es dir erklären? Es war wirklich nur ein Job. Ich habe nichts über den *Schwarzen Stein* erzählt. Du kannst mir vertrauen.«

Keine Reaktion.

Ellie klopfte noch einmal. »Tom, bitte. Lass mich rein.«

Tom riss die Tür so plötzlich auf, dass Ellie erschrocken einen Satz zurückmachte. »Gott, hast du mich erschreckt.«

»Das ist deins.« Er drückte ihr ihr Bettzeug in die Hand und sperrte sie abermals aus. Aus seinem Zimmer, seinem Leben. Begleitet von Murdock kehrte sie in ihr hässliches Gästezimmer zurück. Der Abend, der so wundervoll begonnen hatte, hatte sie seelisch völlig erschöpft. Ihr Brustkorb hatte sich schmerzhaft zusammengezogen. Sie war hierhergekommen, um schnellstmöglich zehntausend Euro zu verdienen und hatte nicht damit gerechnet, dass sie Gefallen am Landleben finden würde und sich beruflich ausleben könnte. Und noch weniger hatte sie erwartet, ihr Herz zu verlieren.

15

Landliebe – Szene 15 – Elisabeth

(Kamera 1: Schwenk über den Gutshof, dann Zoom und Totale auf Weidenmann und Lorenz)

»Wie gewinnt man das Herz eines Mannes, Elisabeth? Viele unserer Zuschauerinnen fragen sich, wie du den jugendlichen Junggesellen Tom um den Finger wickeln konntest.«

»Das ist sicher bei jedem Mann anders.«

»Keine Ausflüchte! Was ist deiner Meinung nach der beste Weg?«

»Essen ist bestimmt kein Fehler. Ich habe für Tom gekocht, und er hat bis auf den letzten Krümel alles verputzt.«

»Die Liebe eines Mannes geht also durch den Magen?«

»So ist es zumindest in meinem Fall.«

»Vielen Dank für den Einblick. Ob es geheime Zutaten gibt, die die knackige Köchin benutzt hat, um Tom zu verzaubern, erfahren Sie nächste Woche. Lassen Sie uns nun nach unserem romantischen Ziegenwirt schauen, bevor wir das Preisrätsel einblenden.«

(Kamera 1: Zurück, ausblenden)

Ellie blinzelte in die Sonne, die von einem leuchtend blauen Himmel strahlte. Keine Wolke traute sich, dieses Bild der Perfektion zu zerstören. Sie stand in ihrem Dirndl zwischen den Weinreben und blickte ins Tal hinunter. »Wunderbar, Elisabeth. Jetzt bitte die Augen gegen die Sonne abschirmen«, wies Holzmaier sie an. »Sehr schön. Kopf in den Nacken legen und einmal um die eigene Achse drehen.« Ellie seufzte. Das war das letzte Mal. Sie würde es überstehen. Nach diesem Dreh folgten nur noch die Abschlussinterviews am letzten Tag, danach würde sie den *Schwarzen Stein* verlassen. Wie befohlen hielt sie ihr Gesicht in die Sonne und drehte sich. Als sie die Augen wieder aufschlug, erblickte sie Tom. Er stand am Rand des Weinberges und beobachtete sie, die Daumen in die Taschen seiner Jeans gehakt. Sein Gesichtsausdruck verriet, dass er immer noch sauer war, auch wenn er inzwischen zumindest wieder mit ihr sprach. Die vergangenen Tage hatten einer emotionalen Berg-und-Tal-Bahn geglichen. Ellie wusste, woran das lag. Sie hatte sich in Tom verliebt. Was sie für ihn empfand, ließ sich nicht mehr in die Schublade der Freundschaft pressen. Sie hatte nicht beabsichtigt, so zu fühlen. Es war einfach geschehen.

Tom würde sie kein Sterbenswörtchen davon verraten. Am Ende dieser Woche kehrte sie nach München zurück. Er hatte ihr bis jetzt nicht vergeben, dass sie für Marcus Wendt gearbeitet hatte. Und das würde sich bis zu ihrer Abreise nicht ändern. Vermutlich wollte Tom auch nicht den Kontakt zu ihr aufrechterhalten. Aber das war okay. Damit kam sie zurecht. Wenn sie erst einmal zu Hause war, würde sie sich bestimmt schnell wieder beruhigen.

»Fantastisch«, sagte Holzmaier. »Tom hat endlich auch den Weg hierher gefunden. Dann können wir anfangen. Haltet euch an das Drehbuch, verstanden? Tom, schneide Weintrauben ab. Ellie, du kommst von hier drüben auf ihn zu.« Er wedelte mit den Armen herum. »Kamera?«

»Läuft.«

»Ton?«

»Läuft.«

»Klappe. Die Erste.«

Ellie nahm den Picknickkorb, den sie mitgebracht hatte, und ging auf Tom zu, der Trauben von den Reben schnitt und in einen hübschen Weidenkorb legte. Diese Dating-Show hatte wahrlich nichts mit der Wirklichkeit zu tun. »Hi«, rief sie ihm zu und winkte.

»Ellie.« Tom hatte heute offenbar einen guten Schauspieltag. Wahrscheinlich weil er wusste, dass das die letzte lächerliche Einlage war. Sein überraschtes Gesicht wirkte so echt. Sie musste sich ein Lächeln verkneifen.

»Ich habe ein Picknick für uns vorbereitet«, sagte sie.

»Oh. Das ist aber eine Überraschung.« Okay, das war jetzt übertrieben. Aber das Funkeln in seinen Augen war so unwiderstehlich. Die Zuschauer an den Bildschirmen würden den Anflug von Ironie in seiner Stimme nicht heraushören. »Wie wäre es, wenn wir uns einfach zwischen die Reben setzen?«, sagte Tom.

»Gute Idee.« Ellie trat an den Punkt, der von der Filmcrew zuvor mit einem kleinen Kreidekreuz markiert worden war, und breitete die Decke aus.

Sie setzten sich, und Tom kramte in dem Korb herum. »Mal sehen, was wir hier haben. Nudelsalat.« Er stellte die beiden Einweckgläser, in denen sie die Beilage in Schichten drapiert hatte, auf die Decke und linste unter den Deckel der Dose mit dem Hühnchen-Limonen-Salat. »Hmm, riecht toll.«

Nach Holzmaiers Meinung hätte es gereicht, im Tante-Emma-Laden einen Fertig-Kartoffelsalat und eine Packung Wiener Würstchen zu kaufen. Ellies Ehre als Köchin ließ das nicht zu. Sie würde nicht vor Millionen von Fernsehzuschauern ein Dosengericht öffnen. Aber nicht nur deshalb hatte sie sich für dieses Picknick etwas Besonderes einfallen lassen. Sie wollte Tom beeindrucken. Seine Worte, Marcus habe sie nur engagiert, um sie zu bespitzeln, hatten sie getroffen. Er hatte ihr diese Gemeinheit an den Kopf geworfen, ohne jemals etwas gegessen zu haben, was sie zubereitet hatte. Sie wollte etwas kochen, das ihm schmeckte, das ihm in Erinnerung blieb. Neben den Salaten hatte sie kleine Päckchen aus Strudelteig mit Frischkäse, Kräutern und Oliven gefüllt, Tramezzini mit einer Mischung aus Shrimps, Dill und Rahm bestrichen, Brownies und kleine Brötchen gebacken. Sie öffnete alle Behälter und erklärte Tom, während sie von der Kamera begleitet wurde, was er vor sich hatte.

Er probierte. Erst vorsichtig, und mit dieser skeptischen Falte zwischen den Augenbrauen, nur um dann mit einem Bärenhunger zuzuschlagen. »Das ist wirklich fantastisch«, nuschelte er mit vollem Mund.

Nervös kaute Ellie auf einem Stück Brot herum. Sie war sich nicht im Klaren darüber gewesen, wie wichtig ihr sein Urteil über ihr Essen war. Erleichtert lächelte sie ihn an.

Tom erwiderte ihr Lächeln und sagte: »Und das hast echt du gekocht?«

Ihr Lächeln schwand ein wenig. Warum fragte er das so erstaunt? »Ja, natürlich.«

»Tatsächlich?«, erwiderte er überrascht, was Ellie einen weiteren Stich versetzte. Sie schloss ihre Augen, um das Brennen dahinter zu vertreiben. Mit zwei tiefen Atemzügen brachte sie sich wieder unter Kontrolle.

»Was ist?«, fragte Tom. Sie öffnete die Augen. Tom hatte aufgehört zu kauen und sah sie mit hochgezogenen Brauen an.

Ellie setzte ein Lächeln auf, von dem sie hoffte, dass es natürlich und gut gelaunt rüberkam. »Nichts«, antwortete sie und legte ihre Hand kurz auf seine. »Lass uns weiteressen.« Ihr Picknick-Gast ließ sich nicht zweimal bitten und vernichtete auch einen Großteil ihres Essens. Ellie war es recht. Sie hatte keinen Appetit. Vielleicht war es doch nicht so einfach, wie sie gedacht hatte, alle verletzenden Äußerungen, auch wenn sie unbedacht ausgesprochen wurden, wegzustecken, als wäre nichts geschehen.

Sie unterhielt sich mit Tom, lächelte und wartete darauf, dass Holzmaier alles in den Kasten bekam. Endlich dröhnten die erlösenden Worte durch den Kopfhörer in ihrem Ohr. »Großartig, meine Lieben. Das war es.«

Erleichtert atmete sie durch.

»Nur noch eine Sache.« Natürlich. »Tom sollte sich bei Elisabeth bedanken. Ein Kuss wäre angebracht.«

Tom blinzelte. »Muss das sein?«, fragte er Holzmaier über die Schulter. Sie hatten sich nicht mehr geküsst, seit sie den Kinosaal in Bernkastel verlassen hatten.

»Wir versuchen, dem Zuschauer zu vermitteln, dass ihr euch ineinander verliebt habt. Also ja, Tom, es muss sein.

Du wirst Elisabeth küssen. Und wenn du es nicht richtig hinbekommst, üben wir es so lange, bis es klappt.«

»Kein Problem«. Tom hob beschwichtigend seine große, warme Hand, legte sie an Ellies Wange und küsste sie sanft. Sein Gesichtsausdruck wurde weicher, seine Augen schimmerten. »Danke für dieses wundervolle Picknick.« Noch ein Kuss, ein wenig länger diesmal, weniger sanft.

»Tom …«, brachte Ellie heraus. Er presste seine Lippen ein weiteres Mal auf ihre, brachte sie dazu, sich ihm zu öffnen. Er strich ihr über die Wange und den Hals und ließ für einen Augenblick die Hand auf ihrem Schlüsselbein ruhen, wobei er sie noch inniger küsste. Ellie entschlüpfte ein Seufzen. Wie sollte sie sich gegen seine sinnlichen Übergriffe zur Wehr setzen? Er fasste ihr Seufzen als Einladung auf und presste Ellie auf die Picknickdecke. Unter ihr spürte sie den harten Boden. Über ihr erblickte sie die Sonne, den Himmel und Tom. Seine Lippen liebkosten ihren Hals.

»Das ist Wahnsinnsmaterial«, hörte sie ein Tuscheln. »Halt drauf, hörst du. Einfach draufhalten.« Holzmaier. Oh Gott. Die Kameras. Sie hatten die Filmcrew vergessen.

»Tom«, flüsterte sie. »Tom.«

Er ließ sich nicht stören, kehrte zu ihren Lippen zurück.

»Tom«, wiederholte Ellie und schüttelte seinen Arm. »Die filmen uns noch.«

»Was?« Er hob den Blick und sah sie aus leicht glasigen Augen an.

»Die Kameras«, versuchte sie es noch einmal. »Die nehmen alles auf.«

»Scheiße«, entfuhr es ihm. Mit einem Satz sprang er auf. »Ähm …« Sein Blick glitt über das Fernsehteam.

Am Rande des Weinberges standen sein Bruder und seine Mitarbeiter. Neugierige Zaungäste, die Zeugen ihres kleinen Intermezzos geworden waren. Tom rieb sich über den Nacken. »Ich glaube, ich habe mich ein wenig gehen lassen … Entschuldigung.«

Er sagte es nicht zu Ellie, sondern in Richtung der Fernsehkameras. Obwohl er sie gerade voller Leidenschaft geküsst hatte, war zwischen ihnen bei Weitem nicht alles okay. Ihr eisverkrustetes Herz bekam einen Riss, der Ähnlichkeit mit einer Gletscherspalte hatte.

»Tja, die Mittagspause ist vorbei. Ich muss weiterarbeiten.« Ohne sie noch einmal anzusehen, ging Tom davon.

»Keine Sorge, das schneiden wir schön zusammen«, rief Holzmaier ihm nach. Tom hob die Hand zum Zeichen, dass er ihn gehört hatte. Ellie blieb auf der Decke sitzen. Ihre Knie zitterten, und sie fühlte sich innerlich leer. Er war aufgesprungen wie von der Tarantel gestochen. Als ob es ihm zuwider wäre. Natürlich hatten sie ihre Rollen zu spielen, und Tom gab für die Kameras den Verliebten, aber er hätte sich nie so gehen lassen dürfen. So hatte sie ihn bisher nur hinter verschlossenen Türen erlebt – wenn er nicht gerade wütend auf sie war.

Ihm war jedoch wichtig, dass niemand den privaten Tom kennenlernte. Ellie allerdings kannte seine weiche Seite und sein wahres Ich, das hier und da durchblitzte und das er nicht jedem zuteilwerden ließ. Er war mitfühlend, kümmerte sich um seine Familie und bewirtschaftete seinen Weinberg voller Leidenschaft.

Trotzdem erlebte Ellie jedes Mal ein Wechselbad der Gefühle, als stoße er sie abwechselnd in kochend heißes und eisig kaltes Wasser. Es war wie Achterbahnfahren. In einem Moment presste einen die Schwerkraft in den Sitz, im nächsten schleuderte sie einen im hohen Bogen in die Luft. Verwirrt räumte Ellie das Picknickgeschirr zusammen. Nur noch ein paar Tage, und sie konnte sich aus seinem Bann befreien.

Es gab nichts mehr zu gaffen. Die Arbeiter, die den Dreh neugierig beobachtet hatten, kehrten an ihre Plätze zwischen den Reben zurück. Eric winkte Ellie zu und folgte seinem Bruder, der an dem Geländer stand, das den Platz von den Steilhängen des Tals trennte. Er stellte sich neben Tom und legte seine Hände auf das verwitterte Holz. Das dunkelblaue Band der Mosel, das sich tief unter ihnen dahinschlängelte, bot einen unbeschreiblich schönen Anblick, der ihn jedes Mal wieder berührte. Tom ging es sicher genauso. Auch Eric liebte den *Schwarzen Stein*, seine Familie. Das Einzige, das ihm mehr bedeutete, waren seine Frau und ihr gemeinsames Kind, das bald das Licht der Welt erblickte. Er kannte sich nicht mit Gefühlsturbulenzen aus, wusste nichts über gebrochene Herzen und zurückgehaltene Empfindungen. Er war unfassbar jung gewesen, als er sich in Rina verliebte und beschloss, den Rest seines Lebens mit ihr zu verbringen. Wenn er seinen Kumpels Glauben schenkte, war das Singledasein mitunter eine Katastrophe und die Suche nach einer Frau die Hölle. Manch einer ließ Federn bei dem Versuch, die richtige zu finden. Umso schlimmer war es, wenn man nicht merkte, dass man die perfekte Frau direkt vor der Nase hatte. Tom war nicht auf der Suche nach einer Beziehung, aber das Schicksal hatte ihm eine wundervolle Frau in die Hände gespielt. Nun war sein dummer Bruder zu blind, das Offensichtliche zu erkennen. Wie er mit Ellie umging, war unmöglich. Es war seine Pflicht, Tom in den Hintern zu treten. So würde es zumindest Rina sehen.

»Ich finde, du behandelst Ellie wie den letzten Dreck.«

Tom sah ihn nicht an, sondern starrte auf die Weinreben am gegenüberliegenden Berghang. »Wie soll ich sie denn deiner Meinung nach behandeln?«, fragte er.

Eric zuckte die Schultern. »Jedenfalls nicht so. Sie ist eine ziemlich kluge Frau mit einem großen Herz.«

Sein Bruder antwortete nichts darauf.

»Du schläfst mit ihr, oder?« Weder Rina noch er wären auf die Idee gekommen, dass ausgerechnet sein Bruder derjenige war, der Ellies Augen zum Strahlen brachte. Der Kuss, dessen Zeuge er gerade geworden war, war viel zu vertraut, viel zu intim gewesen.

»Ich kann schlafen, mit wem ich will«, knurrte Tom.

»Das kannst du natürlich«, sagte Eric. »Es wäre nur schön, wenn du auch ein wenig an der Frau interessiert wärst, mit der du ins Bett gehst.«

»Wen ich vögele und warum, geht dich nichts an, Bruder«, erwiderte Tom barsch. »Halt dich aus meinen Angelegenheiten raus.« Er sah Eric an. »Du hast mir das Ganze eingebrockt. Jetzt leb damit, dass ich wenigstens meinen Spaß habe, solange mir dieses dämliche Kamerateam auf den Füßen herumtrampelt.«

Eric legte Tom die Hand auf die Schulter. »Ellie ist eine tolle Frau. Versuch einfach, ihre Gefühle nicht zu verletzen, okay?«

»Na sicher doch. Ich hab schließlich sonst keine Probleme.« Tom schob die Hand weg und stürmte davon. Eric sah ihm nach und schüttelte den Kopf. Er verstand nicht, was seinen Bruder so wütend machte.

Mit einem strahlenden Lächeln empfing Lisa Ellie in der Restaurantküche. »Wie war es?«, fragte sie. »Hat es Tom geschmeckt?«

Ellie lächelte zurück. Der Enthusiasmus der jungen Köchin hellte ihre Stimmung ein wenig auf. »Er hat alles verdrückt. Wie ein hungriger Wolf.«

»Fantastisch.« Lisa legte die Hand auf ihr Herz. »Das ist so romantisch. Mir wird so etwas nie passieren. Dabei habe ich von Sendungen wie *Landliebe* bis jetzt gar nichts gehalten. Ich glaube, ich werde Fan.«

Ellie wusch sich gründlich die Hände. Das Gesicht, das ihr aus dem Spiegel über dem Waschbecken entgegenblickte, sah so normal aus. Nichts wies auf den Krater in ihrem Herzen hin. Nichts auf den Schmerz in ihrem Brustkorb. Tom wollte sie. Ein Kuss wie der im Weinberg log nicht. Und doch mied er sie wie eine Aussätzige. Warum sprang er nicht endlich über seinen Schatten und verzieh ihr die Sache mit Wendt? Aber sie konnte ihn ja schlecht dazu zwingen.

Wahrscheinlich hatte sie nur eine Chance, ihr angeschlagenes Herz zu retten, wenn sie nach dem Ende des Drehs so schnell wie möglich die Biege machte.

Nichtsdestotrotz war es besser, Lisa auf den Boden der Tatsachen zurückzuholen. Sonst kam sie am Ende noch auf die Idee, sich bei einer solchen Show zu bewerben. Sie trocknete ihre Hände ab und knöpfte ihre Kochjacke zu. »An deiner Stelle würde ich mir keine Sorgen machen, Lisa. Du bist jung und hübsch. Dir liegen die Männer bestimmt zu Füßen. Geh mit offenen Augen durch die Welt. Shows wie *Landliebe* haben nicht viel mit der Wirklichkeit zu tun.«

»Zumindest hast du einen tollen Kerl kennengelernt.« Aus Lisas Blick sprach die Sehnsucht nach der großen Liebe. Die Hoffnung auf ganz große Gefühle.

»Hey«, sagte Ellie, »hier laufen doch jede Menge netter Typen herum.«

»Pff. Ansichtssache. Heute Abend bin ich zum Beispiel mit Nico verabredet.«

»Mit dem Nico, der für Tom arbeitet?«

Lisa nickte. »Er sieht gut aus, und man kann jede Menge Spaß mit ihm haben. Aber er ist kein Beziehungsmaterial. Genau genommen ist er ein Tunichtgut, der jede Menge Blödsinn im Kopf hat. Nicht gerade erwachsen und nicht unbedingt das schärfste Messer in der Schublade.«

»Und trotzdem gehst du mit ihm aus?«, sagte Ellie und zog belustigt die Augenbrauen hoch.

»Er ist heiß. Für einen Abend Spaß eignet er sich auf jeden Fall.« Lisa grinste, und Ellie musste ihr recht geben. Nico war ihr in den Weinbergen aufgefallen. Er war ein hübscher Kerl, der vor Charme nur so sprühte. Wenn Lisa die Verabredung nicht überbewertete, würde sie mit ihm wahrscheinlich einen lustigen Abend haben.

»Ich will pünktlich sein – wir sollten also langsam mit den Vorbereitungen für das Abendessen beginnen«, sagte Lisa.

»Na dann«, erwiderte Ellie. »Worauf warten wir noch?«

Gemeinsam schälten sie Kartoffeln, bereiteten Soßen zu und marinierten Fleisch. Ellie arbeitete wirklich gern mit Lisa zusammen. Ihre Handgriffe waren aufeinander abgestimmt, ihre Bewegungsabläufe glichen einem synchronen Küchenballett. Ohne viele Worte ergänzten sie sich.

Sie brachten die Abendmeute hinter sich, bereiteten den nächsten Tag vor, räumten auf und putzten die Küche. Als Ellie vor die Tür trat, um das Schild mit den Tagesangeboten hineinzutragen, preschte ein Mercedes auf den Parkplatz vor dem Restaurant und kam schlitternd zum Stehen. Ellie wedelte die Staubwolke weg, die der Fahrer aufgewirbelt hatte.

»Super Auftritt«, murmelte Lisa neben ihr.

Dieser Wagen. Ellie kniff die Augen zusammen, um ihn in der Dämmerung besser erkennen zu können. Er sah aus wie …

»Hey.« Nico stieß die Fahrertür auf und sprang heraus. Er winkte ihnen zu. »Hi, Ellie. Bist du fertig, Lisa?«

»Komme gleich. Ich hole nur noch meine Jacke«, antwortete Lisa und verschwand im Gasthof.

»Wie läuft's, Ellie?« Nico lehnte sich entspannt an den Kotflügel und zündete sich eine Zigarette an.

Sie ignorierte seine Frage. »Das ist doch Marcus Wendts Wagen.«

»Jepp.« Er schlug mit der flachen Hand auf die Motorhaube. »Hat ihn mir für mein heißes Date geliehen.« Er zwinkerte ihr zu. »Genau genommen war er mir noch was schuldig.«

»So eine Protzkarre hat mir gerade noch gefehlt.« Lisa drängelte sich an Ellie vorbei und verdrehte die Augen.

Ellie konnte sich ein Lachen nicht verkneifen. Nico würde alle Hände voll zu tun haben mit der temperamentvollen jungen Köchin, die sich auf den Beifahrersitz des Mercedes fallen ließ. Nico winkte ihr zu und klemmte sich hinter das Steuer. Er setzte zurück und wirbelte erneut eine Staubwolke auf, als er die kurvige Straße hinunterschoss.

Ellie schloss die Tür des Restaurants ab und machte sich zu Fuß auf den Heimweg. Sie war schon jetzt gespannt, was Lisa am nächsten Morgen über den Abend berichten würde.

16

Landliebe – Szene 16 – Tom

(Kamera 1: Schwenk über den Gutshof, dann Zoom und Totale auf Weidenmann und Sander)

»Was ist mit deinem Gesicht passiert, Tom?«

»Eine kleine Auseinandersetzung.«

»Wegen Elisabeth? Hat dich die nebenberufliche Nageldesignerin dazu gebracht, sich für sie zu schlagen?«

»Nein.«

»Was war dann der Grund?«

»Geht dich nichts an.«

(Schnitt! So geht das nicht, Tom. Beantworte die Frage. Und hör auf, so genervt zu seufzen. Paul, wir beginnen noch mal mit ›Was war dann der Grund?‹)

»Was war dann der Grund?«

»Elisabeth ist echt 'ne Wilde. Ich habe mich am Bettpfosten gestoßen, wenn du verstehst, was ich meine.«

(Kamera 1: Zurück, ausblenden)

Tom stahl sich aus dem Bett, duschte und gönnte sich den ersten Kaffee des Tages. Murdock trottete aus dem Wohnzimmer herüber, gähnte herzhaft und warf einen sehnsüchtigen Blick zu seiner Futterschüssel. Tom füllte sie und suchte sich im Kühlschrank selbst etwas zu essen.

Er hatte Ellie verletzt. Auch wenn sie es ihm gegenüber nicht zugab, in ihren Augen hatte er es ganz deutlich gelesen. Sie wollte, dass er sie bewunderte, wertschätzte. Das tat er auch. Natürlich. Zumindest wenn sie nicht gerade mit Wendt herumhing. Er hatte ein paar Erkundigungen eingeholt. Ellies Geschichte hatte sich bestätigt. Sie hatte für Marianne Wendt einen Cateringjob übernommen. Er war sauer gewesen, weil sie ihm das verschwiegen hatte, und er hatte sie viel zu nahe an sich herangelassen. Genau genommen war er nicht nur wütend über dieses heimliche Treffen der beiden gewesen. Er würde es niemals irgendjemandem gegenüber zugeben. Aber er war eifersüchtig. Eifersüchtig auf diesen verdammten Idioten Wendt. Darauf, dass er Zeit mit Ellie verbrachte. Darauf, dass sie für ihn gekocht hatte – auch wenn es nur ein Job gewesen war. Wendt hatte genau das getan, was Tom versäumt hatte. Er hatte ihr die Bewunderung gezollt, nach der sie sich sehnte. Er hatte ihr die Aufmerksamkeit entgegengebracht, die sie verdiente, während er erst gestern ihr Essen probiert hatte. Er wollte nicht so empfinden – und genau das wurmte ihn.

Ellie war eine atemberaubende Frau. Ihr Picknick hatte ihn umgehauen. Aber das sollte sie lieber nicht merken. Er brauchte Abstand, um klar denken zu können. In drei Tagen verschwand Ellie. Dann waren ihr Geruch, die Blicke, die sie ihm zuwarf, ihr weicher Körper an seinem nur noch Erinnerungen.

Sie spielten für das Fernsehen ein verliebtes Paar, die anderen sollten allerdings nicht zu dem Schluss kommen, dass sich etwas zwischen ihnen entwickelt hatte. Wie hatte sein Bruder etwas über ihre Affäre in Erfahrung gebracht? Tom hatte nicht den blassesten Schimmer. Ellie hatte bestimmt nichts verraten. Am Montag würden sie die Interviews geben und der ganzen Welt erzählen, wie sehr sie sich ineinander verliebt hatten, wie sehr sie sich auf die gemeinsame Zukunft freuten. Sollten die Fernsehzuschauer glauben, was sie wollten, seine Familie sollte jedoch nicht vergessen, warum er bei der Show mitgemacht hatte. Sie sollten denken, dass er zu der Frau, die vier Wochen sein Gast gewesen war, nur eine rein platonische Bekanntschaft pflegte. Niemand sollte sich Sorgen um ihn machen. Nach der Trennung von Maren war er ein bisschen ausgerastet, Und Eric und Rina beobachteten ihn mit Argusaugen. Allein deshalb würde er cool bleiben. Und weil es nichts brachte, Ellie hinterherzuheulen. Er würde gern jeden Morgen neben ihr aufwachen. Er würde gern jeden Tag ihr Lachen hören, das Strahlen in ihren Augen sehen. Aber er war Realist. Frauen wie sie wurden auf dem Hof nicht glücklich. Er hatte das längst eingesehen. Ellie verstand das jetzt vielleicht noch nicht. Doch spätestens, wenn sie zurück in München war, würde sie merken, wie sehr sie das Stadtleben in den vergangenen vier Wochen vermisst hatte. Vielleicht sprang er ein wenig hart mit ihr um, aber das würde ihr den Abschied auf jeden Fall erleichtern.

Ein Klopfen an der Tür riss ihn aus seinen Gedanken. Eric trat ins Haus und warf ihm einen grimmigen Blick zu. »Wir haben ein Problem mit dem Traktor.«

Ellie erwachte allein in Toms Bett. Sie streckte sich und zog die Decke noch einmal bis zum Kinn. Der vergangene Abend war zunächst genau so gelaufen, wie sie es befürchtet hatte. Tom war nicht mehr ganz so abweisend gewesen wie zuvor.

»Hast du den Tag gut herumbekommen?«, hatte er sie gefragt.

»Sicher.« Was hätte sie auch sonst erwidern sollen?

»Hör mal.« Er lehnte sich mit verschränkten Armen an den Türrahmen der Küche, wo sie mit ihrem Laptop am Tisch saß und die Lebensmittelbestellung für den Gasthof durchging. »Meine Reaktion heute Nachmittag sollte nicht falsch rüberkommen. Ich will nur nicht, dass jeder Depp im Fernsehen sieht, was zwischen uns ist.«

Was ist denn zwischen uns, hätte sie ihn am liebsten gefragt. Obwohl sie die Antwort kannte. Eine angebliche Freundschaft mit ein paar dieser gewissen Extras. Bis sie in drei Tagen auf Nimmerwiedersehen verschwand. »Ich verstehe«, antwortete sie.

Immerhin hatte er ihr endlich Gelegenheit gegeben, ihm von ihrem Job bei Wendt zu erzählen. Sie hatte ihm in allen Einzelheiten geschildert, wie es zu dem Auftrag für die Dinnerparty gekommen war. Nur Wendts Kussattacke ließ sie aus. Tom verstand, dass sie das Angebot nicht hatte ablehnen können. Zumindest behauptete er das. Und sie wollte ihm glauben, wollte, dass zwischen ihnen wieder alles in Ordnung war. Zuversichtlicher als noch am Nachmittag, ließ sie sich von Tom ein Glas Wein einschenken. Eine Zeit lang alberten sie mit Murdock herum. Dann hatte Tom ihre Hand genommen und sie ins Schlafzimmer geführt. Sie hatten sich langsam und zärtlich geliebt. Jede Berührung, jede Bewegung des anderen ausgekostet. Und einmal mehr war sie danach in seinen Armen eingeschlafen.

Sie ließ die Hand über Toms Seite des Bettes gleiten. Sie war kalt. Aber es war noch früh. Lange konnte er noch nicht aufgestanden sein. Sie schlug die Decke zurück und tapste in die Küche hinunter, um sich einen Kaffee zu machen. Genüsslich nippte sie an ihrem Muntermacher und warf einen Blick aus dem Fenster. Sie kniff die Augen zusammen und trat näher heran. In der Dämmerung standen Tom und Eric vor dem Traktor und diskutierten. Die Motorabdeckung war aufgeklappt. Was war los? Die beiden sollten um diese Zeit längst in den Weinbergen sein.

Ellie nahm im Flur Toms Parka vom Haken und zog ihn über ihr Nachtshirt. Sie schlüpfte in seine Stiefel, die neben der Tür standen, und trat mit ihrem Kaffee nach draußen. Murdock folgte ihr, wählte aber wie immer die Route über die Rabatte, um das Pflaster zu vermeiden.

»Guten Morgen«, sagte Ellie.

Tom wandte den Kopf, blieb mit dem Blick an ihren nackten Beinen hängen und nickte.

»Was ist passiert?«

»Der Traktor läuft nicht. Gestern war noch alles in Ordnung, verdammte Scheiße.« Er trat gegen den Vorderreifen. »Uns bleibt höchstens noch ein Tag, bis die Schlechtwetterfront über uns hereinbricht.«

»Wir haben unser Glück mehr als ausgereizt, dieses Jahr«, murmelte Eric. Er fummelte mit der Taschenlampen-App seines Handys herum. »Ich verstehe das einfach nicht. Er lief wie eine Eins.«

»Könnt ihr ihn nicht reparieren?«, fragte Ellie.

»Wir versuchen es.« Eric beugte sich über den Motorblock. »Es ist einfach noch zu dunkel. Wir haben aber keine Zeit, ihn extra in die Werkstatt zu schleppen.«

Es war kälter an diesem Morgen. Die ersten Vorboten der Kaltfront, die jede Menge Regen mit sich bringen sollte, kündigte sich bereits an. Ellie wärmte ihre Hände an der Tasse, während die Männer am Traktor herumbastelten.

»Ich hab's«, sagte Eric plötzlich. »Sieh mal.«

»Die Zündkerzen«, knurrte Tom. »Jemand hat sie rausgedreht.«

»Kein Problem. Ich habe noch welche in der Werkstatt.« Eric rannte los, und Tom trat noch einmal gegen das Vorderrad.

»Dieses verdammte Arschloch«, fluchte er.

»Du weißt, wer das war?«

Tom drehte sich zu Ellie um. »Wendt. Wer denn sonst? Nach allem, was in letzter Zeit schiefgelaufen ist, kann nur er dahinterstecken. Ich habe das eine oder andere zu früh als Zufall abgetan. Im Nachhinein betrachtet war es Absicht. Die Scheren in der Presse. Der Artikel und der platte Anhängerreifen«, zählte er auf.

»Verdammt viele Zufälle«, stimmte Ellie ihm zu.

»Und dann auch noch du und diese Dinnerparty.«

»Nicht schon wieder, Tom.« Sie stöhnte innerlich auf. Hörte das denn nie auf?

»Ich sage ja nicht, dass du versehentlich Insiderinformationen über das Weingut ausgeplaudert hast«, erwiderte Tom. »Aber er hat versucht, dich auszuhorchen. Das passt ins Bild dieser ganzen Merkwürdigkeiten. Leider kann man ihm nichts nachweisen. Aber die rausgedrehten Zündkerzen sind eindeutig Sabotage.«

»Und du bist dir sicher, dass es Wendt war?«

Tom trommelte ungeduldig mit den Fingern auf seinen Oberschenkel. »Wer sonst?«, sagte er. »Er ist der Einzige, der ein Interesse daran hat, dass hier alles den Bach runtergeht. Es wird langsam eng. Jede Stunde, die wir länger brauchen, bis der Traktor wieder flott ist, kostet uns Trauben. Wir werden es auch so nur ganz knapp schaffen, bis das schlechte Wetter zuschlägt.«

Ellie nippte an ihrem inzwischen lauwarmen Kaffee. »Glaubst du wirklich, er schleicht auf dem Hof herum und sabotiert eure Geräte?« Das schien nicht Marcus' Stil zu sein.

»Nein.« Tom rieb sich den Nacken. »Natürlich nicht. Dafür ist er sich zu fein.«

Auf dem Weg, der an Erics Haus vorbei auf den Weinberg führte, tauchten Scheinwerfer auf. Als der Wagen näher kam, erkannten sie Pauls Jeep. Nico steckte den Kopf aus dem Beifahrerfenster. »Hey. Was ist los bei euch?«, fragte er. »Warum kommt ihr nicht?«

»Oh Gott.« Ellies Herz tat einen Sprung. Das konnte doch nicht sein, oder?

»Was ist los?« Tom warf ihr einen Blick zu.

»Nico«, antwortete sie.

»Was ist mit ihm?«

»Er arbeitet für dich. Er hätte jederzeit Gelegenheit, euch Steine in den Weg zu legen.«

Tom runzelte die Stirn. »Abgesehen von dem Artikel im Prinzip ja. Aber er war das nicht. Er ist vielleicht ein bisschen leichtsinnig, ein Draufgänger – und nicht der Cleverste. Zu so etwas ist er aber nicht fähig. Wenn du jemanden verdächtigen willst, dann keinen von meinen Leuten.«

»Tom.« Sie hielt ihn am Arm fest, und er drehte sich zu ihr um. »Er hatte gestern eine Verabredung mit Lisa. Er hat sie mit Wendts Wagen abgeholt.«

»Was?« Sie spürte, wie Tom die Muskeln anspannte.

»Er meinte, Wendt schulde ihm etwas.«

»Dieser verdammte Idiot!«, rief Tom und zog seinen Arm weg.

»Warte!« Sie versuchte, ihn festzuhalten, als ihr klar wurde, was er vorhatte, doch er riss sich abermals los und stürmte zum Jeep.

»Nicht, Tom!« Ellie lief ihm nach. Doch Tom hatte Nico bereits aus dem Wagen gezerrt und schlug ihm mitten ins Gesicht.

Einen Moment sah Nico überrascht aus, schien allerdings nicht der Typ zu sein, der einer Schlägerei aus dem Weg ging. Innerhalb von Sekunden wälzten sich die beiden Männer auf dem Boden.

»Hört auf!«, schrie Ellie hilflos. Sie wusste nicht, wie sie die beiden Streithähne voneinander trennen sollte, ohne selbst einen Kinnhaken einzustecken. »Tu was, Paul.«

Der Arbeiter war aus seinem Jeep gestiegen. »Hey. Schluss jetzt, verdammt.« Unschlüssig rieb er sich über das Kinn. Er schien die gleichen Befürchtungen wie sie zu hegen.

Nur einer konnte diese Prügelei beenden. »Eric«, schrie sie. »Eric, hilf mir.«

Toms Bruder tauchte in der Tür der Werkstatt auf und erfasste die Situation sofort. »Scheiße.« Er sprintete über den Hof, drückte ihr die Zündkerzen in die Hand und riss Tom hoch. »Es reicht jetzt, ihr Idioten«, rief er. »Hilf mir, Paul.« Sie hielten die Männer fest. »Bist du jetzt völlig übergeschnappt?«, brüllte Eric seinen Bruder an.

»Lass mich los.« Tom wehrte sich und wollte sich aus Erics Griff winden. »Du bist gefeuert«, schrie er in Nicos Richtung.

»Was? Wir brauchen im Moment jeden Mann.« Eric schüttelte seinen Bruder und wich gekonnt der Faust aus, die Tom unkontrolliert nach hinten sausen ließ.

»Wir brauchen niemanden, der für Wendt spioniert und in seinem Namen unsere Weinlese sabotiert.«

»Was?« Eric ließ Tom los. Aus dem Gleichgewicht geraten, fiel er unsanft auf den Hintern. Noch bevor er sich wieder aufrappeln und noch einmal über Nico herfallen konnte, traf Eric mit der Faust genau die gleiche Stelle, die Tom zuvor erwischt hatte. »Verschwinde von unserem Gut«, knurrte er.

Nico blieb einen Moment regungslos stehen, stolperte dann zwei Schritte nach hinten und sackte auf die Knie. Paul packte ihn an der Schulter, bevor er mit dem Gesicht auf dem Pflaster aufschlug und zerrte ihn hoch. »Ich bringe ihn ins Dorf«, sagte er eisig und verfrachtete Nico in den Jeep. »Los, du Idiot. Du hast hier nichts mehr verloren.«

Eric hielt sich die Hand. »Verdammte Scheiße!« Vorsichtig schloss und öffnete er seine Faust.

Tom stand stumm neben Ellie. Er konnte nicht sprechen, denn dann hätte er Nico Sätze an den Kopf geworfen … oder wäre sogar noch einmal auf ihn losgegangen.

»Wenn du ihn im Dorf abgesetzt hast, fährst du zurück auf den Berg«, wies Eric Paul an. »Ihr fangt mit der Lese an, ich bringe den Traktor zum Laufen. Und du«, sagte er zu Tom, »kümmerst dich am besten erst einmal um dein Gesicht.«

Tom ließ sich ungern herumkommandieren. Nicht von Fernsehfuzzis und noch viel weniger von seinem Bruder. Er wollte in sein Auto steigen und Wendt finden. Diesen verdammten Drecksack. Unbewusst ballte er die Hände zu Fäusten. Ein stechender Schmerz zuckte durch seine Fingerknöchel.

»Komm schon.« Ellie dirigierte ihn zum Haus. Noch immer hielt sie ihre Kaffeetasse in der Hand.

Sie ließ ihn am Küchentisch Platz nehmen und legte eine Tüte Tiefkühlerbsen auf seine geschwollenen, aufgeplatzten Fingerknöchel, bevor sie den Verbandskasten aus dem Bad holte. Vorsichtig säuberte sie die Verletzungen an seinen Händen und den kleinen Riss an seiner Stirn. Die Alkoholpads brannten wie flüssiges Feuer, aber er biss die Zähne zusammen. Ellie klebte ein kleines Schmetterlingspflaster auf sein Gesicht, reichte ihm ein Glas Wasser und zwei Ibuprofen.

Tom konnte nicht anders, er musste lächeln. »Du kennst dich gut aus mit Schlägereien.«

»Eigentlich nicht.« Sie strich ihm ein paar Haarsträhnen hinters Ohr. »Das kenne ich aus dem Fernsehen.«

»Aus Rocky? Und ich dachte, du stehst nur auf Herz-Schmerz-Komödien.« Vorsichtig schlang er den Arm um sie und küsste sie. Seine Rippen protestierten. Den heutigen Tag würde er wohl nicht ohne Schmerzen überstehen. Egal.

Die Genugtuung, Nico so richtig vermöbelt zu haben, nahm ihm niemand.

»Es tut mir leid, dass ihr jetzt noch mehr Schwierigkeiten habt«, sagte Ellie.

»Das können wir jetzt nicht mehr ändern. Lass uns einfach nach vorn blicken. Wir müssen so viel wie möglich schaffen. Den Rest können wir nicht beeinflussen.«

»Eure Existenz hängt an dieser Ernte. Wir müssen alles versuchen, die restlichen Trauben einzubringen.« Sie setzte sich ihm gegenüber, drehte die Erbsentüte um und legte sie vorsichtig wieder auf seine Hände. »Ich weiß«, fuhr sie fort. »Vertrauen ist nicht deine große Stärke. Aber könntest du es vielleicht trotzdem probieren? Könntest du versuchen, mir zu vertrauen?«

Tom konnte sich nicht daran erinnern, Ellie schon einmal so ernst gesehen zu haben. »Was hast du vor?«, fragte er.

»Ich habe eine Idee.« Sie küsste ihn sanft auf den Mund. »Und jetzt solltest du zusehen, dass du auf den Berg kommst.«

»Wie hat Sander es herausgefunden?« Marcus Wendt war hinter seinem Schreibtisch aufgesprungen und lief hin und her. Er fühlte sich wie ein Tiger im Käfig. Wenn Nicos Vergehen mit ihm in Verbindung gebracht wurden, hatte er ein Problem. »Weiß Tom, warum du den Traktor lahmgelegt hast?«, fragte er.

»Ich … ich habe keine Ahnung«, stammelte Nico. »Er hat nichts gesagt. Mir einfach nur eine reingehauen.«

Und das ordentlich. Nico sah bemitleidenswert aus. Das

Hämatom unter seinem rechten Auge war bemerkenswert, das linke Jochbein geschwollen. Und seine Nase möglicherweise sogar gebrochen. »Ich könnte ihn wegen Körperverletzung anzeigen. Würde dir das helfen?«, schlug der Idiot vor.

»Nein, verdammt. Das hilft mir kein bisschen.« Damit würde Marcus' Rolle in dieser Sache bekannt werden. Und er hatte nicht die Absicht, sich selbst ans Messer zu liefern. »Verdammt!« Er schlug mit der flachen Hand gegen die Wand. Die Sanders in die Knie zu zwingen hatte er sich anders vorgestellt. Erst Ellie, dieses Großstadtnaivchen. Er hatte alles versucht, aber von ihr keine Informationen über den *Schwarzen Stein* bekommen. Entweder war sie wirklich zu blöd, um zu schnallen, was auf dem Gut abging, oder Tom hielt sie – was Marcus für wahrscheinlicher hielt – absichtlich an der kurzen Leine. Sie war mit Sicherheit nicht auf der Suche nach einem Bauern zum Heiraten, wie diese dämliche Fernsehsendung die Leute glauben machen wollte. Vermutlich ging es ihr eher darum, mal im Fernsehen aufzutreten, entdeckt zu werden und eine TV-Karriere zu starten. Warum war sie dann nicht bereit gewesen, ein wenig Spaß mit ihm zu haben? Stattdessen hatte sie ihn abblitzen lassen. Der Versuch, die Sanders auszuspionieren und Tom ganz nebenbei noch eins auszuwischen, war in die Hose gegangen. Immerhin hatte es Tom getroffen, als er von Ellies kleiner Kochshow erfahren hatte. Reitner hatte ihm die Begegnung mit den beiden im Kino in Bernkastel bis ins kleinste Detail geschildert. Wenigstens diese Genugtuung blieb ihm.

Sein anderes Vorhaben war nicht viel besser gelaufen.

Nico war ein Idiot, aber der einzige von Toms Arbeitern, der sich leicht lenken ließ und dessen Loyalität nur sich selbst galt. Wer um Himmels willen war bereit, für ein paar hundert Euro und einen geborgten SLK den eigenen Arbeitsplatz zu gefährden? Da musste man schon ein wirklicher Volldepp sein. Dummerweise lief man mit genau dieser Art Mensch Gefahr, dass alles aufflog.

Nichts funktionierte. Nicht einmal der Artikel, der das Weingut denunzierte, hatte Tom aus der Bahn geworfen. Er hatte einfach eine Gegendarstellung drucken lassen.

»Wie viel Wein muss noch gelesen werden?«, fragte Marcus.

Nico ließ sich auf den Sessel vor dem Schreibtisch fallen und verzog schmerzhaft das Gesicht. Er erklärte Marcus genau, wie weit sie mit der Ernte gekommen waren. Wenigstens dazu taugte er.

Gut. Die Verzögerungen, die Marcus verursacht und die sich Sander mit seiner dämlichen Dating-Show selbst ans Bein gebunden hatte, reichten, um einen Teil der Ernte vor die Hunde gehen zu lassen. Ausgerechnet die Rieslingtrauben, mit denen Sander in der Regel Medaillen der DLG gewann. Es würde also auch in diesem Jahr wieder weniger Wein geben als geplant.

Marcus verstand die Sanders nicht. Warum blieben sie angesichts des bevorstehenden Ruins so ruhig? Am Montag waren die offenen Kreditraten fällig. Tom konnte unmöglich genug Geld aufgetrieben haben. Keine Bank dieser Welt finanzierte ihn, damit er die Forderungen einer anderen Bank begleichen konnte. Wie hatte er es geschafft, an Kohle zu kommen?

Marcus drehte sich zum Fenster um, von dem aus man den Marktplatz überblickte. Normalerweise mochte er die Aussicht. Die alte Eiche, die Fachwerkhäuser. Es fühlte sich gut an, zu wissen, dass er als Geschäftsführer der Winzergenossenschaft all das in der Hand hatte. Er bestimmte in Steinbach über jedes Detail. Von seinen Entscheidungen hing der Wohlstand des gesamten Dorfes ab. Sein Vater hatte die Familienweinberge vor Jahren verpachtet. Als Ortsvorsteher hatte er keine Zeit mehr, sich mit den Trauben zu beschäftigen. Zugegeben, sie befanden sich nicht gerade in der besten Lage und warfen keine besonders hohen Erträge ab. Jetzt bot sich eine Gelegenheit, günstig an die besten Reben des gesamten Tals zu kommen. Marcus wollte die Hänge des *Schwarzen Steins* mehr als alles andere. Und er würde sie bekommen. Sander würde scheitern, auch wenn er, der alte Dickschädel, immer noch nicht aufgab.

Die *Landliebe*-Crew, die lärmend und lachend die Pension schräg gegenüber verließ, erregte seine Aufmerksamkeit. Die hübsche Stylistin entdeckte ihn am Fenster und winkte ihm fröhlich zu. Automatisch hob er die Hand, grüßte zurück und beobachtete, wie die Filmemacher diskutierten, wer fahren durfte und wer wo saß. Kurz darauf hatten alle ihren Platz gefunden, die Türen der zwei kleinen Busse schlugen zu, und weg waren sie. Diese Truppe hatte etwas von einem Schulausflug zu groß geratener Kinder.

Marcus drehte sich wieder um. Wie ein Häufchen Elend saß Nico noch immer vor seinem Schreibtisch und blickte zu ihm. Marcus seufzte. »Das war's für heute. Frag auf dem Weg nach draußen bei Dagmar nach, ob sie einen Job für dich hat.«

17

Landliebe – Szene 17 – Elisabeth

(Kamera 1: Schwenk über den Weinberg, dann Zoom und Totale auf Weidenmann und Lorenz)

»Elisabeth, du hast deinem talentierten Tom eine ganz besondere Art des Liebesbeweises erbracht.«

»Ach was. Ich habe nur versucht, was jede Frau tun würde.«

»Oder jede Traumfrau.«

»Es hat Tom geholfen. Das ist alles, was zählt.«

(Kamera 1: Zurück, ausblenden)

Zufrieden sah Ellie sich im Gastraum um. Die gesamte *Landliebe*-Crew war ihrer Einladung zum Brunch gefolgt. Bis der Gasthof seine Türen für die reguläre Kundschaft öffnete, blieben ihr zwei Stunden. Einhundertzwanzig Minuten, die Filmemacher von ihrem verrückten Plan zu überzeugen. Die Idee war ihr heute Morgen gekommen und hatte, während sie Toms Gesicht und Hände verarztete, mehr und mehr Gestalt angenommen. Sie wollte Tom helfen und ihn dazu bringen, nicht mehr an ihr zu zweifeln.

Lisa hatte sie angerufen. Die Prügelei zwischen Tom und

Nico hatte sich im Ort bereits verbreitet wie ein Lauffeuer. Sie war von Ellies Einfall begeistert und sofort bereit gewesen, früher mit der Arbeit zu beginnen und sie beim Verköstigen der Filmcrew zu unterstützen. Es kamen harte Tage auf das Weingut zu.

Nun standen sie hier, während die Angestellten von Reality Productions Pfannkuchen und Würstchen vertilgten.

Lisa drückte verschwörerisch ihre Hand und zwinkerte ihr zu, bevor sie den Teller eines Kameramanns mit Rührei auffüllte. »Jetzt«, flüsterte sie.

Also gut. Ellie wischte ihre feuchten Hände an der Kochhose ab und räusperte sich. »Ein herzliches Dankeschön, dass ihr gekommen seid. Lisa und ich freuen uns, dass es euch schmeckt. Aber die Einladung war nicht ganz selbstlos, wie ihr euch vielleicht denken könnt.«

Die meisten der Gäste hatten aufgehört, Essen in sich hineinzuschaufeln, und sahen sie neugierig an. Lisa nutzte die Chance und schenkte Kaffee und Orangensaft nach. Die junge Köchin hatte sich zum Ziel gesetzt, sie so lange mit Essen zu verwöhnen, bis sie bereit waren, Ellie jeden Wunsch zu erfüllen.

»Wir haben in den vergangenen vier Wochen viel Zeit miteinander verbracht. Ich kann gar nicht glauben, dass bereits ein ganzer Monat vergangen ist.« Sie lächelte in die Runde. Einige erwiderten ihr Lächeln. Blickkontakt halten, wies sie sich innerlich an. Sieh ihnen in die Augen. »Wir haben uns in dieser Zeit ziemlich gut kennengelernt, und ihr seid für mich … Freunde geworden.«

Holzmaier hustete in seine Serviette. Okay, das war jetzt vielleicht ein wenig übertrieben.

»Ich möchte euch um einen Gefallen bitten. Tom musste den *Schwarzen Stein* unter anderem wegen der Drehtage ein wenig vernachlässigen. Er produziert hier einen wirklich fantastischen Wein, wie ihr bei der anschließenden Weinprobe feststellen werdet.« Sie dankte Rina im Geiste. Sie hatte spontan und begeistert eingewilligt, Ellie Wein zur Verfügung zu stellen. »Im Moment ist die Weinlese noch nicht ganz abgeschlossen. Vor allem die wirklich wertvollen Rieslingtrauben hängen noch an den Reben. Das wäre auch alles kein Problem, wenn nicht morgen, spätestens übermorgen, eine Kaltfront auf uns zukommen würde. Mit Regen und Unwettern. Was wir vor dem Wetterwechsel nicht eingefahren haben, ist verloren. Deshalb bitte ich euch, Tom zu helfen.«

Stille breitete sich in der Gaststube aus. Die Crewmitglieder sahen sie mit großen Augen an.

Holzmaiers Wangen hatten sich bereits leicht rosa verfärbt. Ein Indiz dafür, dass er wahrscheinlich gleich einen Tobsuchtsanfall bekommen würde. Langsam erhob er sich. »Bei was sollen wir helfen?«, fragte er freundlich. Zu freundlich.

Ellie lächelte und spürte, dass ihre Unterlippe zitterte. »Ähm … bei der Weinlese«, sagte sie.

Der Aufnahmeleiter kratzte sich am Kinn. »Ich habe noch nie zwei so schwierige Menschen wie Sander und dich in einem Projekt unterbringen müssen. Ich musste noch nie so oft das Drehbuch umschreiben, diskutieren, betteln, drohen. Noch nie hat mich jemand so nahe an den Rand der Verzweiflung gebracht wie du und dieser sture Bauer.« Seine Stimme blieb erstaunlich ruhig, obwohl sich seine Gesichtsfarbe immer weiter verdunkelte. Er machte eine Pause und starrte Ellie an. »Als Dank dafür sollen wir ihm jetzt helfen, seinen Arsch zu retten?«, brüllte er unvermittelt los. Lisa zuckte so heftig zusammen, dass sie einem jungen Tontechniker Kaffee in den Schoß goss.

»Na ja … also … ich habe an eure Hilfsbereitschaft appelliert, euer soziales Gewissen. Und natürlich auch ein wenig an eure Abenteuerlust«, erwiderte Ellie und zwang sich, zu lächeln. »Wer von euch kann von sich behaupten, dass er schon einmal bei einer Weinlese geholfen hat? Es macht Spaß. Ihr hängt sowieso im Dorf fest, bis wir die letzten Interviews drehen. Warum sich langweilen, wenn man etwas erleben kann?«

»Weil es nicht unser Problem ist«, fuhr Holzmaier dazwischen. »Eure Probleme gehen uns nichts an und interessieren uns auch nicht. Das Einzige, was uns kümmert, ist *Landliebe*.«

»Es könnte von Interesse sein. Du und ich«, sagte sie und wedelte mit der Hand, »wir können eine ganz außergewöhnliche Sendung machen.«

»Ach ja?« Ihr Gegenüber verschränkte die Arme vor der Brust. Wenigstens rannte Holzmaier nicht fluchend aus dem Lokal. Noch nicht. Wenn er sich erst ihre Idee angehört hatte, dachte er womöglich, er würde für den nächsten Filmpreis nominiert werden, oder wälzte sich lachend auf dem Boden.

Ellie holte tief Luft und verschränkte die Hände, weil sie so sehr zitterten. Über den eigentlichen Beweggrund, warum sie das Weingut unterstützen wollte, dachte sie im Moment lieber nicht nach. »Laut Drehbuch wird Tom und mir am Sonntag klar, wie sehr wir uns lieben. Wie sehr wir uns auf unsere gemeinsame Zukunft freuen.«

»Ich sehe keinen Grund, an diesem Ende etwas zu ändern«, warf Holzmaier ein. »Das ist genau das, was der Fernsehzuschauer von einer solchen Sendung erwartet.«

»Wir müssen das Ende nicht ändern. Wir können es aber ausbauen. Der dramatische Kampf gegen das Wetter. Mein Hilferuf, den ich aus Liebe zu Tom an seine Freunde und Bekannten richte. Wenn ich es schaffe, eine komplette Filmcrew dazu zu bringen, ihm zu helfen – ist das ein Liebesbeweis schlechthin. Willst du dir das wirklich entgehen lassen?« Ellie schluckte, denn das, was sie Holzmaier anbot, war keine Show. Es war Realität.

Egal, was sie tat, Tom würde sie am Ende der Woche wegschicken. Im Gegensatz zur Fernseh-Elisabeth würden sie kein Happy End feiern, und Tom würde nie erfahren, was sie für ihn empfand. »Die Zuschauer würden vor den Fernsehern sitzen und sich die Tränen aus den Augen wischen. Du hättest pure Emotionen erzeugt«, sagte sie zu Holzmaier.

»Hmm.« Der Aufnahmeleiter kratzte sich am Kopf. »Wenn wir das Wetter richtig in Szene setzen und den Berg ordentlich ausleuchten …«

»Nein.« In diesem Punkt musste sie hart bleiben, sonst taugte ihr ganzer Plan nichts. »Keine gestellten Einblendungen. Kein vorbereiteter Dreh. Ein Kameramann mit einer Handkamera von mir aus. Alle anderen müssen tatsächlich arbeiten. Ich tue das nur, wenn wir Tom damit wirklich helfen können.«

»Hast dich wohl wirklich in ihn verknallt, was?«, fragte Holzmaier und sah sie scharf an.

»Wir sind Freunde geworden. Ich fände es furchtbar, wenn ich die Verzögerung der Ernte mit verschuldet hätte. Daher meine Bitte.«

»Wie auch immer. Die Idee ist brillant. Ich will ein richtig dramatisches Ende, verstanden? Leute, ihr habt es gehört. Morgen wird Wein gelesen«, wandte Holzmaier sich an die Crew. »Eddie, du bringst eine kleine Kamera mit und filmst.«

Gemurmel erhob sich unter den Fernsehleuten. Ob zustimmend oder ablehnend, konnte Ellie nicht sagen. Sie hob die Hände. »Eins noch. Ich bitte euch darum als Freunde. Wer bereit ist, uns zu unterstützen, ist morgen früh gern auf dem Hof gesehen. Niemand soll sich dazu gezwungen fühlen.« Sie konnte nur hoffen, dass ihre Ansprache fruchtete und außer dem Aufnahmeleiter und Kameramann Eddie noch andere auftauchten.

Als Ellie am folgenden Morgen erwachte, war Tom gerade dabei, sich aus dem Bett zu stehlen. Schlaftrunken streckte sie die Hand aus und zog ihn zurück.

»Morgen, Schlafmütze«, murmelte er.

»Hi.« Ellie schmiegte sich an ihn.

Toms Bartstoppeln kratzten über ihre Schläfe. Sein Haar war zerzaust. Mit dem Dreitagebart, dem Cut über seinem Auge und dem Veilchen sah er verwegen aus. »Wieso bist du schon wach?«, fragte er. »Leg dich wieder hin und schlaf noch ein paar Stunden.«

»Heute nicht«, sagte Ellie. »Ich helfe auf dem Weinberg.« Und hoffentlich nicht nur sie. Sie hoffte inständig, dass sich viele freiwillige Helfer gefunden hatten. Lisa und sie hatten gestern alles fieberhaft vorbereitet. Rina würde das Essen zur Mittagszeit auf den Berg bringen.

Ellie war todmüde in Toms Bett gekrochen und eingeschlafen, bevor Tom nach Hause gekommen war. Er hatte dunkle Ringe unter den Augen. Seine Nacht musste verdammt kurz gewesen sein.

»Ellie, du musst wirklich nicht …«, begann er.

»Ich kann dich nicht hören.« Sie grinste ihn an und sprang aus dem Bett. Sie duschte als Erste und nahm dankbar den Kaffee entgegen, den er ihr reichte, als sie ihm das Bad überließ.

Sie fütterte Murdock und machte Frühstück. Sie redeten nicht viel, als sie am Tisch saßen, und Ellie war froh, keinen Small Talk halten zu müssen. Ihre Nerven lagen blank. Heute war der letzte Tag, an dem sie die Ernte einbringen konnten. Hoffentlich funktionierte alles nach Plan.

Sie sah aus dem Fenster. Der Hof lag im Dunkeln, und sie konnte nichts erkennen. Wenn niemand kam … Sie brauchte zwei Anläufe, bis sie den Reißverschluss ihrer Kapuzenjacke hochgezogen hatte. Als sie hinausgehen wollte, umarmte Tom sie und küsste sie zärtlich. »Danke, Ellie«, sagte er. »Es bedeutet mir viel, dass du mir hilfst.«

»Von Herzen gern«, flüsterte sie und erwiderte den Kuss. Sie hätte ewig so stehen bleiben können. Viel zu schnell löste sich Tom von ihr und öffnete die Tür.

Im selben Moment flammten Scheinwerfer auf dem Hof auf, und ein vielstimmiges »Überraschung« hallte ihnen entgegen.

Murdock bellte und steckte den Kopf zwischen Toms und Ellies Beine, um zu sehen, was in seinem Revier los war.

»Was …?« Sprachlos sah Tom zu der Meute hinüber und dann zu Ellie.

Ellie konnte es nicht glauben. Nicht nur die Filmcrew war gekommen, sondern auch Leute aus dem Ort. Gerti. Zwei Kellnerinnen aus dem Café. Die Barfrau aus dem Gasthof zur Linde. Und andere, die sie nicht kannte. Sie war gerührt angesichts der Welle der Hilfsbereitschaft und blinzelte die Tränen weg. »Das ist für dich. Deine Erntehelfer«, sagte sie zu Tom und brach in ein befreiendes Lachen aus. »Es hat funktioniert!«, rief sie begeistert und erntete Applaus.

»Du hast Arbeiter für mich organisiert?« Sie konnte Toms Gesichtsausdruck nicht deuten.

»Ja. Ich meine, vermutlich taugen sie nicht alle etwas. Holzmaier zum Beispiel. Aber so schaffen wir es bestimmt, einen größeren Teil der Trauben zu ernten.«

Ein undefinierbarer Ausdruck huschte über Toms Gesicht. Dann grinste er plötzlich breit, nahm sie in die Arme und schwang sie einmal im Kreis. »Du bist die verrückteste Frau, die ich je getroffen habe.« Er küsste sie auf den Scheitel. »Danke.«

Tom schluckte. Als Ellie so fröhlich gelacht hatte, hatte sich in seinem Bauch ein warmes Gefühl ausgebreitet, das nichts mit der Leidenschaft der vergangenen Nächte zu tun hatte. »Es hat funktioniert!«, hatte sie mit strahlenden Augen gerufen und ihn damit völlig unvorbereitet erwischt. Diese unbändige Freude, dieses Leuchten in ihrem Gesicht hatten ihn umgehauen.

Ihr Angebot, ihm zu helfen, hatte er zuerst als süße Geste betrachtet. Er fand es nett von ihr, dass sie mit ihm aufstand und den letzten Tag mit ihm auf dem Berg verbringen wollte. Wieder einmal hatte er sich in Ellie getäuscht. Er hatte keine Ahnung, wie es ihr gelungen war, die Filmcrew und das halbe Dorf dazu zu bringen, bei der Weinlese zu helfen. Doch sie hatte es geschafft. Das war alles, was zählte. Normalerweise mochte er es nicht, wenn sich andere in sein Leben – und vor allem in seine Arbeit – einmischten. Bei Ellie hatte er erstaunlicherweise nichts dagegen. Auch wenn die Hälfte der Crew wahrscheinlich nutzlose Jammerlappen waren.

Er fühlte sich so sehr zu Ellie hingezogen. Er empfand so viel für sie. Gefühle, die er besser nicht zuließ, denn dann fiel ihm der Abschied umso schwerer. Egal, was auch geschah, ihre Wege würden sich am Sonntag trennen. Es gab keine Alternative. Ellie wusste, dass sie von ihm nicht erwarten konnte, dass sie eine Liebesbeziehung führten. Ihre Hilfsaktion stellte einen Freundschaftsdienst dar. Er durfte das alles nicht zu sehr an sich herankommen lassen, musste die Gefühle, die sich in sein Herz graben wollten, ignorieren. Und das ging am besten mit Arbeit.

Er küsste sie auf den Scheitel, atmete den frischen Duft ihrer Haare ein und drehte sich zu seinen Helfern um. »Danke für euer Kommen und eure Unterstützung. Eric und ich können gar nicht ausdrücken, wie viel uns das bedeutet.« Er klatschte in die Hände. »Lasst uns keine Zeit verschwenden. Der Regen erwischt uns noch heute, ob wir wollen oder nicht.«

Der Tag war einer der härtesten, die Tom jemals in den Weinbergen erlebt hatte. Während Eric und er schufteten, walzte die schwarze Wolkenfront unaufhaltsam auf sie zu. Ihre Lesehelfer bemühten sich nach Kräften, klagten weder über schmerzende Rücken noch zitternde Beine oder Kratzer an Händen und Armen.

Sie kamen schneller voran, als Tom es sich jemals hätte vorstellen können. Bis zum Mittag hatten sie bereits so viel Riesling eingebracht, dass er den Verlust der noch verbleibenden Trauben verschmerzen könnte, sollte das Unwetter jetzt über sie hereinbrechen.

Der Wind frischte deutlich auf und trieb dicke graue Wolkenbänder über den Himmel. Noch hielt das Wetter. Tom wollte gerade dazu aufrufen, eine halbe Stunde Pause zu machen, als der kleine SUV seiner Schwägerin auf die Lichtung holperte. Ellie winkte ihr zu und trat neben ihn.

»Essen, vermute ich.« Er warf ihr einen Blick zu und erntete ein Grinsen. »Du hast wirklich an alles gedacht, oder?«

»Ich hoffe«, sagte Ellie.

Tom ging zu Rina und ließ sich von ihr umarmen. »Das hat sie toll organisiert, oder?«, sagte seine Schwägerin und strahlte vor Stolz auf Ellie. Die beiden Frauen waren wirklich gute Freundinnen geworden.

»Kann man so sagen«, meinte Tom. »Was hast du uns mitgebracht?«

»Etwas gegen die Kälte. Kartoffelsuppe.« Rina wies auf die Thermophore. »Belegte Brote und Kuchen zum Nachtisch. Ellie und Lisa haben gestern noch so viel wie möglich hergerichtet, und ich habe Lisa heute Morgen mit dem Rest geholfen.«

»Ihr seid die Besten«, sagte Tom. Er küsste sie auf die Schläfe und schnappte sich ein Sandwich. Wie von selbst glitt sein Blick auf der Suche nach Ellie über die Menge, die sich wie bei einer Raubtierfütterung um das Auto drängte. Sie stand etwas abseits am Geländer, von dem aus man über das Moseltal blickte. Er nahm ein Käsebrötchen, weil sie die am liebsten aß, und schlenderte zu ihr hinüber.

»Hey.« Sie lächelte ein wenig wehmütig. »Der Blick auf die Mosel ist so wunderschön.«

»Bitte.« Er reichte ihr das Brötchen. »Wo hast du dein Handy?«

Ellie holte es aus der Jackentasche. »Hier. Warum?«

»Ähm …«, sagte er und beäugte das Ding. »Schalte die Kamera ein. Ich mach ein Bild von dir und der Schlucht.«

Sie wischte über das Display, tippte zweimal mit dem Finger auf die Oberfläche und reichte ihm das Telefon wieder. »Einfach auf den Punkt da unten drücken«, sagte sie.

»Alles klar.« Er machte ein paar Aufnahmen und gab ihr das Handy zurück.

»Warte. Wir machen noch ein Selfie.« Ellie stellte sich neben ihn, schmiegte ihre kalte Wange an seine, streckte den Arm aus und fotografierte sie so, dass man neben ihren Köpfen auch die Weinberge und die bedrohlichen Wolken im Hintergrund erkennen konnte. Kritisch betrachtete sie das Bild. »Gut geworden, würde ich sagen. Ich schick es dir, okay.«

»Ja, ähm … sicher«, erwiderte Tom und steckte die Hände in die Hosentaschen, um nicht etwas völlig Dummes zu tun. Wie zum Beispiel Ellie festzuhalten und seinen Kopf an ihrem Hals zu vergraben. Das hier war bereits ein kleiner Abschied.

Wieder drückte sie ein paar Tasten, und sein Handy

vibrierte in der Hosentasche, als er das erste Selfie seines Lebens bekam. Ellie steckte ihr Telefon weg. Herzhaft biss sie in ihr Brötchen und plauderte unbeschwert mit ihm. Tom hatte keine Ahnung, woher sie diese Ruhe nahm. In ihm brodelte es. Sein Innerstes hatte sich in einen Hexenkessel verwandelt.

Sein Sandwich hatte die Konsistenz von Pappe. Er lächelte, wenn es notwendig war, gab Kommentare ab, wenn Ellie es erwartete.

Als die Pause vorbei war, zerriss es ihn innerlich fast. Er musste wieder zur Besinnung kommen, und gleichzeitig wollte er das Ende der Pause so lange wie möglich hinauszögern. Wollte neben ihr in die Schlucht starren, ihrem Lachen lauschen, die Haarsträhnen, die sich aus ihrem Zopf gelöst hatten, hinter ihr Ohr streichen.

Zurück im Weinberg, biss er die Zähne zusammen und beschleunigte sein Tempo noch einmal. Mit rasender Geschwindigkeit schnitt er die Trauben von den Reben, füllte die Eimer, trug die schweren Kiepen die steilen Stufen hinunter.

Sie mussten sich gegen den Wind stemmen, der sich zu einem Sturm entwickelte. Die Wolken jagten nur so über ihnen dahin und verdunkelten den Himmel. Fieberhaft wurde Behältnis um Behältnis mit den kostbaren Rieslingtrauben gefüllt. Die ersten eiskalten Regentropfen fielen Tom in den Nacken. Er störte sich nicht daran. In seiner Reihe waren noch drei Reben. Die würde er ernten. Vorher würde er den Berg nicht verlassen. Er schnitt und schnitt. In dem Moment, in dem er die letzten Trauben in der Hand hielt, ertönte ein gellender Pfiff, der vom Wind davongetragen wurde. Tom hob den Kopf. So pfiff nur sein Bruder.

Eric wedelte vom anderen Ende der Zeilen wild mit den Armen, legte die Hände zu einem Trichter um den Mund und brüllte: »Wir haben es geschafft!«

Augenblicklich brachen die Helfer in Freudengeheul aus. Tom schnitt die letzte Dolde von der Rebe, legte sie in seinen Eimer und ließ sich auf die Treppenstufe sinken. Erschöpft, körperlich und emotional, rieb er sich über das Gesicht. Vor ihm lag alles, was ihm etwas bedeutete. Sein Tal, seine Weinberge. Und dazwischen fröhlich herumhüpfende Menschen. Sie hatten es geschafft. Die Lese war beendet. Sie hatten perfekte Trauben. Sie hatten das Optimum aus dem Sommer herausgeholt und würden einen fantastischen Wein herstellen. In zwei Tagen überreichte *Landliebe* ihm einen Scheck. Seine Mutter würde in zwei Wochen aus der Reha zurückkehren. Damit waren alle seine Probleme gelöst. Er konnte endlich zu seinem gewohnten Leben zurückkehren. Gut. Das war gut. Mit einem Mal verspürte er einen dumpfen Schmerz im Brustkorb. Schnell schnappte er sich seinen Eimer und stieg die steile Treppe zum Sammelplatz hinunter. Seine Trauben waren die letzten, die auf den Hänger gekippt wurden. Eric startete den Traktor und fuhr, Ellie winkend auf dem Seitensitz, ins Tal hinunter.

18

Landliebe – Szene 18 – Tom

(Kamera 1: Schwenk über den Gutshof, dann Zoom und Totale auf Weidenmann und Sander)

»Ich brenne darauf, unseren wortgewandten Winzer Tom ein wenig zu löchern. Was bedeutet Freundschaft für dich?«

»Nun … Freundschaft ist wichtig, würde ich sagen. Sie ist sehr viel wert.«

»Zum Beispiel mehr als eine kurze Liebesgeschichte?«

»Das auf jeden Fall.«

»Darüber möchte ich mehr erfahren, aber zunächst zu unserem schüchternen Schweinebauern Friedhelm.«

(Kamera 1: Zurück, ausblenden)

Es war so gut gelaufen, wie Ellie es sich erhofft hatte. Die Helfer waren erschienen und hatten voller Enthusiasmus Wein gelesen. Das Essen entpuppte sich als schöne Überraschung, und auch der Hof des *Schwarzen Steins* war für ihre Rückkehr aus den Weinbergen vorbereitet worden.

Sie sprang von Erics Traktor – zum letzten Mal, schoss es ihr durch den Kopf – und sah Toms Bruder nach, der den

Hänger voller Trauben zur Presse fuhr. Dann drehte sie sich zur Scheune um, die hin und wieder als Veranstaltungsraum genutzt wurde. Sie bemerkte, dass Lisa, Rina und ein paar Freiwillige sich alle nur erdenkliche Mühe gegeben hatten. Bierbänke waren aufgebaut und mit herbstlich gefärbtem Weinlaub dekoriert. Der Duft von Pizza zog nach draußen, Bier und Riesling waren kalt gestellt. Rina hatte darauf bestanden, als Dankeschön ein Fest für die fleißig zupackenden Helfer zu organisieren. Ellie war sich sicher, dass es niemand ablehnen würde. Schon gar nicht nach einem so harten Tag. Während draußen das Unwetter tobte, säßen sie in der warmen Scheune, aßen, tranken und lachten.

Der Regen verstärkte sich bereits, und sie flüchtete sich in die Scheune. Stürmisch umarmte sie Lisa und Rina. Ohne ihre Hilfe hätte sie die Überraschung für Tom nicht auf die Beine stellen können. Und es war ihr wichtig gewesen, ihm diesen letzten Dienst zu erweisen. Den ganzen Tag hatte er Ellie immer wieder Blicke zugeworfen. Wissende Blicke. Warme Blicke. Es kam ihr fast so vor, als wisse er genau, wie sehr sie sich in ihn verliebt hatte, und sie wünschte sich so sehr, dass er dasselbe für sie empfand. Mühsam drängte sie den Gedanken zurück. Er hatte ihr gesagt, dass sie nicht sein Typ Frau war. Daran würde eine geglückte Weinlese nichts ändern.

Nach und nach fanden sich ihre Gäste ein, nahmen mit schmutzigen Gesichtern und feuchten Klamotten auf den Bierbänken Platz und stürzten sich auf die Pizza wie ein ausgehungertes Wolfsrudel. Weinflaschen wurden herumgereicht, Bierflaschen stießen klirrend aneinander, und der eine oder andere ließ es sich nicht nehmen, Helene Fischers Festzeltsong mitzugrölen, der aus den Lautsprechern drang.

Ellie stand am Scheunentor und spähte hinaus. Mit dem Regen, der mit riesigen Tropfen auf das Pflaster prasselte, hatte der Wind noch mehr aufgefrischt. Er fegte das Nass in harten Böen vor sich her durch die Weinberge. Die schwarzen Wolken verdunkelten den Himmel, und die Temperaturen waren unter die Zehn-Grad-Marke gesunken. Tom war der Einzige, der noch fehlte. Er hatte die Presse überprüft und sich um die letzte Fuhre Trauben gekümmert.

Jetzt kam er langsam über den Hof. Trotz des Wetters schien er nicht in Eile zu sein.

Auf halbem Weg hielt er inne und hob den Kopf. Wie ein einsamer Ritter stand er im Regen und starrte sie unverwandt an. Den Ausdruck in seinen Augen vermochte sie nicht zu deuten. Ellie hielt es nicht länger aus und trat hinaus in den Sturm. Innerhalb einer Sekunde war sie völlig durchnässt, und sie bekam am ganzen Körper eine Gänsehaut.

Sie blieb vor ihm stehen, so nahe, dass sich ihre Körper fast berührten. Tom strich ihr die nassen Haarsträhnen aus der Stirn, und Ellie erschauerte. Ohne etwas zu sagen, nahm er sie in die Arme und hielt sie fest, als befürchtete er, sie löse sich in Luft auf, wenn er sie losließe. Ellie presste sich an ihn, atmete seinen Geruch ein, spürte seinen Puls, der genauso raste wie ihrer. Eine Träne löste sich aus ihrem Augenwinkel. Warum musste im Leben immer alles so kompliziert sein? Warum konnte dieser Mann ihr nicht sein Herz schenken?

Etwas Hartes traf sie am Kopf. Dann an der Schulter. Am Rücken. »Au, was …«

»Es hagelt.« Tom löste sich von ihr. Ellie hatte keine Ahnung, wie lange sie in dieser innigen Umarmung auf dem Hof gestanden hatten. »In die Scheune, oder …?«

»Ins Haus«, entschied sie.

Tom nahm ihre Hand und rannte mit ihr durch das Bombardement kleiner Eisgeschosse ins Haus. Sie stürzten durch die Tür und warfen sie hinter sich zu. Lachend und um Luft ringend standen sie sich gegenüber. Tropfnass und zitternd vor Kälte. Murdock hatte sich einen Platz in der Scheune gesucht und feierte mit den Erntehelfern. Wenn man den Blick genügend perfektioniert hatte, mit dem man ganz unverfroren Pizza schnorren konnte, war so eine Party genau das Richtige für ihn. Sein Herrchen hatte sturmfreie Bude.

Ellie klapperte mit den Zähnen.

»Komm schon.« Tom nahm wieder ihre Hand. »Wir brauchen eine heiße Dusche.«

Er zog sie die Treppe hinauf und ins Bad. Ohne sie loszulassen, drehte er das Wasser der Dusche auf und wandte sich wieder zu ihr um. Dampfschwaden stiegen hinter ihm auf, während er Ellies Gesicht zwischen seine Hände nahm und sie küsste. Ganz sanft presste er seine kalten Lippen auf ihre. Auf ihrem halb erfrorenen Körper brannten seine Berührungen wie Feuer. Sie wollte mehr von ihm, wollte seine Wärme spüren. Entschlossen schlang sie die Arme um seinen Nacken und presste sich gegen ihn.

»Zieh dich aus«, flüsterte er und zog an ihrer Jacke und ihrem Pulli. Die durchweichte Kleidung klebte wie eine zweite Haut an ihrem Körper. Die Jeans wurden zu einer noch größeren Herausforderung. Schließlich stand sie nackt und zitternd vor ihm. Sie trat unter die heiße Dusche, während Tom sich rasch auszog. Dabei ließ er sie nicht für eine Sekunde aus den Augen.

Unter dem heißen Duschstrahl stöhnte Ellie auf. Im ersten Moment vor Schmerz, und als dieser nachließ, vor Wohlbehagen. Das Wasser prasselte hart auf ihren Körper und massierte die geschundenen Muskeln. Sie schloss die Augen und legte den Kopf zurück, genoss die Hitze. Sie spürte Tom hinter sich, noch bevor er seine Hände auf ihre Schultern legte und sie durchknetete. Ihr entfuhr ein weiteres Stöhnen. Tom schmiegte sich an ihren Rücken, und Ellie wurde warm. Er griff an ihr vorbei, füllte Duschgel in seine Hand und seifte langsam ihren Körper ein. Ihre Schultern, ihre Arme. Er massierte mit seinen rauen Fingern ihren Bauch, fuhr an der Unterseite ihrer Brüste entlang. Ellie wurde schwindlig. Der Duft von Früchten und Vanille stieg ihr in die Nase. Tom nahm noch mehr von der flüssigen Seife und kniete sich hinter ihr hin. Er massierte ihren Po, ihre Schenkel, verteilte das duftige Gel bis zu ihren Füßen, ehe er sich wieder hinaufarbeitete. Als er seinen Körper abermals von hinten gegen ihren presste, konnte sie seine Erregung spüren. Er drehte ihren Kopf zu sich und küsste sie. Als sie sich umdrehen wollte, hielt er sie fest. »Bleib so«, flüsterte er. Seine Hände glitten an ihrem Oberkörper empor und schoben sich an ihren Armen wieder hinunter. Dann umfasste er ihre Hände und legte sie an seinen Nacken, wo sie sie verschränkte.

Er liebkoste ihre Brustspitzen. Endlos langsam fuhren seine Hände über ihren Bauch und hinterließen kleine Feuerwerke auf ihrer Haut.

Ellie schloss die Augen, legte den Kopf an Toms Schulter und ließ das Wasser über ihr Gesicht laufen, während seine Fingerspitzen über ihren Körper strichen, bis sie diesen geheimen Punkt zwischen ihren Schenkeln erreichten.

Sie hatte sich nie zu den verklemmten Frauen gezählt. Und doch war nichts mit der Erotik zu vergleichen, die in diesem Moment unter der Dusche zwischen ihnen pulsierte. Tom ausgeliefert, die Hände um seinen Nacken gelegt, ihr heißer Körper gegen seine Brust gepresst und seine Finger, deren Ziel es zu sein schien, sie in den Wahnsinn zu treiben.

Tom konnte Ellies sensibelsten Punkt unter seinen Fingerspitzen spüren. Sie war bereit für ihn. Nach allem, was sie heute für ihn getan hatte, fiel ihm kein anderer Weg ein, sich bei ihr zu bedanken. Ihm kam nur in den Sinn, ihr Lust zu verschaffen. Damit kam er weitaus besser zurecht als mit den Gefühlen, die seine Brust eng werden ließen und die er am liebsten verdrängen würde. Deshalb konzentrierte er sich auf Ellies Körper und ihre Leidenschaft.

Er küsste ihre Schulter, strich mit den Zähnen über ihren Halsansatz und biss sie leicht, nur um den Schmerz mit seinen Lippen zu mildern. Ellie erzitterte in seinen Armen und stöhnte rau. Doch das reichte ihm nicht. Er wollte ihre Leidenschaft noch mehr anheizen. »Du machst mich verrückt«, raunte er ihr ins Ohr. Als sie sich abermals umdrehen wollte, hielt er sie fest. »Bleib so. Bleib genau so.«

Fieberhaft glitten seine Finger über ihren Körper. Massierten, reizten, spielten, bis sie unter seinen Berührungen vibrierte. Ellie drehte den Kopf und forderte ihn zu einem weiteren atemlosen Kuss heraus, während sie sich an ihm rieb.

Er fixierte mit beiden Händen ihre Hüften und hielt sie fest. »Halt still«, flüsterte er. »Und genieße, was ich mit dir anstellen werde.« Seine Hände streichelten wieder die Innenseiten ihrer Schenkel. Sein Daumen traf auf ihren sensibelsten Punkt, und er ließ zwei Finger in sie gleiten, eroberte sie. Sie erschauerte in seinen Armen und kam mit einem tiefen Stöhnen. Erschöpft lehnte sie sich gegen ihn. Ihre Brust hob und senkte sich unter den heißen Wasserstrahlen, die auf ihre inzwischen sicher überempfindliche Haut trafen. Ihre Beine drohten nachzugeben, und er hielt sie fest. Tom wollte warten, bis sie wieder zu Atem kam, wieder festen Boden unter den Füßen hatte, doch Ellie wandte sich um und brachte Tom mit einem sehnsuchtsvollen Kuss an den Rand seiner Beherrschung.

Ellie lehnte sich gegen die Fliesen. Im Vergleich zu ihrem Körper waren sie kalt. Mit Tom unter der Dusche zusammen zu sein war das schönste erotische Abenteuer, das sie jemals erlebt hatte. Sie würde diesen Moment nie vergessen. Aber was sie auch unternommen hatte, sie hatte ihn nicht aus der Reserve locken können. Sie presste ihren Körper an seinen, gab ihm zu verstehen, wie sehr sie sich nach ihm sehnte. Tom schob sie abermals gegen die kalte Fliesenwand und hob sie hoch. Ganz automatisch schlang sie die Beine um seine Mitte. Tom beugte sich vor, streifte mit seinen Lippen ihre Brust, die Schulter, ihren Hals. »Sieh mich an, Ellie«, flüsterte er. »Ich will dir in die Augen sehen …«

Ellie nahm seinen Kopf zwischen die Hände und küsste ihn leidenschaftlich. Schließlich mussten sie sich voneinander lösen, um Luft zu holen. Tom bewegte sich schneller und Ellie explodierte. Ihr Gesicht war ganz nah, ihr Blick gefangen in seinem, als die Welle über sie hinwegrollte. Tom gab ein raues Stöhnen von sich und vergrub keuchend sein Gesicht an ihrem Hals. Seine Arme zitterten, seine Brust hob und senkte sich heftig. Langsam ließ er sich mit ihr in seinen Armen auf den Boden sinken. Die Schenkel immer noch um ihn geschlungen, die Arme um seinen Nacken, saß sie auf seinem Schoß. Tom presste sie fest an sich.

Es ließ sich nicht leugnen. Ihre letzten gemeinsamen Stunden brachen unweigerlich an.

19

Landliebe – Szene 19 – Elisabeth

(Kamera 1: Schwenk über den Gutshof, dann Zoom und Totale auf Weidenmann und Lorenz)

»Wie geht es dir, Elisabeth?«

»Wundervoll. Ich bin ein glücklicher Mensch.«

»Das kann man sehen, nicht wahr, liebe Zuschauer? Du hast den widerspenstigen Winzer also gezähmt und siehst nun einer romantischen Zukunft entgegen.«

»Nicht nur das. Manchmal beschert einem das Schicksal Überraschungen, mit denen man gar nicht gerechnet hat und die dem Leben eine neue, faszinierende Richtung geben.«

(Kamera 1: Zurück, ausblenden)

Der Sonntagmorgen begann träge und faul. Genauso hatte Ellie sich das Aufwachen mit dem Mann ihrer Träume vorgestellt. Nach dem Ernteeinsatz gestern – und dem Zwischenspiel in der Dusche – taten ihr die Muskeln an den unmöglichsten Stellen weh. Sie liebten sich langsam, genossen die Nähe des anderen.

Zum Glück musste Tom nicht in aller Herrgottsfrühe aus

dem Bett. Er ließ sich Zeit, lag nach ihrem Liebesspiel eng umschlungen mit Ellie in den Kissen. Als er sich endlich von ihr losmachte, war sie schon fast wieder eingenickt.

»Bleib liegen«, flüsterte er.

Ein paar Minuten später tauchte er mit einem Kaffeebecher in der Hand wieder auf und hielt ihn ihr unter die Nase. Ellie nahm genüsslich einen Schluck Kaffee. »Ich hoffe, der war für mich gedacht«, sagte sie.

»Natürlich.« Tom küsste sie auf die Nasenspitze. »Geh in aller Ruhe ins Bad. Murdock und ich machen Frühstück.«

Ellie stellte die Tasse auf dem Nachttisch ab und streckte sich. »Womit habe ich das verdient?«, fragte sie.

Tom beugte sich über sie und küsste sie zärtlich. »Du hast alles verdient. Nach dem, was du gestern für uns getan hast, sollte ich dich den Rest des Lebens auf Händen tragen.«

Keine schlechte Idee. Ellies Herzschlag beschleunigte sich. Vielleicht sah Tom doch noch ein …

Er richtete sich auf. »Bis gleich.«

»Ja.« Sie griff wieder nach ihrer Tasse und trank noch einen Schluck. Es war nicht der richtige Moment, darüber nachzudenken. Viel Zeit blieb ihr allerdings nicht mehr. Es war ihr vorletzter Tag auf dem Weingut. Wenn sich zwischen Tom und ihr noch etwas ändern sollte, musste es bald geschehen. Wie würde er reagieren, wenn sie ihm einfach ihre Gefühle offenbarte, gestand, was er ihr bedeutete?

Er hatte sie gewarnt, sich nicht in ihn zu verlieben. Aber nun standen sie anders zueinander als noch vor zwei oder gar vor vier Wochen. Sie konnte aufs Ganze gehen. Vielleicht würde sie ihren Mut zusammennehmen und es tatsächlich tun. Aber solch ein Vorhaben durchdachte man besser, nachdem man die erste Tasse Kaffee getrunken und etwas im Magen hatte. Entschlossen stand sie auf, um sich von Tom das versprochene Frühstück servieren zu lassen.

Sie verbrachten einen gemütlichen Morgen am Küchentisch, alberten herum und lachten. An Toms Seite fühlte sich Ellie wie ein Teenager, der zum ersten Mal so richtig verknallt war. Als sie sich auf den Weg ins Restaurant machte, küsste Tom sie zum Abschied und flüsterte ihr ins Ohr, ihn am Abend nicht zu lange warten zu lassen, weil er noch einige spannende Dinge mit ihr vorhabe. Ellie hatte das Gefühl, dass sie immer noch von einem Ohr zum anderen grinste, als sie die Küche des Gasthofs betrat.

Lisa hatte ganze Arbeit geleistet. Nichts deutete mehr auf gestern hin. Die Oberflächen glänzten, der Boden war geschrubbt. Die Backbleche, auf denen sie die Pizza zubereitet hatte, standen gespült auf der Arbeitsfläche. Lisa war ein Schatz. So schwer sich Ellie von dem Gasthof trennen konnte – bei ihr wusste sie ihn in guten Händen.

Sie holte Gemüse aus der Kühlkammer. Heute würde nicht so viel Betrieb herrschen wie an den vergangenen Wochenenden. Sie hatten weniger Reservierungen, weshalb Lisa etwas später anfangen und Ellie früher nach Hause gehen würde.

Die Schwingtür zwischen Küche und Gastraum wurde aufgestoßen, und Ellie wollte schon gutmütig frotzeln, dass Lisa es wohl nicht ohne sie aushielt. Doch es war Eric, den sie erblickte. »Hey, was für führt dich denn hierher?«, fragte sie. »Ist mit Rina alles in Ordnung?«

»Ihr geht es blendend.« Er drehte die Kaffeetasse in den Händen, die er vermutlich einer der Kellnerinnen im Lokal abgeschwatzt hatte, obwohl noch geschlossen war. »Sie ist bei ihrer Mutter und lässt sich später von ihr herfahren, damit wir zusammen essen können«, sagte Eric gut gelaunt. Er sah erholt aus.

Genau wie Tom, schoss es ihr durch den Kopf. Was einmal ausschlafen und eine Nacht ohne Sorgen bewirken konnten! »Ihr seid bestimmt total aufgeregt«, sagte Ellie, »weil das Baby bald kommt. Gut, dass ihr ein wenig durchatmen könnt, bis es so weit ist.«

»Wenn es nach Rina geht, hätte es bereits vor einem Monat vorbei sein können. Sie hat die Nase voll von der Schwangerschaft. Zumindest von den Rückenschmerzen, dem ständigen Drang, zu pinkeln, und dem Wasser in den Knöcheln. Aber das ist nicht der Grund, warum ich hergekommen bin. Ich möchte etwas mit dir besprechen.«

»Oh.« Ellie hielt beim Putzen der Champignons inne. »Es geht doch nicht um gestern, oder?«

»Das auch. Wir sind dir wirklich …«

»Du brauchst dich nicht bei mir zu bedanken«, unterbrach Ellie ihn. »Ich habe wirklich gern geholfen. Ich war zwar nur wenige Wochen euer Gast, aber das Weingut ist mir unglaublich schnell ans Herz gewachsen. Ich bin wahnsinnig gern hier und hatte eine fantastische Zeit. Mach keine große Sache daraus. Ich hatte die Möglichkeit, die Leute zu mobilisieren, also habe ich es getan.«

»Tatsächlich?«, erwiderte Eric. »So einfach ist das für dich?« Er schnappte sich ein Stück Gemüse von der Arbeitsfläche und biss hinein, nur um einen Augenblick später das

Gesicht zu verziehen und die Reste auszuspucken. »Igitt. Was ist denn das für ein Zeug?«

Ellie presste die Lippen zusammen, um nicht loszulachen. »Stangensellerie. Nicht jedermanns Geschmack.«

»Das kannst du laut sagen.« Er entsorgte den Sellerie im Müll und klaute eine Karotte. »Wo war ich stehen geblieben? Ach ja«, fuhr er fort, »du willst kein Dankeschön. Aber vielleicht bist du an dem Angebot interessiert, das ich dir unterbreiten möchte.«

Ellie stellte die geputzten Pilze zur Seite und begann, Kartoffeln zu schälen. »Ich bin gespannt.« Sie schenkte ihm ein Lächeln. Sie hatte keine Ahnung, was er von ihr wollte. Falls er ihr Geld für den Arbeitseinsatz am Vortag bot, würde sie ihn mit dem Schälmesser töten.

»Wir haben uns gefragt, ob du nicht für uns arbeiten möchtest«, sagte Eric.

Überrascht ließ Ellie das Messer und die Kartoffel sinken. »Wir?«

»Rina und ich. Wir finden, du bist eine ausgesprochen gute Köchin. Was du mir gerade über den *Schwarzen Stein* gesagt hast, bestätigt mich in der Entscheidung. Wir würden dir gern die Leitung der Küche des Gasthofs übertragen.«

Ellie setzte sich auf einen der hohen Hocker, die an der Arbeitsfläche standen, und starrte auf ihre Hände. Sie zitterten. Ihr Herz schlug wie verrückt. Wenn sie die Augen schloss, wurde ihr schwindlig. »Ihr möchtet, dass ich hierbleibe?«

»Es ist ein Angebot«, sagte Eric. »Meine Mutter wird das Zepter hier nicht mehr schwingen können. Zumindest nicht mehr allein. Sie hat sich bereits mit dem Gedanken befasst, eine Nachfolgerin zu finden.« Er setzte sich neben sie. »Du hast ja in München im Moment keinen Job, also ist der Gasthof vielleicht etwas für dich. Denk darüber nach. Du musst dich nicht sofort entscheiden.«

Aber sie hatte sich schon entschieden. Sie wollte die Stelle haben. Hier zu arbeiten stellte eine einmalige Chance dar. Sie konnte ihre eigene Chefin sein, Neues ausprobieren, kreativ sein. Und sie musste den Mann, den sie liebte, nicht verlassen. Was für ein Glück! Oder die Hölle auf Erden, wenn er ihre Gefühle nicht erwiderte. Sie räusperte sich, um ihrer Stimme einen festen, geschäftsmäßigen Klang zu geben. Eric sollte nichts von ihrem Gefühlschaos merken. Sie hatte ihn nicht belogen. Sie hatte ihr Herz an dieses Weingut verloren, an den Gasthof, die Berge und das atemberaubend schöne Tal der Mosel. Wer hätte das vor vier Wochen gedacht? Das Stadtmädchen hatte sich in das Landleben verliebt. Bis über beide Ohren. Sie liebte Tom und die Menschen hier. Nie zuvor hatte sie in so kurzer Zeit so wunderbare Freunde gefunden. Trotzdem konnte sie diese Entscheidung nicht einfach aus dem Bauch heraus treffen. Sie war nicht die Einzige, die von dieser Veränderung betroffen sein würde. »Was sagt Tom dazu?«, fragte sie.

Eric zuckte mit den Schultern. »Personalentscheidungen fallen in mein Resort. Ich muss meinen kleinen Bruder nicht fragen, ob ich jemanden einstellen darf.«

»Aber ihr trefft diese Entscheidungen normalerweise gemeinsam.«

»Stimmt«, sagte Eric. »Ich hatte in der ganzen Hektik nur noch keine Zeit, mit ihm darüber zu sprechen. Mach dir keine Sorgen. Tom wird es genauso sehen wie Rina und ich, wie unsere Mutter und Lisa, die ich gestern Abend bereits gefragt habe. Sie ist absolut begeistert von der Idee.«

»Hmm.« Ellie zupfte am Saum ihrer Kochjacke, um ihren zitternden Händen eine Beschäftigung zu geben. Sie konnte den Job nicht annehmen, bevor sie nicht mit Tom gesprochen hatte. Wenn sie bei dem Weingut angestellt war, musste er mit ihren Gefühlen für ihn klarkommen. Wenn er nicht dasselbe empfand, machte sie es ihnen beiden nur unnötig schwer. »Ich würde sehr gern für euch arbeiten«, sagte Ellie. »Aber ich benötige noch ein wenig Bedenkzeit.«

»Nimm dir so viel Bedenkzeit, wie du brauchst. Sag mir Bescheid, wenn du dich entschieden hast.« Eric küsste Ellie auf die Wange, stibitzte noch ein Stück Karotte und verschwand aus der Küche.

Ellie legte den Kopf auf die Arbeitsplatte und atmete tief durch. Alle ihre Träume könnten mit einem Mal wahr werden. Sie könnte hier leben, eine fantastische Küche übernehmen, in der sie freie Hand hatte – und sie könnte bei Tom bleiben und ihn lieben. Wenn er es zuließ.

Mitten im Trubel um die Mittagszeit traf Ellie ihre Entscheidung. Sie würde mit Tom sprechen. Noch heute. Sie musste ihm alles sagen, wie sehr sie sich eine Beziehung mit ihm wünschte und wie gern sie im Gasthof kochen wollte. Auch wenn sich bei dem Gedanken, er könnte sie abweisen, ihr Magen zusammenzog. Sie hatte keine andere Wahl. Hierzubleiben und bei ihm angestellt zu sein, vielleicht sogar weiterhin mit ihm zu schlafen, ohne eine Aussicht auf eine ernsthafte Beziehung, wäre für sie nur schwer zu ertragen.

Glücklicherweise konnte sie heute früher Feierabend machen. Sie würde für Tom kochen und beim Abendessen mit ihm sprechen. Bis auf das Picknick hatte er noch nichts von ihrem Essen gekostet. Es wurde höchste Zeit, ihn noch ein paar ihrer Gerichte probieren zu lassen. Er sollte sich ein Bild über ihre Arbeit machen – und alles über ihre Gefühle erfahren. So, wie sie sich unter der Dusche geliebt hatten, musste er noch etwas anderes für sie empfinden. Sie musste ihm etwas bedeuten. Da musste mehr sein. Um innerlich zur Ruhe zu kommen, plante Ellie in Gedanken bereits das Essen, mit dem sie Tom überraschen wollte.

Während Lisa sich nach dem Mittagstisch schon einmal um das Abendessen kümmerte, zauberte Ellie eine Vorspeisenplatte aus gefüllten Pilzen, Auberginenröllchen, Ziegenkäsetalern und einem Rucolasalat mit Parmaschinken und gehobeltem Parmesan. Als Hauptgang hatte sie Ofengemüse und Backkartoffeln mit Rumpsteak ausgesucht. Der Nachtisch sollte eine Hommage an Toms Weinberg sein. Rieslingcreme. Bis auf den Hauptgang bereitete sie alles in der Restaurantküche vor, sodass sie in Toms Haus nicht mehr viel zu tun hatte und sie sich auf das Essen – und vor allem auf das Gespräch – konzentrieren konnte.

Tom lehnte sich in seinem Schreibtischstuhl zurück und runzelte die Stirn. Er hatte erwartet, sich nach der Weinlese endlich ein wenig entspannen zu können. Er musste nur noch die Abschlussinterviews am nächsten Tag hinter sich bringen und Ellie Lebewohl sagen.

Offenbar war ihm diese Ruhe nicht vergönnt. Er saß in seinem Arbeitszimmer, wo er liegen gebliebenen Papierkram erledigt hatte. Murdock lag vor dem Schreibtisch und schnarchte, während sein Bruder vor ihm auf und ab ging.

»Ich dachte, ich habe mich letztes Mal klar ausgedrückt.« Tom musste sich zusammenreißen, um nicht laut zu werden.

»Ellie ist die perfekte Wahl für diesen Job«, erwiderte Eric. »Sie liebt das Restaurant, sie liebt den *Schwarzen Stein*. Was wollen wir denn mehr? Mam wird nicht hinter den Herd zurückkehren. Das weißt du ganz genau. Und Lisa ist super, aber noch lange nicht so weit, den Laden allein zu schmeißen.«

»Was soll das, Eric?«

»Ich habe eine Vision. Wir können aus dem Gutshof ein exklusives Restaurant machen, vielleicht sogar auf Sterneniveau kommen. Zusammen mit unseren Weinen schaffen wir eine kulinarische Sensation, die in allen Weinmagazinen und Feinschmeckerjournalen gepriesen wird. Die perfekte Verbindung.«

»Wunderbar«, sagte Tom. »Lebe deine Idee aus. Stell einen Koch ein, der imstande ist, das zu verwirklichen.«

»Verdammt.« Eric hieb mit der Faust auf Toms Schreibtisch. »Wir haben doch schon eine fähige Küchenchefin! Ich habe Ellie gefragt. Sie möchte den Job.«

Sicher. Fragt sich nur, wie lange, dachte Tom, wann die Sehnsucht nach dem Stadtleben zu groß wird. Dann säße Eric mit seinem genialen Plan und seinen Investitionen, die er unweigerlich tätigen müsste, allein da. »Ich will sie hier nicht haben«, entgegnete er. »Verstehst du das? Ellie packt ihre Koffer. Sie verschwindet morgen. Ende der Diskussion.«

»Tom! Sie will den Job, und nicht auf dem *Stein* wohnen. Sie wird sich wie jede andere Angestellte eine Wohnung im Dorf suchen.«

Die Kopfschmerzen wüteten in Toms Kopf wie ein wildes Tier. Begriff sein Bruder nicht, was los war? Sie taten sich verdammt noch mal keinen Gefallen, wenn sie Ellie baten, zu bleiben. Sie würde sie früher oder später im Stich lassen. Wenn er es genau nahm, ging es ihm nicht um das Restaurant. Mit jedem Tag, den er mit Ellie verbrachte, wurde das Band zwischen ihnen stärker, festigte sich ihre Verbindung. Sie würden weiterhin miteinander schlafen. Sie waren nicht in der Lage, die Finger voneinander zu lassen.

Er hatte ihr gesagt, dass er sich nicht in sie verlieben werde. Bliebe sie allerdings in der Gegend, liefe er Gefahr, dass er seinen Gefühlen freien Lauf ließ. Es fiel ihm schon so schwer, sie gehen zu lassen. Wie hart würde es erst werden, wenn sie in ein oder zwei Monaten die Kurve kratzte, weil sie sich auf dem *Schwarzen Stein* zu Tode langweilte? Dieses Risiko würde er nicht eingehen und hoffte, sein starrsinniger Bruder würde das auch irgendwann verstehen.

Tom erhob sich. »Ich sage es jetzt zum letzten Mal. Ich will Ellie nicht auf dem Hof haben. Verstanden? Sie ist eine Großstadttussi, die nichts auf unserem Gut verloren hat. Du wirst sie nicht einstellen. Und wir werden sie am Montag am Bahnhof absetzen. Damit ist das Thema für mich erledigt.« Er ließ sich in seinen Sessel zurückfallen. »Hast du nichts Besseres zu tun, als mir auf die Nerven zu gehen? Massier doch deiner Frau den Rücken, oder irgend so was.«

»Leider sind wir noch nicht ganz fertig«, erwiderte Eric und ließ mit wütender Miene ein paar Blätter auf den Tisch segeln. »Wir müssen den Banktermin am Montag durchgehen, auch wenn ich absolut keine Lust habe, mich noch länger mit dir herumzuärgern.«

»Bringen wir es hinter uns«, brummte Tom. Hoffentlich würde sein Bruder ihn nicht zu lange belästigen. Alles, was er wollte, war ein Glas seines preisgekrönten Rieslings und ein letzter Abend mit der Frau, die viel zu bald Vergangenheit sein würde.

20

Landliebe – Szene 20 – Tom

(Kamera 1: Schwenk über den Gutshof, dann Zoom und Totale auf Weidenmann und Sander)

»Gibt es Neuigkeiten, die du uns mitteilen möchtest, Tom?«

»Nein.«

»Nein? Dein kreatives Küchenwunder Elisabeth erwähnte vorhin etwas von Überraschungen, die einen eiskalt erwischen können.«

»Das stimmt allerdings. Das sind dann ziemlich beschissene Überraschungen, die kein Mensch braucht.«

(Könntest du den Satz bitte noch mal ohne ›beschissen‹ sagen? Die Sendung läuft auch im Vorabendprogramm. Herrgott. Kamera 1: Noch mal von vorn)

Ellie war so weit. Die Backkartoffeln lagen im Ofen, und die Steaks hatten Zimmertemperatur. Sie musste sie nur noch in die Pfanne werfen. In einer Viertelstunde konnten Tom und sie essen und reden. Sie stieg auf der Suche nach ihm die Treppe hinauf.

Als sie den Treppenabsatz erreichte, hörte sie leise Stimmen. Eric, bemerkte sie erstaunt. Sie hatte ihn nicht kommen hören. Vielleicht war er schon vor ihr hier gewesen. Wenn die Brüder noch etwas zu besprechen hatten, würde sie den Ofen einfach ausschalten, bis Tom fertig war.

Sie hob die Hand, um an die nur angelehnte Tür des Arbeitszimmers zu klopfen, als sie ihren Namen hörte. Für einen Augenblick überlegte sie, sich bemerkbar zu machen. Lauschen war nicht ihre Art. Doch irgendetwas ließ sie innehalten.

Eric sprach über das Jobangebot, das er ihr unterbreitet hatte. »Tom! Sie will den Job, und nicht auf dem *Stein* wohnen. Sie wird sich wie jede andere Angestellte eine Wohnung im Dorf suchen.«

Gespannt hielt Ellie die Luft an.

»Ich sage es jetzt zum letzten Mal.« Toms Stimme klang angespannt. Die Brüder hatten sich offenbar gestritten. Sie konnte die negativen Schwingungen fast spüren. »Ich will Ellie nicht auf dem Hof haben«, sagte er leise. Ellie musste sich Mühe geben, ihn überhaupt zu verstehen. »Verstanden? Sie ist eine Großstadttussi, die nichts auf unserem Gut verloren hat. Du wirst sie nicht einstellen. Und wir werden sie am Montag am Bahnhof absetzen. Damit ist das Thema für mich erledigt.«

Es dauerte einige Sekunden, bis Ellie bewusst wurde, was Tom gerade eben gesagt hatte. Als sie die Bedeutung seiner Worte begriff, wurde ihr eiskalt, und vor ihren Augen begann es, zu flimmern. Sie hatte vergessen, zu atmen. Ihre immer noch erhobene Hand ließ sie langsam sinken. Für einen Moment hing sie wie ein lebloser Gegenstand an ihrem Arm, bis sie sie wieder hob und auf ihren Mund presste. Denn wenn ihr ein Ton entschlüpfte, war es entweder ein Wimmern oder ein Schluchzen, das sie verraten würde. Er wolle sie auf dem Hof nicht haben, hatte er gesagt.

»Hast du nichts Besseres zu tun, als mir auf die Nerven zu gehen? Massier doch deiner Frau den Rücken, oder irgend so was«, hörte sie Tom weitersprechen.

Oh Gott, Eric würde gleich die Tür öffnen und sie beim Spionieren ertappen. Mit wackligen Knien trat sie einen Schritt zurück und erreichte die Treppe. Bei jeder Stufe hallten seine Worte wie ein Mantra durch ihren Kopf. Tom wollte sie nicht hier haben. Er empfand nichts für sie. Seine Gefühle hatte sie sich in ihrer eigenen Verliebtheit nur eingebildet. Er hatte sie gewarnt, sich nicht in ihn zu verlieben. Aber sie war blind gewesen, und Tom hatte ihr das Herz in tausend Stücke gerissen, ohne es zu merken. Ellie hatte die Spielregeln geändert und musste jetzt mit den Konsequenzen zurechtkommen. Keine Sekunde hielt sie es noch länger in seiner Nähe aus. Im letzten Moment fiel ihr ein, den Herd auszustellen, dann nahm sie ihre Jacke vom Haken und flüchtete in die Dunkelheit.

Sie rannte in Richtung der Weinberge. Erst als sie die Lichter des Gutshauses nicht mehr erkennen konnte, blieb sie stehen. Kraftlos ließ sie sich auf die Böschung fallen, die den Weg vom steilen Hang trennte, und rollte sich zusammen. Zitternd holte sie Luft. Es war unmöglich, den stechenden Schmerz in der Brust wegzuatmen. Unkontrolliert liefen ihr die Tränen über die Wangen. Wie hatte sie nur so dumm sein und jemals glauben können, dass Tom etwas für sie fühlte? Er war scharf auf sie. Er wollte sie vögeln.

Natürlich. Wie oft hatten Männer genau das von ihr gewollt? Und war nicht sie diejenige gewesen, die sich ihm an den Hals geworfen hatte?

Tom war nicht blöd und hatte genommen, was sie ihm angeboten hatte. Und sie dämliche Kuh hatte geglaubt, dass sie ihn dazu bringen konnte, sich auch in sie zu verlieben.

Schluchzer zerrissen ihre Brust. Sie verachtete sich selbst für ihre Dummheit. Was sollte sie jetzt tun? Sie konnte nicht zurückgehen und ihm vorspielen, es sei nichts geschehen. Sie konnte ihm aber auch keinesfalls gestehen, was sie für ihn empfand. Irgendwie musste sie von hier verschwinden. Nur wie?

»Ellie?«, vernahm sie auf einmal eine Stimme.

Sie bewegte sich nicht, blieb einfach liegen und versuchte, ihre Schluchzer zu unterdrücken. Geh weg, war alles, was sie denken konnte.

»Ellie? Was ist passiert?« Rina legte die Hand auf ihre Schulter und drückte sie leicht.

»Bitte, lass mich allein«, schluchzte Ellie.

»Ich soll dich hier mitten in der Dunkelheit allein zurücklassen? Kommt nicht infrage.«

»Bitte«, wiederholte Ellie.

Rina nahm die Hand von ihrer Schulter. Ellie wollte bereits ein kleines Dankgebet sprechen, als Rina sich mit ihrem schweren Körper vorsichtig neben sie auf den Boden setzte. Wieder ergriff sie Ellies Hand.

Rina war hochschwanger und vermochte sie nicht zu umarmen, was sie wohl gern getan hätte. Genau genommen war es auch zu kalt, um hier draußen herumzusitzen. Jetzt bekam Ellie auch noch ein schlechtes Gewissen.

»Rina, du musst wirklich nicht …«, begann sie.

»Scht.« Die Freundin drückte ihre Hand. »Was hat er angestellt?«

»Wer?«

»Tom. Eric hat dich ja wohl nicht zum Weinen gebracht. Das hoffe ich zumindest für ihn«, sagte Rina.

»Nein, ich bin einfach traurig, weil die vier Wochen um sind«, brachte sie heraus. »Aber mein Leben in München ruft. Ich muss zurück.«

»Aha«, war alles, was Rina darauf antwortete.

Eine Weile schwiegen sie. Ellies Tränen versiegten. Das Zittern ihres Körpers ließ nach. Schließlich hob sie den Kopf und wischte sich mit dem Jackenärmel die Tränen aus dem Gesicht. »Was soll das bedeuten? Aha?«, fragte sie.

Rina streichelte ihr über den Arm. »Du sitzt wohl kaum hier und heulst dir die Augen aus dem Kopf, weil deine Zeit auf dem Weingut vorbei ist. Es hat natürlich schon etwas mit dem Hof zu tun, aber wohl eher damit, dass du dich in Tom verliebt hast.«

»Was?« Ellie atmete hörbar ein.

»Eigentlich ist es nicht zu übersehen.«

»Oh Gott! Weiß Tom davon?«, erwiderte Ellie panisch. »Weiß er es?«

»Solange du ihm nichts davon erzählst, hat er keinen blassen Schimmer«, antwortete Rina. »Einfühlungsvermögen gehört nicht gerade zu Toms Stärken.«

»Fast hätte ich es ihm gesagt. Eric hat mir einen Job als Köchin angeboten.« Ellie zupfte ein paar Grashalme aus dem Boden und zerrieb sie zwischen ihren Fingern. »Ich fand es nicht fair, den Job anzunehmen und hierzubleiben, ohne Tom vorher zu sagen, was ich für ihn empfinde. So weit kam es glücklicherweise nicht. Ich habe gehört, wie er mit Eric über mich gesprochen hat. Sie haben sich gestritten. Nach Toms Meinung habe ich hier nichts verloren und soll gefälligst verschwinden.«

»Dieser Idiot«, murmelte Rina, und Ellie musste unweigerlich lächeln.

»Ich habe mich total lächerlich gemacht«, sagte sie. »Wie konnte ich mich nur in jemanden wie ihn verlieben?«

»Mach dir nicht so viele Gedanken, Ellie. Tom steht manchmal ein bisschen auf dem Schlauch. Und er ist ein Trottel – wie es Männer nun mal von Natur aus sind. Aber du bist ihm nicht egal. Da bin ich mir ganz sicher.«

»Es spielt keine Rolle, ob er mich vielleicht mag. Er will mich nicht hierhaben. Mehr gibt es dazu nicht zu sagen. Jetzt muss ich mir überlegen, was ich mache. Irgendwo muss ich heute Nacht unterkommen. Hoffentlich gibt es in der Pension noch ein Zimmer. Oder jemand vom Filmteam gewährt mir Asyl.«

»Du willst den Hof verlassen?«, fragte Rina erstaunt.

Ellie zuckte resigniert mit den Schultern. »Wie soll ich es denn noch eine Nacht mit Tom unter einem Dach aushalten? Das bringe ich nicht fertig.«

»Aber du kannst nicht gehen.« Hatte sich eine Spur von Panik in Rinas Stimme gemischt?

»Würdest du an meiner Stelle bleiben?«, fragte Ellie.

»Unter normalen Umständen natürlich nicht. Aber in diesem Fall.« Rina schwieg einen Moment. »Die Lage ist wirklich verzwickt«, fügte sie schließlich hinzu.

»Wie soll ich das verstehen?« Ellie rieb sich die Schläfen,

hinter denen sich langsam Kopfschmerzen zusammenbrauten.

»Es geht auch um das Geld.«

Das Geld. Daran hatte Ellie überhaupt nicht mehr gedacht. Wenn sie den Hof heute verließ, brach sie ihren Vertrag und würde keinen müden Cent sehen. Tom ebenfalls nicht, vermutete sie. Das war ihr im Moment egal. Ein gebrochenes Herz konnte mit Geld nicht geheilt werden. Die Kohle für die zerstörte Popcornkunst würde sie auch anders zusammenbekommen. »Ich pfeif auf das Geld«, sagte sie trotzig.

»Uns ist es nicht egal.« Rina drehte sich schwerfällig zu Ellie um und sah sie an. »Wir waren nicht ganz ehrlich zu dir. Vielleicht ist jetzt der Zeitpunkt gekommen, die Wahrheit zu sagen. Tom war von Anfang an nicht auf der Suche nach einer Frau. Eric und ich haben ihn bei *Landliebe* angemeldet. Wir brauchen das Geld, um über den Winter zu kommen. Das Wasser stand uns bis zum Hals, und wir wussten nicht, wie wir den Hof halten sollten. Die Banken sitzen uns im Nacken. Wenn wir nicht zahlen, verlieren wir alles. Und genau darauf spekuliert Wendt. Er will das Land. Sein Kumpel, der Banker, hat bei uns die Daumenschrauben angezogen – und alle waren sich sicher, wir könnten das Geld nicht auftreiben. Aber wir haben es geschafft. Zumindest wenn du nicht einen Tag vor Ende der Dreharbeiten das Handtuch wirfst.«

»Ihr habt es wegen des Geldes gemacht?«, fragte Ellie.

»Ja. Zugegeben, das ist nicht besonders edelmütig. Wir wussten uns einfach nicht anders zu helfen. Wenn du heute Nacht in die Pension gehst, erfährt die Produktionsfirma aus erster Hand, dass der Vertrag geplatzt ist. Dann bekommen wir keinen verdammten Euro.«

Ellie hob den Kopf und starrte in die Dunkelheit. Kein einziger Stern war am Himmel zu sehen. Hin und wieder lugte der Mond zwischen den tief dahinfliegenden schwarzen Wolken hervor. Die Sanders hatten nur wegen der Gage an der Show teilgenommen. Welch eine Ironie. »Wenn wir schon dabei sind, Geständnisse abzulegen«, sagte sie, »ich bin aus den gleichen Gründen hier und brauche das Geld genauso dringend. Ich wollte mich nicht verlieben, als ich auf den Hof kam. Es ist einfach geschehen, Rina. Ich kann Tom jetzt nicht gegenübertreten. Manchmal ist das eigene Herz mehr wert als alles Geld der Welt.«

»Du hast recht.« Rina lehnte den Kopf an Ellies Schulter. »Wir haben all unsere Hoffnungen auf *Landliebe* gesetzt.«

»Und jetzt liegt es an mir, ob ihr alles verliert und eure Angestellten arbeitslos werden«, sagte Ellie. »Verdammt, du weißt ganz genau, dass ich den Hof nicht im Stich lassen werde. Ihr stellt hier so viel auf die Beine. Ich mag dich, ich mag Eric, und natürlich Lisa. Ich mag sogar deine Schwiegermutter – ohne sie zu kennen –, weil sie etwas aus dem Gasthof gemacht hat. Ich lasse euch nicht hängen.«

»Das weiß ich«, erwiderte Rina, »und ich bin dir dafür wahnsinnig dankbar. Mir ist klar, was das für dich bedeutet. Ich habe eine Idee, du schläfst heute Nacht einfach bei uns. Dann kann sich Tom schon mal Gedanken darüber machen, was für ein Blödmann er ist. Allerdings«, sie strich über ihren Bauch, »wirst du mir aufhelfen müssen, sonst bin ich auf diesem Feldweg gestrandet wie ein Wal an der Nordseeküste.

Tom war froh, als er seinen Bruder endlich loswurde, nachdem sie alles wegen des Banktermins am nächsten Tag besprochen hatten. Er brauchte dringend ein Glas Wein, um die trockenen Zahlen hinunterzuspülen, die durch seinen Kopf schwirrten. Gemeinsam mit Eric ging er die Treppe hinunter. Murdock folgte ihnen langsam. Er war gerade erst aus einem Hundetraum erwacht und blickte ein wenig orientierungslos um sich. Doch der Hund war spätestens dann hellwach, wenn sie die Küche erreichten.

»Ellie?«, rief er. Es war still im Haus. Normalerweise war sie um diese Zeit da, sah fern oder hörte Musik und las ein Buch. Heute nicht. Vielleicht war sie noch im Restaurant, um sich von Lisa und den Servicekräften zu verabschieden. Er konnte nur hoffen, dass sie den Weg nach Hause bald fand. Auch er und sie verbrachten heute ihren letzten gemeinsamen Abend. Nur weil er es kaum erwarten konnte, endlich getrennte Wege zu gehen, hieß das ja noch lange nicht, dass er auf eine letzte leidenschaftliche Nacht verzichtete. Er wollte sich auf seine ganz persönliche Art von ihr verabschieden.

Tom ging in die Küche, um Murdock, der inzwischen wieder hellwach war und mit hungrigen Augen zu ihm aufsah, zu füttern. »Was zum Teufel …« Er blieb in der Tür stehen und starrte auf den liebevoll gedeckten Tisch. Ellie musste zurückgekommen sein. Zumindest war sie hier gewesen. »Ellie?«, rief er noch einmal. Keine Antwort.

»Was ist los?« Eric spähte über seine Schulter. »Oho. Ist das auf Ellies Mist gewachsen?«

»Auf wessen denn sonst?«, gab Tom zurück. Auf der Mitte des Tisches standen zwei Kerzen, der beste Riesling des

Schwarzen Stein war in einem Flaschenkühler bereitgestellt. Eine Platte mit Häppchen stand verlassen auf dem Küchentresen. Ein gemeinsames Essen, bevor er sie in sein Bett bringen würde, das gefiel ihm. Wo steckte sie nur?

Erics Handy gab einen Ton von sich, und er zog es aus der Tasche. »Oho«, sagte er noch einmal.

»Was ist?« Tom fuhr zu ihm herum. Sein Bruder nervte. Konnte er nicht endlich verschwinden?

»Ich weiß, wo Ellie steckt«, sagte Eric.

Tom unterdrückte einen frustrierten Laut. Verlangte Eric allen Ernstes, dass er ihn fragte, wo sie war? Offensichtlich, nachdem er ihn nur stumm angrinste. »Und wo ist sie?«, fragte er genervt.

»Bei uns.« Sein Bruder hielt das Handy dramatisch von sich weg. »Ich soll … ich zitiere: ‚Meinen Hintern nach Hause schwingen und den verdammten Hund mitbringen.‹« Er schob das Telefon in die Hosentasche zurück. »Ich habe nur vorgelesen, was da steht. Das Problem hast offensichtlich du verursacht.« Gutmütig schlug er Tom auf die Schulter. »Sieht nicht nach einem gemütlichen Dinner aus. Schönen Abend noch, Bruder.« Er drehte sich um und schnippte mit den Fingern. Murdock warf einen letzten Blick zu seiner leeren Futterschüssel, bevor er sich in sein Schicksal ergab und hinter Eric hertrottete.

»Hey, warte mal.« Tom riss seine Jacke vom Haken und folgte ihnen. »Was soll das heißen?«, fragte er, als er Eric eingeholt hatte. »Was stand da sonst noch?«

»Nichts.«

»Nichts? Das kann doch nicht alles gewesen sein?«

»Doch.«

Mehr würde er aus seinem Bruder nicht herausbekommen. Er musste Ellie selbst fragen, was los war. Auf diese Art von Drama hätte er an ihrem letzten Abend gern verzichtet. Aber er würde der Sache auf den Grund gehen. Schweigend marschierte er neben Eric her zum Kutscherhäuschen.

Rina schien sie erwartet zu haben. Mit grimmigem Blick öffnete sie die Tür. »Du darfst rein«, sagte sie und wies auf ihren Mann. »Du auch.« Murdock. »Und du«, ihr Zeigefinger bohrte sich in seine Brust, »musst leider draußen bleiben.«

»Was ist denn hier los?«, entgegnete Tom empört. »Was ist mit Ellie? Ich will mit ihr sprechen.«

»Tja, Pech. Sie will dich nicht sehen.«

Frustriert hob Tom die Arme und ließ sie wieder sinken. »Wo liegt das Problem?«

Rina funkelte ihn wütend an. »Wo das Problem liegt? Die Großstadttussi will nichts mehr mit diesem dämlichen, gehirnamputierten Bauern, der mein Schwager ist, zu tun haben«, fauchte sie. »Wenn du das nächste Mal schlecht über jemanden sprichst, solltest du vorher sichergehen, dass derjenige nicht mithört.«

»Ich habe nicht …«, versuchte er, sich zu verteidigen. Aber Rina schlug ihm die Tür vor der Nase zu, bevor er den Satz beenden konnte.

»Ist er weg?« Ellie riss ein Blatt von der Küchenpapierrolle und schnäuzte sich. Sie wusste, wie sie aussah, und war Eric dankbar, dass er mit einem knappen Gruß an der Wohnzimmertür vorbeigeschlichen war, ohne die roten Flecken in ihrem Gesicht und ihre nassen Augen zu kommentieren. Rina hatte es sich in einem Schaukelstuhl mit einem bunten Patchworkkissen gemütlich gemacht. Ellie hockte wie ein Häufchen Elend auf der Couch.

Murdock hatte ausnahmsweise die Erlaubnis bekommen, zu ihr aufs Sofa zu klettern. Er lag lang ausgestreckt neben ihr und hatte seinen Kopf auf ihren Oberschenkel gebettet. Ellie beruhigte es, die Finger in dem seidigen Fell zu vergraben.

»Wenn er nicht an der Regenrinne hinaufgeklettert ist, um ins Haus zu gelangen«, bemerkte Rina trocken.

»Gut«, sagte Ellie. »Ich weiß gar nicht, wie ich dir danken soll.«

»Du musst mir überhaupt nicht danken. Du musst nur hier sitzen und den guten Wein trinken. Wenn du mit dem Glas fertig bist, trinkst du noch eins für mich. Du hast ja keine Ahnung, wie sehr ich mich darauf freue, endlich wieder ein gutes Glas Riesling oder Chardonnay zu trinken.« Sie seufzte. »Ich höre mich an wie eine Alkoholikerin. Aber heute ist einer dieser Tage, an dem ich mich frage, warum ich unbedingt ein Kind haben wollte. Dieser Zwerg bringt mich um. Alles tut mir weh, besonders mein Rücken. Der killt mich echt.« Sie hob die Hände. »Ich höre jetzt auf zu jammern. Dein Gästezimmer ist bereit. Geh ins Bett, wenn dir danach ist. Wenn du mich brauchst, ruf einfach. Ich werde versuchen, ein paar Stunden zu schlafen.« Sie stemmte sich aus dem Schaukelstuhl hoch und wankte kurz. Mit vor Schmerz verzogenem Gesicht rieb sie sich über ihren Rücken. Trotzdem ließ sie es sich nicht nehmen, sich zu Ellie hinunterzubeugen und sie auf die Wange zu küssen.

»Ich werde dich vermissen«, sagte sie leise, bevor sie hinauswatschelte. Erneut schossen Ellie Tränen in die Augen. Als es im Haus still wurde, lehnte sie sich in die Sofakissen zurück und nippte an ihrem randvollen Weinglas. Dem wunderbaren Tropfen fiel heute lediglich die Aufgabe zu, den Schmerz zu betäuben. Das wurde dem guten Chardonnay nicht gerecht, aber Rina hatte ihr befohlen, sich keine Gedanken darum zu machen. Murdock war eingeschlafen und schnarchte leise. Sein Kopf lag schwer auf ihrem Bein. Trotzdem schob sie ihn nicht weg. Vorsichtig, um ihn nicht zu wecken, holte Ellie ihr Handy aus der Tasche und wählte.

»Süße, hey, wie geht's«, tönte Alex' gut gelaunte Stimme durch den Hörer. Im Hintergrund vernahm sie Lärm. Wahrscheinlich war sie in einer Bar oder auf einer Party.

»Alex«, brachte Ellie nur heraus und begann, erneut zu schluchzen.

Tom stand vor der verschlossenen Tür und starrte verblüfft auf das grün lackierte Holz. Was war das gerade gewesen? Sie hatten ihm die Tür vor der Nase zugeschlagen. Und sie hatten seinen Hund.

Sein Bruder war ein Verräter und, ohne zu zögern, zum Feind übergelaufen.

Na gut. Tom drehte sich um und ging. Er brauchte Ellie nicht. Wenn sie am letzten Abend Fräulein-rühr-mich-nicht-an spielen wollte, bitte schön. Das war ihr Problem. Langsam ging er nach Hause. Er hatte geglaubt, dass er sie richtig eingeschätzt hatte. War sich sicher gewesen, sie zu verstehen. Offenbar hatte er sich getäuscht. Sie wollte auf dem Weingut bleiben. Zumindest glaubte sie im Moment, dass sie das wollte.

Ellie als Großstadttussi zu bezeichnen war nicht gerade eine seiner Glanzleistungen gewesen. Natürlich sah er sie in Wirklichkeit nicht so. Würde Rina nicht gerade die hormongesteuerte Rachegöttin spielen und ihn mit Ellie sprechen lassen, hätte er das längst klären können. Es handelte sich um ein Missverständnis. Die Tussi war ihm rausgerutscht, weil sein Bruder ihn so genervt hatte.

Er trat ins Haus, warf die Tür hinter sich zu und öffnete den Wein, den Ellie in dem Kühler auf dem Küchentisch drapiert hatte. Großzügig füllte er ein Glas und schnappte sich eines der Häppchen von der Anrichte. Sie sahen ziemlich lecker aus, und doch konnte er es nur mit größter Mühe herunterschlucken. Der Appetit war ihm vergangen. Also nahm er sein Glas, ergriff kurz entschlossen die Flasche und ging durch das viel zu stille Haus ins Wohnzimmer.

Als seine Mutter ins Krankenhaus eingeliefert worden war, hatte ihn die Ruhe in seinen eigenen vier Wänden nicht gestört. Murdock und er kamen gut miteinander zurecht. Ellie hatte das Haus mit ihrem Lachen, ihrem Geruch, ihrem ganzen Wesen erfüllt. Anfangs war ihm das gar nicht aufgefallen. Doch jetzt, ohne sie, fühlte sich alles um ihn herum … kalt an. Er fühlte sich einsam.

Egal. Seine Mutter war bald wieder auf dem Damm. Sie würde schon in einer Woche nach Hause zurückkehren, und dann war alles beim Alten. Mit einem Schluck leerte er sein Glas zur Hälfte und stellte es zusammen mit der Flasche auf den Couchtisch. Er zappte sich durch die Programme. Es liefen nur Serien und Filme, wie Ellie sie mochte. Schließlich fand er die Wiederholung eines alten Fußballspiels und streckte sich auf dem Sofa aus. Morgen, sobald die *Landliebe*-Show vorüber war, würde er seine Möbel und die Bücher seiner Mutter zurück ins Haus räumen. Modellflugzeugbau. Er schüttelte den Kopf. Wieso hatte er sich darauf nur eingelassen?

Während die Fußballfans im Hintergrund jubelten, verschränkte er die Arme hinter dem Kopf, blickte an die Decke und versuchte, die Situation, in die er sich manövriert hatte, zu analysieren. Immer wieder schob sich Ellie vor sein inneres Auge. Er konnte sich immer noch einverstanden erklären. Sollte Ellie sich doch im Restaurant austoben. Aber es würde alles nur schwieriger machen, wenn sie auf einmal die Nase voll hatte und auf Nimmerwiedersehen verschwand.

Seine Gedanken wanderten zu Maren. Es tat nicht mehr weh, hinterließ nur einen leicht bitteren Geschmack in seinem Mund, den er mit einem Schluck Weißwein hinunterspülte. Er hatte vor Maren Beziehungen gehabt. Eine Jugendfreundin, zwei Mädchen in der Oberstufe, wobei die Letztere ihn in die Geheimnisse der körperlichen Liebe eingeführt hatte. Ihre Wege hatten sich nach dem Abitur getrennt, wie es bei Schulliebschaften oft geschah. In seinen ersten Studienjahren hatte er sein Leben genossen, geflirtet und hin und wieder ein Mädchen mit auf seine Bude genommen, ohne dass etwas Ernsthaftes daraus geworden wäre.

Im vorletzten Jahr an der Uni traf er dann Maren. Sie stolperte auf einer Studentenparty im wahrsten Sinne des

Wortes in seine Arme und verteilte einen Cuba Libre über seinem Hemd. Er verknallte sich auf der Stelle in sie. Aus Verliebtheit wurde Liebe. Maren, die schlaue, ehrgeizige Biologiestudentin, zierte sich eine Weile, ließ ihn zappeln. Doch schließlich eroberte er ihr Herz. Er war sich sicher gewesen, dass er die Frau seines Lebens gefunden hatte. Plötzlich konnte er sich vorstellen, eine Familie zu gründen und auf dem *Schwarzen Stein* alt zu werden.

Nach Abschluss seines Studiums war er auf das Weingut zurückgekehrt und hatte gemeinsam mit Eric den Löwenanteil der Arbeit von seiner Mutter übernommen, die sich nur noch auf das Restaurant konzentrieren wollte. Sein Bruder und er hatten Visionen, die sie mit viel Tatkraft umsetzten. Maren und er führten eine Fernbeziehung. Das passte perfekt in diese Phase seines Lebens. Als sie ihren Masterabschluss in der Tasche hatte, entschied sie sich, zu promovieren. Sie hatte keine nennenswerte Verwandtschaft, also zog sie ohne großes Tamtam bei ihm ein. Die Zeit mit ihr gab ihm einen Vorgeschmack auf das Leben, das ihnen bevorstand.

Er war selig. Maren hingegen nicht. Damals hatte er es nicht bemerkt. Seine Gedanken hatten sich um die Arbeit gedreht. Er vernachlässigte seine Freundin nicht. Er war ein aufmerksamer Partner. Sie war mit ihrer wissenschaftlichen Arbeit beschäftigt. Und doch fiel ihm nicht auf, dass ihr das Leben in Steinbach nicht gefiel und sie sich langweilte.

Am Tag ihrer Doktorfeier machte er ihr einen Heiratsantrag, und sie nahm ihn an. Einen Monat später kam er vom Weinberg nach Hause, und sie war weg. Ausgezogen mit Sack und Pack. Ihr Abschiedsbrief, der unter ihrem Verlobungsring lag, war kurz und unsentimental. Sie könne nicht hier leben, wolle die Welt sehen. Sie erhoffe sich einen guten Job. Alles Dinge, die sie auf dem Berg nicht verwirklichen könne.

Marens Verhalten hatte Tom ebenso überrumpelt wie Ellies heutige Flucht zu Rina. Am meisten hatte ihn schockiert, dass er die Anzeichen übersehen hatte. Er hatte nicht bemerkt, wie Maren in den Fluchtmodus umgeschaltet hatte. Es hätte Möglichkeiten gegeben. Eine Fernbeziehung. Er hätte sich freinehmen können, um sie zu besuchen. Was auch immer, sie hätten eine Lösung finden können, wenn Maren sich nicht einfach aus dem Staub gemacht hätte. Sie hatte ihm keine Chance gegeben und sein Herz gewissenlos unter ihren Stiefelabsätzen zermalmt.

Tom hatte gelitten wie ein Hund und sich geschworen, sich auf so etwas nie wieder einzulassen – was auch immer sich Ellie von ihm erhoffte.

Er klickte durch die Nachrichten auf seinem Handy und rief das Selfie auf, das sie ihm geschickt hatte. Auch wenn es ihn quälte – er musste hart bleiben.

Marcus Wendt warf einen Blick auf sein klingelndes Handy und nahm den Anruf entgegen. »Was gibt's?« Er hatte Reitner, der die Konten so ziemlich aller Steinbacher betreute, in den letzten Tagen mehrere Nachrichten hinterlassen. Sanders Verhalten gab ihm Rätsel auf. An Toms Stelle hätte er sich nicht die Mühe gemacht, bis zur letzten Sekunde zu arbeiten, um die gesamte Ernte einzubringen. Warum tat er das, wenn er den Berg sowieso nicht halten konnte?

Das ließ ihm keine Ruhe. Wieso gab er vor, alles sei in

Ordnung? Er hatte noch einen Tag Zeit, bis er seine offenen Raten begleichen musste, und wirkte verdammt entspannt. Schließlich stand seine gesamte Existenz auf der Kippe. Tom Sander konnte das Geld, das er der Bank schuldete, unmöglich aufgetrieben haben.

Der Banker räusperte sich. »Die Sanders haben den Termin bestätigt. Morgen wird auf dem *Schwarzen Stein* noch einmal gefilmt. Im Anschluss kommen Eric und Tom bei der Bank vorbei und zahlen ihre Schulden.«

Scheiße. Wie hatten sie das geschafft? Marcus sah aus dem Fenster seines Büros. Zwei dieser Freaks von der Fernsehcrew standen wild gestikulierend und lachend vor dem Café. Natürlich. Genau das war es. Tom hatte wegen der Kohle an der Sendung teilgenommen. Wieso war er nicht früher daraufgekommen? Die ganze Frauensuche war reine Show. Es war diesem Drecksack nur um das Geld gegangen.

Er öffnete seine zur Faust geballte Hand. Er würde die Sanders so richtig auflaufen lassen.

Vielleicht war dieses Mal die Chance, schnell an den Hof zu kommen, verstrichen. Doch er war ein geduldiger Mann. Früher oder später bekam er, was er wollte.

21

Landliebe – Szene 21 – Tom und Elisabeth

(Kamera 1: Schwenk über den Gutshof, dann Zoom und Totale auf Weidenmann)

»Liebe Zuschauer, mit diesen wundervollen Impressionen vom Weingut Zum Schwarzen Stein *verabschieden wir uns vom wortkargen Winzer Tom und der kreativen Köchin Elisabeth. Im Gegensatz zu anderen Paaren dieser* Landliebe-*Staffel haben die beiden die Liebe gefunden. Für die Zukunft haben sie große Pläne. Elisabeth wird endlich ein eigenes Nagelstudio eröffnen, und Tom baut augenblicklich an gleich drei Flugzeugmodellen, die er bei einer Ausstellung in Koblenz präsentieren will.*

Sie sehen, auf dem Schwarzen Stein *ist immer etwas los. Wir freuen uns für das glückliche Paar und sind schon sehr gespannt, wie sich ihre Beziehung entwickeln wird. Natürlich werden wir sie spätestens in einem Jahr besuchen, um zu sehen, wie es den beiden ergangen ist.«*

(Kamera 1: Zurück, ausblenden)

Tom erwachte mit einem Ruck. Orientierungslos blinzelte er, dann erinnerte er sich wieder an den vergangenen Abend und ließ sich mit einem Seufzer auf das Sofa zurücksinken. Er war vor dem Fernseher eingeschlafen. Neben ihm stand die leere Weinflasche. Gerade als er sich umdrehen und noch ein wenig weiterdösen wollte, machte ihm ein Hämmern an der Haustür einen Strich durch die Rechnung. Er schlurfte zur Tür und öffnete. Die *Landliebe*-Crew platzte herein, bereit, das Set für den letzten Dreh in seinem Wohnzimmer aufzubauen.

Ellie stand hinter ihnen, neben ihr Rina, die seit Neuestem einen wirklich dämonischen Blick draufhatte. Die beiden Frauen nickten ihm knapp zu und verschwanden nach oben.

Tom kannte das Ritual auswendig, das heute zum letzten Mal stattfand. Ellie würde sich als Erste ins Bad zurückziehen, sich in ihr Dirndl quetschen und eine hübsche Flechtfrisur und ein aufdringliches Make-up verpasst bekommen. Danach war er dran. Was wesentlich schneller ging, da er sich nach wie vor weigerte, sich irgendetwas ins Gesicht oder in die Haare schmieren zu lassen.

Er kochte Kaffee und überwachte den Aufbau des Filmequipments in seinem Wohnzimmer. Schließlich erschien Ellie im Türrahmen, wunderschön und unnahbar. Sie wich ihm aus, dafür erdolchte ihn seine Schwägerin mit Blicken. Er quetschte sich auf dem Weg ins Bad an ihnen vorbei. Gott, Ellie roch so verdammt gut. Er musste sich zwingen, nicht die Augen zu schließen und die Nase in ihre Halsbeuge zu pressen, für die er eine ernsthafte Schwäche entwickelt hatte. Er ging nach oben, stellte die Kaffeetasse auf dem Waschbeckenrand ab und trat unter die Dusche. Als wären Ellies Anblick und ihr Geruch nicht Folter genug, prasselten gemeinsam mit dem heißen – und anschließend kalten – Wasser Flashbacks ihres sinnlichen Duschabenteuers auf ihn ein. Er versuchte, die Erinnerung aus seinem Kopf zu vertreiben und mit der Seife in den Abfluss zu spülen. In Rekordzeit trocknete er sich ab. In Jeans und Holzfällerhemd kehrte er ins Wohnzimmer zurück und nahm neben Ellie auf dem Sofa Platz.

»Ihr müsst euch ein wenig mehr zueinander drehen«, wies der Regieassistent sie an.

»Schon besser«, sagte Holzmaier und nickte. »Tom, nimm Ellies Hand.«

Wie befohlen verschränkte er seine kribbelnden Finger mit ihren. Sie ließ es geschehen, ohne zu protestieren.

»Gut so.« Entweder spürte Holzmaier nichts von der Anspannung, die zwischen ihnen herrschte, oder es war ihm egal. Tom konnte sich vorstellen, dass der Aufnahmeleiter diesen letzten Tag ebenso schnell wie Ellie und er hinter sich bringen wollte. »Die verschränkten Hände bitte auf Elisabeths Oberschenkel. Lou, mach eine Großaufnahme davon, damit wir das später reinschneiden können.« Er sah zu Weidenmann hinüber. »Bist du so weit?«

Der Moderator nickte.

»Dann fangen wir an. Ich hoffe, alle haben ihren Text gelernt. Ich will das nicht zigmal wiederholen müssen. Ton?«

»Läuft.«

»Kamera?«

»Läuft.«

»Klappe. Die Erste.«

Weidenmann bedachte sie – hoffentlich zum letzten

Mal – mit seinem nervigen Showmasterlächeln. »Vier Wochen neigen sich dem Ende zu. Wir haben viel Zeit mit Elisabeth und Tom auf dem Weingut *Zum Schwarzen Stein* verbracht und durften zusehen, wie sie sich ineinander verliebt haben. Aus zwei Fremden wurden erst Freunde und dann Liebende. Wir möchten von Tom wissen, was der größte Beweis ihrer Zuneigung war, den die einfallsreiche Elisabeth dir erbracht hat.«

»Ihr Vertrauen in mich«, antwortete Tom und drückte ihre Hand, die leblos in seiner lag. »Und natürlich die Hilfsaktion auf dem Weinberg, für die sie sogar die gesamte Filmcrew mobilisiert hat. Vielen Dank noch einmal an alle Helfer. Ellie hat mir damit gezeigt, dass ihr das Weingut genauso viel bedeutet wie mir.« Er warf ihr von der Seite einen Blick zu.

Ellie lächelte angestrengt. Unter ihren Augen lagen dunkle Ringe, die auch das Make-up nicht hatte überdecken können. Er hatte den Eindruck, dass sie in eine Million Teile zerspringen würde, wenn er sie nur anstupste.

»Kommen wir zu dir, Elisabeth. Wann war dir klar, dass du dich in den temperamentvollen Tom verliebt hast und hierbleiben möchtest?«

Sie schluckte. Ihre Augen schimmerten feucht. Wahrscheinlich fiel nur ihm auf, dass sie gegen die Tränen ankämpfte. Im Fernsehen würde das vermutlich aussehen, als strahlten ihre Augen vor Begeisterung. Es zerriss ihn innerlich. Tom wollte zwar nicht, dass Ellie hier auf dem Gut blieb, an einem gebrochenen Herzen sollte sie aber auch nicht leiden – zumindest nicht wegen ihm.

Traurig lächelte sie in die Kamera. »Ich glaube, Tom hat

mein Herz vom ersten Augenblick an höherschlagen lassen. Als er mich auf dem Bahnhof umarmte, war es um mich geschehen.«

»Aber du hast dich nicht nur in ihn verliebt«, stellte Weidenmann fest.

»Nein. Ich mag Toms Familie, seine Freunde und die Leute, die hier arbeiten. Mir gefällt der Weinanbau, der Gasthof.« Sie machte mit ihrer freien Hand eine alles umfassende Geste. »Ich liebe einfach alles hier.«

»Wie wird eure Zukunft aussehen?« Diese Frage war an ihn gerichtet.

Er beugte sich ein wenig vor. »Erst einmal wollen wir die gemeinsame Zeit genießen«, sagte er. »Nachdem die Weinlese vorüber ist, können wir uns in Ruhe besser kennenlernen. Ellie muss ihre Wohnung in München auflösen und wird so schnell wie möglich herziehen.«

»Nicht zu vergessen das Nagelstudio. Wir haben bereits ein Angebot für das Haus abgegeben«, ergänzte sie und lehnte sich gespielt vertraulich an seine Schulter. Am liebsten hätte er den Arm um sie geschlungen und sie festgehalten. Das Lächeln, das sie ihm schenkte, war ebenso strahlend wie falsch. Sein Magen zog sich zusammen, so bemerkenswert perfekt spielte sie ihre Rolle. »Mit der Eröffnung meines eigenen Geschäfts in Steinbach erfüllt mir Tom den größten Traum meines Lebens. Allein dafür liebe ich ihn«, sagte sie.

Weidenmann drehte sich zur Kamera. »Dann bleibt uns nichts übrig, als diesem jungen Glück alles Gute für die Zukunft zu wünschen. Wir werden sie selbstverständlich wieder besuchen und sehen, wie es ihnen ergangen ist. Nach einer kurzen Unterbrechung schalten wir zu Schweinebauer Friedhelm und seiner Astrid. Ihre Liebesgeschichte steht unter keinem guten Stern. Nutzen Sie die Werbepause, um sich mit Taschentüchern einzudecken, und machen Sie sich auf ein Tränenmeer gefasst.«

»Schnitt.«

Erleichtert atmete Ellie neben ihm auf, löste ihre Finger und stand auf. Sie riss sich nicht los, provozierte keine Szene. Sie ignorierte ihn einfach, was ihn sehr schmerzte, wie er abermals erstaunt feststellen musste.

Wie immer hatte Holzmaier noch eine spannende Idee, die er unbedingt umsetzen wollte. »Wir filmen noch, wie ihr Hand in Hand aus dem Haus tretet. Danach seid ihr uns wirklich los – und wir euch«, fügte er leise, aber unüberhörbar hinzu.

Ellies Finger kribbelten. Nervös legte sie ihre Hand wieder in Toms, froh, dass sie wenigstens keine schwitzigen Handflächen bekommen hatte. Sie seufzte und schloss für einen Moment die Augen, um sich zu sammeln. Tom konnte nichts dafür, dass sie sich in ihn verliebt hatte. Das war ganz allein ihr Problem. Sie musste damit klarkommen. Er war härter und kaltherziger, als sie geglaubt hatte. In den letzten Wochen hatte sie sich eingebildet, er empfinde etwas für sie, fühle ähnlich. Wenn man sich verliebte, neigte man dazu, das Verhalten des anderen zu verklären. Ellie war dankbar, dass sie wieder in der Realität angekommen war. Seit gestern Abend musste Tom klar sein, dass etwas nicht stimmte. Aber immerhin hatte sie ihm nicht bei einem romantischen Essen im Kerzenschein ihre Liebe gestanden und sich lächerlich gemacht. Ihr Stolz und ihre Selbstachtung waren ihr geblieben. Sie würde beides brauchen, damit sie diesen Tag durchstand.

Ein letztes Mal lächeln. Eine letzte Kameraeinstellung, dann konnte sie dem *Schwarzen Stein* für immer den Rücken kehren. Die Muskeln in ihrem Gesicht schmerzten, ihr Hals brannte. Zusammen mit Tom trat sie aus dem Haus, ein glückliches, verliebtes Paar.

»Das sieht ganz fantastisch aus. Noch ein paar Schritte auf den Hof. Perfekt.«

Ellie wartete auf »Schnitt«, aber Holzmaier war offenbar abgelenkt. Er hatte sich umgedreht und betrachtete einen SLK, der auf den Hof fegte.

Wendt. Was wollte er hier? Schlitternd kam er auf dem Pflaster zum Stehen und sprang aus dem Wagen. Sein Auftritt hatte etwas Unwirkliches.

Mit vor Wut verzerrtem Gesicht blieb er ein paar Meter vor ihnen stehen und richtete anklagend den Finger auf Tom. »Ich weiß, warum du bei dieser Fernsehsendung mitgemacht hast«, sagte er.

Ellie merkte, wie Tom sich neben ihr versteifte. Er schien wie ein Raubtier. Bereit zum Sprung. Bereit, seine Beute zu vernichten. Er und Wendt hatten noch eine Rechnung offen. Der Ärger wegen der Sabotage der Weinlese war noch nicht ausgestanden. Es war nicht besonders klug von Wendt, überhaupt hier aufzutauchen. Noch dümmer wäre es natürlich, wenn sich zwei erwachsene Männer vor laufender Kamera prügelten. Diese Art von Aufmerksamkeit benötigte der *Schwarze Stein* am letzten Drehtag ganz sicher nicht mehr.

Ellie blickte zu Rina hinüber. Sie hatte Eric, der bereits einen Schritt auf Wendt zu gemacht hatte, die Hand auf den Arm gelegt.

»Was willst du auf unserem Hof? Steig in deine Kiste und verschwinde«, knurrte Tom.

»Ich weiß, warum du es getan hast«, wiederholte Wendt. Er sah Ellie an, und seine Züge wurden weicher. War der Ausdruck, der in seine Augen getreten war, etwa Mitleid? »Es ging ihm nicht um dich, Elisabeth«, sagte er. »Es war nie sein Wunsch, eine Frau kennenzulernen. Er wollte Kohle scheffeln. So viel und so schnell wie möglich. Du hast ihm nie etwas bedeutet.« Er legte eine theatralische Pause ein, warf einen vielsagenden Blick auf ihre verschlungenen Hände und verzog das Gesicht. »Er hat dich benutzt. Das Ganze hatte nicht eine Sekunde lang etwas mit Liebe zu tun.«

»Da irrst du dich«, erwiderte Ellie. Plötzlich verflog alle Nervosität. Sie ließ Toms Hand los und trat einen Schritt auf Wendt zu. »Es hat ausschließlich mit Liebe zu tun. Toms Liebe zu diesem Weingut, zu seiner Familie und seinen Angestellten. Für Tom – und natürlich auch für Eric«, sie warf Rina und ihrem Mann einen Blick zu, »bedeutet Wein machen Liebe. Sie produzieren fantastischen Riesling und Chardonnay. Und zwar nicht, weil sie so schnell wie möglich einen möglichst hohen Gewinn einfahren wollen. Ihr Ziel ist es, die besten Weine herzustellen, die diese Berge hergeben. Weine, bei denen man vom ersten bis zum letzten Tropfen schmeckt, wie viel Liebe darinsteckt.« Ellie funkelte Wendt wütend an und fuhr fort: »Das ist etwas, das du nie verstehen wirst, Marcus. Für dich zählt der Umsatz. Du willst das Maximum herausholen. Deshalb bin ich verdammt froh, dass Tom und Eric es in diese Fernsehsendung geschafft haben. Sie haben das Geld zusammen, das sie brauchen, um die Kreditraten zu zahlen.« Sie legte die Hand auf ihren bebenden Brustkorb. »Es würde mir das Herz brechen, wenn du dir den Weinberg unter den Nagel reißen und alles, was sie geschaffen haben, zerstören würdest.«

Wendt starrte sie einen Moment stumm an, dann schüttelte er den Kopf. »Du dumme Kuh«, blaffte er sie an. »Offensichtlich hast du nach vier Wochen auf einem Gut immer noch keinen blassen Schimmer von der Weinproduktion. Die Größe deiner Oberweite lässt tatsächlich auf die nicht vorhandene Größe deines Gehirns schließen«, zischte er.

Ellie registierte, dass Tom hinter ihr einen Schritt nach vorn machte, und sie streckte den Arm aus, um ihn aufzuhalten. Sie musterte Marcus mit mitleidigem Blick. »Mag sein, dass ich keine Ahnung vom Weinbau habe, aber von der Liebe verstehe ich etwas.« Sie schluckte. »Und jetzt verschwinde. Du befindest dich auf einem Grundstück, zu dem du keinen Zutritt hast. Ich gebe dir zehn Sekunden, dann werde ich nicht mehr versuchen, Tom zurückzuhalten.« Sie schielte zu Rina hinüber. »Oder Eric.«

»Du denkst, du sitzt am längeren Hebel, Sander, du Arschloch!«, schrie Wendt. »Aber du wirst schon sehen. Früher oder später wirst du aufgeben. Und dann bin ich da und nehme dir alles weg, was dir etwas bedeutet.« Er spuckte aus, sprang in seinen Sportwagen und raste davon.

Toms Herz schlug heftig. Ellies Worte waren … Er konnte es nicht aussprechen, aber er wollte sie an sich reißen und küssen. Festhalten. Sie nicht mehr loslassen. Sie hatte Wendt seinen Vorwurf um die Ohren gehauen. So, wie sie es sagte, war seine Motivation, an der *Landliebe*-Show teilzunehmen, geradezu ehrbar. Sie brachte es auf den Punkt. Er hatte es wegen des Geldes getan – für das, was er liebte.

Die Anspannung, die seine Muskeln zittern ließ, ebbte erst ab, als Wendts Wagen verschwand. Sein Blick fiel auf die Kameras. Das rote Aufnahmelicht leuchtete noch immer. »Ihr schneidet das doch raus, oder? Ich will nichts davon in der Sendung haben. Es hat nichts mit der Show zu tun.«

Holzmaier verdrehte die Augen. »Ellies Statement wäre zur Abwechslung mal ein würdiges Schlusswort. Aber keine Sorge. Die Produzenten würden jedem Einzelnen von uns in den Hintern treten, wenn wir das senden und damit jede Menge Idioten auf dumme Gedanken bringen würden. Ihr braucht euch keinen Kopf zu machen. Diese kleine Aufnahme existiert praktisch schon nicht mehr.«

»Danke«, presste Tom heraus. Er drehte sich um, doch Ellie war bereits im Haus verschwunden.

Er wollte ihr hinterhergehen, doch Eric hielt ihn auf. »Wir müssen los.«

»Lass mich einen Moment mit Ellie sprechen. Eine Minute.«

»Dazu haben wir keine Zeit mehr«, sagte Eric. »Wir müssen zusehen, dass wir es pünktlich zur Bank schaffen. Rede mit ihr, wenn wir zurück sind. Rina kümmert sich inzwischen um alles.«

Tom schaute zu seiner Schwägerin. Sie war blass und rieb sich den Rücken. Es wurde höchste Zeit, dass das Baby das

Licht der Welt erblickte. »Du sorgst doch dafür, dass Ellie noch da ist, wenn wir zurück sind?«, fragte er sie. »Ich muss mit ihr reden.«

»Ihr Zug geht erst heute Nachmittag. Dir bleibt genügend Zeit. Du kannst sie zum Bahnhof bringen.«

Rina lag wie immer richtig. Genau das würde er tun. Er würde offen mit ihr sprechen. Das hatte Ellie verdient. Sie hatte so viel für ihn getan. Sie hatte ein Recht darauf, zu erfahren, warum er keine Beziehung mit ihr führen konnte. Dass er ihr aber dennoch unendlich dankbar war – und die Zeit mit ihr nie vergessen würde.

Nach der Auseinandersetzung mit Wendt zog Ellie sich in ihr hässliches Gästezimmer zurück. Sie musste sowieso endlich packen. Sie schloss die Tür und lehnte sich mit weichen Knien dagegen. Tom hatte sie so angesehen, dass sie einen Moment geglaubt hatte, es würde sich doch noch alles zum Guten wenden. Aber er kam nicht. Klopfte nicht an ihre Tür und versuchte, mit ihr zu reden.

Sie schloss die Augen, sammelte sich. Ihre kleine Ansprache hatte Toms Einstellung zu ihr nicht geändert. Natürlich nicht. Inzwischen hatte dieses dumme Hoffen genug Stolz gefordert. Es war an der Zeit, die Brücken hinter sich abzubrechen, oder am besten gleich in die Luft zu jagen. Während die Filmcrew im Erdgeschoss rumorte, die alten, hässlichen Möbel aus- und Toms und Johannas Sachen wieder einräumte, stopfte sie ihre Kleider in die Koffer und schleppte sie die Treppe hinunter. Das Gästezimmer musste ebenfalls in seinen Originalzustand zurückversetzt werden.

Rina saß bei einer Tasse Tee in der Küche. Ellie stellte die Koffer neben die Tür und gesellte sich zu ihr. Ihr Zug fuhr erst in einigen Stunden, und sie konnte ihrer Freundin, die das Umräumen überwachen sollte, Gesellschaft leisten.

»Tom und Eric sind zur Bank gefahren«, sagte Rina. Sie sah furchtbar aus. Schweiß stand auf ihrer blassen Stirn. Ihre Lippen waren blutleer.

»Was ist los mit dir? Geht es dir nicht gut?«, fragte Ellie.

»Manche Tage sind besser, manche schlechter.« Müde strich sie sich über den Rücken.

»Kann ich irgendetwas für dich tun?«

»Nein, setz dich ein bisschen zu mir.« Mit der Fußspitze schob Rina ihr einen Stuhl hin. »Dieser Wendt ist ziemlich unverfroren.«

»Ja.« Ellie schüttelte den Kopf. »Er hat wirklich Glück gehabt, dass ihm niemand eine verpasst hat. An seiner Stelle …«

Plötzlich hallte eine Stimme durch den Flur: »Hallo. Jemand zu Hause?«

»Wen suchst du denn, Hübsche?«, hörten sie einen Tontechniker antworten.

»Dich nicht, Schätzchen«, kam die prompte Antwort.

»Alex?« Ellie sprang so heftig auf, dass ihr Stuhl fast umkippte. »Alex!« Sie fiel der Freundin, die in der Küchentür stand, um den Hals. »Oh Gott, was tust du denn hier?«

Alex hielt sie fest an sich gedrückt. »Die Frage müsste eher lauten: Wieso tauchst du erst jetzt hier auf, obwohl du angeblich meine beste Freundin bist? Es tut mir so leid, wir waren mitten in einem Shooting, das bis in die frühen Morgenstunden dauerte. Ich war so fertig, dass ich erst einmal ein paar Stunden schlafen musste, bevor ich losfahren konnte.«

»Aber warum?«, fragte Ellie. »Ich fahre heute nach Hause. Du hättest nicht herkommen müssen.«

»Meine beste Freundin hat Liebeskummer und wird von einem Typen abserviert? Selbstverständlich muss ich da herkommen.«

Rina gab hinter ihnen einen undefinierten Laut von sich. »Oh, entschuldige«, sagte Ellie, »darf ich vorstellen, meine Freundin Alex, das ist … Rina?« Erschrocken blickte sie Rina an.

Alex trat neben sie. »Was ist mit ihr?«, fragte sie.

»Keine Ahnung.« Ellie kniete sich neben den Tisch. Rina hielt ihren Bauch umklammert und stöhnte schrecklich. »Rina. Du machst mir Angst. Was ist mit dir? Ist mit dem Baby alles in Ordnung?«

»Mit dem verdammten Baby ist alles in bester Ordnung«, brachte Rina zwischen zusammengebissenen Zähnen hervor. »Es hat sich nur entschlossen, jetzt auf die Welt zu kommen.«

»Jetzt?« Alex' Augen wurden groß. »Oh Gott, oh Gott, oh Gott«, murmelte sie. »Was müssen wir tun? Wasser erhitzen.« Sie sah sich in der Küche um. »Im Film erhitzen sie immer Wasser. Und wir brauchen Handtücher. Wo finde ich Handtücher?« Hektisch begann sie, Schranktüren und Schubladen aufzureißen. »Damit dürfte es funktionieren.« Triumphierend zerrte sie ein Monstrum von Topf aus einem Unterschrank.

»Ich brauche kein Wasser. Ich brauche einen Kreißsaal«, keuchte Rina.

»Oh, okay. Wo bekommen wir einen her?« Alex drehte sich einmal um die eigene Achse, bis die Worte in ihr Gehirn eingesickert waren. »Oh, Kreißsaal. Verstehe. Ellie? Sag doch auch mal was, verdammt. Was tun wir denn jetzt?«

Ellie drückte Rinas Hand und strich ihr eine verschwitzte Haarsträhne aus dem Gesicht. »Ist das meine Schuld?«, fragte sie besorgt. »Kommt das Baby wegen der Aufregung, die ich verursacht habe?«

Stöhnend lehnte Rina sich zurück. »Das Baby kommt, weil heute sein errechneter Geburtstermin ist.«

»Heute?«, fragte Ellie entsetzt. Alex' Panik begann, auf sie abzufärben. »Heute ist der Geburtstermin? Ihr habt mir das nicht erzählt. Und Eric ist zur Bank gefahren. Einfach so. Am Geburtstermin!« Sie wusste, dass sie hysterisch klang.

»Babys kommen doch nie pünktlich, normalerweise.« Rina krampfte sich wieder zusammen.

»Normalerweise!«

»Ja, verdammt«, fauchte Rina. »Ich habe seit gestern Wehen, okay. Ich habe mir nichts dabei gedacht und geglaubt, es sind Rückenschmerzen. Jetzt weiß ich es.«

»Okay, okay.« Ellie atmete tief durch. Ihr Herz schlug wie verrückt. »Wir regen uns jetzt nicht auf. Wir bleiben ganz ruhig und logisch. Was soll ich tun? Einen Krankenwagen rufen?«

Rina schüttelte den Kopf. »Das dauert zu lange. Jemand muss mich nach Bernkastel fahren und Eric anrufen.«

»Ja. Wir finden jemanden«, sagte Ellie.

»Ich mach das.« Sie blickten beide auf. Alex zuckte mit den Schultern. »Mini Cooper S. Hundertvierundachtzig PS. Der schnellste Weg in den nächsten Kreißsaal.«

»Da hat sie nicht unrecht. Kannst du aufstehen?«, fragte Ellie und half Rina hoch.

»Alles okay bei euch? Was ist das für ein Geschrei?« Holzmaier und die Stylisten linsten neugierig in die Küche.

»Alles wunderbar.« Alex winkte sie zur Seite. »Hier wird nur jemand Mama. Kusch.« Sie schnappte sich Ellies Koffer und marschierte los.

»Was hast du mit meinem Gepäck vor?«, fragte Ellie.

»In den Kofferraum werfen«, antwortete Alex. »Dann müssen wir nicht noch einmal hierher zurückkehren.«

»Ja … Gute Idee.« Ellie schnürte es den Hals zu. Sie hätte sich gern anders von der Filmcrew verabschiedet, wäre gern noch einmal über den Hof gegangen. Aber vielleicht war es am besten so. Kurz und schmerzlos. Rina stützte sich schwer auf ihren Arm, als sie sie aus dem Haus führte. »Kann jemand von euch nach Murdock sehen?«, fragte Ellie. Er hatte sich bestimmt wieder in Toms Arbeitszimmer versteckt, wie er es immer tat, wenn ihm zu viel Aufregung im Haus herrschte.

»Klar, machen wir«, rief irgendjemand hinter ihr. Ellie schluckte. Sie hätte so gern noch einmal ihr Gesicht im weichen Fell des Hundes vergraben. Komm schon, ermahnte sie sich. Kein langer tränenreicher Abschied. Einfach gehen.

Alex verfrachtete einen Koffer in den Kofferraum, den anderen auf den Rücksitz. Ellie setzte sich daneben. Kaum hatte Rina sich auf den Beifahrersitz fallen lassen, raste Alex los, als nehme sie an der Rally Paris – Dakar teil.

Ellie wurde auf dem Rücksitz herumgeschleudert. Mal fiel sie auf ihren Koffer, mal versuchte das dumme Ding, sie zu erschlagen. Mit zitternden Händen suchte sie auf ihrem

Handy Erics Nummer heraus. »Mailbox«, informierte sie Rina und Alex. »Eric, verdammt noch mal«, brüllte sie in ihr Telefon. »Dein Kind kommt gerade auf die Welt. Wie kannst du am errechneten Geburtstermin dein Handy ausschalten? Und sag jetzt ja nicht, dass Kinder normalerweise nie …«

»Ellie!«, unterbrach Alex sie. »Komm auf den Punkt.«

»Ja, stimmt. Wir fahren Rina nach Bernkastel ins Krankenhaus. Ich versuche es noch bei Tom. Vielleicht hat er sein Handy eingeschaltet.«

Ellie legte auf und wählte noch einmal und erreichte ebenfalls nur die Mailbox. Tom eine Nachricht zu hinterlassen sparte sie sich.

Sie legte die Hand auf Rinas Schulter, nicht sicher, wen sie beruhigen wollte, die Freundin oder sich selbst. »Wir schaffen das. Keine Sorge. Eric wird rechtzeitig auftauchen.«

22

(Rina und Tom auf der Bank unter der Eiche auf dem Gutshof)

»Wie angenehm es ist, mal keine Kamera im Nacken zu haben.«

»Das ist wahr. Kein verrückter Holzmaier, der durch die Gegend rennt, mit Flugzeugmodellen wirft und herumbrüllt.«

»Ja. Wie schön wäre es, wenn Ellie auch da wäre.«

»Ich habe dir gesagt, du sollst dich nicht einmischen.«

Tom starrte in die tiefblauen Augen, die ihn weise anblickten, so als hätte dieses kleine Wesen schon die ganze Welt gesehen. Die Welt der Liebe hatte der Knirps auf jeden Fall schon entdeckt. Mit Liebe wurde er geradezu überschüttet. Zum Beispiel von seiner Großmutter, die auf der Couch in ihrem geliebten Wohnzimmer saß, die Krücken neben sich gegen das Polster gelehnt, und die Arme nach ihm ausstreckte. »Gib mir meinen Enkel, damit ich mit ihm schmusen kann«, sagte sie ungeduldig.

Tom gab ihr das winzige Bündel namens Maximilian Sander. »Kann ich euch noch etwas bringen? Tee? Kaffee?«, fragte er.

»Gern noch eine Tasse Tee«, bat Rina. Sie war vor zwei Tagen aus dem Krankenhaus entlassen worden und in

Toms Augen so ziemlich die glücklichste Mutter, die es auf diesem Planeten gab.

»Wie wäre es mit einem Glas Wein?«, schlug seine Mutter vor.

Tom zog die Augenbrauen nach oben. »Verträgt sich das mit deinen Medikamenten?«

»Als ich das letzte Mal nachgesehen habe, warst du weder mein Arzt noch mein Krankenpfleger«, gab seine Mutter zurück.

Eric verbarg sein Lachen hinter einem Husten. Wieder einmal ganz der Verräter, als der er sich in letzter Zeit ziemlich oft entpuppt hatte. »Na komm schon, Schwester Tom«, sagte er. »Bringen wir der Patientin ein Glas Wein. Ich könnte auch einen Schluck vertragen.« Er nahm Tom brüderlich in den Schwitzkasten, verpasste ihm eine leichte Kopfnuss und ging mit ihm in die Küche.

Tom schob sich die Haare aus dem Gesicht. Während Rina die glücklichste Mutter auf diesem Planeten war, platzte Eric regelrecht vor Stolz und Liebe. Mit Maximilian hatte ein Wunder auf dem *Schwarzen Stein* Einzug gehalten. Anders konnte Tom es nicht beschreiben. Er hatte sich gleich beim ersten Mal in seinen wundervollen Neffen verliebt. Eine Woche war das jetzt her. Seit sechs Tagen war der kleine Junge – Tom war sich sicher, dass aus ihm einmal ein Herzensbrecher werden würde – auf der Welt. Vor sechs Tagen hatten sie ihre offenen Kreditraten beglichen. Sechs Tage. Einhundertvierundvierzig Stunden lag Ellies Abreise nun zurück. Sie hatte sich nicht verabschiedet.

Als Eric und er aus der Bank gekommen waren, hatte er gesehen, dass sie probiert hatte, ihn anzurufen, und sein

Herz hatte schneller geschlagen. Sie hatte ihm keine Nachricht hinterlassen. Dafür hatte sie umso lauter auf die Mailbox seines Bruders gebrüllt, dass er auch aus einem Meter Entfernung jedes Wort verstehen konnte. Rina bekam ihr Kind. Eric war blass geworden. Wie ein Verrückter hackte er auf seinem Handy herum, bis er seine Frau endlich erreichte. Als er auflegte, war bereits ein wenig Farbe in sein Gesicht zurückgekehrt. »Ich werde Vater«, sagte er und grinste wie ein Honigkuchenpferd.

»Wunderbar, Daddy. Ich vermute, wir machen uns auf den Weg zu Mommy?«, erwiderte Tom.

»Ja. Setz mich am Krankenhaus ab. Und dann musst du mir einen Gefallen tun.«

»Jeden.« Er spürte, dass auch er grinsen musste. Er wurde Onkel und würde für seinen Neffen zum Mond und wieder zurück trampen, wenn das nötig war.

»Ellie und eine Freundin haben Rinas Tasche vergessen. Du weißt schon, Krankenhauskram, Klamotten für den Kleinen. Kannst du zurückfahren und sie holen?«, fragte Eric.

»Geht klar«, antwortete Tom. Er hatte seinen Bruder in Bernkastel abgesetzt und war nach Hause gefahren, um Rinas Sachen zu holen. Ellie hatte er nirgends finden können. Später hatte er erfahren, dass ihre Freundin Alex aufgetaucht war, um sie abzuholen. Sie hatten bei Rina ausgeharrt, bis Eric eingetroffen war. Als Tom endlich ins Krankenhaus kam, war Ellie längst weg. Sie war einfach aus seinem Leben verschwunden. Ohne einen Gruß. Ohne eine Nachricht. Im ersten Moment war er verdammt sauer gewesen. Inzwischen war der Zorn von Enttäuschung abgelöst worden. Bitterkeit. Sie hatte doch so getan, als bedeutete er ihr etwas. Wie konnte sie da einfach abhauen? All die Gefühle, die seit Maximilians Geburt in ihm hochgekommen waren, hatten ihm eines klargemacht: Er hatte sich in Ellie verliebt. Obwohl er es nicht hatte zulassen wollen. Natürlich half das alles nichts. Er konnte nicht von ihr verlangen, auf dem Weingut zu leben, weit weg von der Zivilisation, wie Maren es immer genannt hatte.

Tom holte eine Flasche Wein aus dem Kühlschrank und entkorkte sie, während Eric Gläser aus dem Schrank nahm. Rina gesellte sich zu ihnen und lehnte sich mit verschränkten Armen in den Türrahmen. Wie so oft in letzter Zeit hatte sie schon wieder diesen bohrenden Blick, und er zog es vor, sie zu ignorieren.

»Wie lange soll das so weitergehen, Tom?«, fragte Rina.

Er warf ihr einen Blick zu. »Ich habe keine Ahnung, wovon du sprichst«, sagte er.

»Ich spreche von Ellie.« Natürlich. Wann immer sie eine Gelegenheit witterte, brachte sie das Thema aufs Tapet.

»Tja, Pech. Ich spreche nicht über sie.« Er schenkte Wein für seine Mutter ein.

»Vielleicht solltest du *mit* ihr sprechen«, sagte Eric und drückte ihn auf einen Stuhl. »Setz dich, Sturschädel.«

»Was soll das werden?«

»Ein Gespräch unter Erwachsenen.« Rina funkelte ihn an.

»Ich muss Mam ihren Wein bringen«, brachte er schwach heraus.

»Sie wird es überleben, fünf Minuten zu warten.« Eric stellte sich neben seine Frau. »Wir finden, dass es so nicht weitergehen kann.«

Tom nahm das Glas, das er für seine Mutter gefüllt hatte, und trank einen großen Schluck. Halleluja, womit hatte er das verdient? »Wenn ihr mir jetzt noch verratet, was so nicht weitergehen kann. Nur, damit ich es auch weiß«, fügte er sarkastisch hinzu.

Rina setzte sich ihm gegenüber. Eric lehnte sich gegen den Küchentresen. »Wir sehen, wie du leidest«, begann sie. »Und du liegst uns am Herzen, und wir wollen, dass es dir gut geht.«

»Ihr habt gerade ein Kind bekommen«, sagte Tom. »Ihr seht überall Liebe, singende bunte Vögel und Schmetterlinge. Die Hormone frisch gebackener Eltern. Ich kann die Herzchen sehen, die in euren Augen blinken. Lasst das nicht an mir aus, okay? Ich kann eure Gefühlsduselei im Moment echt nicht gebrauchen.«

»Es steht dir ins Gesicht geschrieben«, erwiderte Eric. »Du hast dich in Ellie verliebt. Trotzdem hast du sie weggeschickt, ihr keine Chance gegeben, dabei ist sie so verknallt in dich. Was ich übrigens nicht nachvollziehen kann. In allen anderen Dingen hat sie so viel Geschmack. Warum sie ausgerechnet dich will, versteht kein Mensch.« Sein Bruder war ja so unfassbar witzig.

Tom rieb sich die müden Augen. Als Ellie bei ihm gewesen war, hatte er zum letzten Mal durchgeschlafen. Seither wälzte er sich schlaflos im Bett hin und her, oder wenn er dann einmal schlief, hatte er sinnliche Träume, in denen Ellie die Hauptrolle spielte. »Vorschlag«, sagte er. »Ich gebe für euch den Babysitter. Bringt Max zu mir, wenn er zahnt und ihr ein paar ruhige Nächte braucht. Wenn er nicht einschlafen kann. Egal was. Im Gegenzug lasst ihr mich einfach in Ruhe. Wäre das ein Deal?« Er trank noch einen Schluck Wein. Seine Kehle war wie ausgedörrt.

»So schlimm?« Rina drückte seine Hand.

»Was denn?«, fuhr er sie an.

Rina zuckte nicht mit der Wimper. »Wir können dich erst in Ruhe lassen, wenn wir dir gesagt haben, was wir auf dem Herzen haben, erwiderte sie. »Das wirst du dir wohl oder übel anhören müssen.«

»Ellie ist nicht Maren«, setzte Eric an.

Tom explodierte. »Ich will nicht über Maren reden«, polterte er. »Maren und Ellie haben nichts miteinander zu tun, verstanden? Sie … sie sehen sich nicht einmal ähnlich.«

»Ihre einzige Gemeinsamkeit ist, dass du dich in beide verliebt hast. Du vergleichst dein damaliges Leben mit den Möglichkeiten, die sich jetzt bieten. Du siehst nur die Gemeinsamkeiten. Für die Unterschiede hast du keinen Blick«, sagte Eric.

»Es gibt keine Unterschiede. Ellie ist ein Großstadtmädchen. Dieser Art von Frau habe ich abgeschworen. Fertig«, gab Tom ärgerlich zurück.

»Ellie lebt in der Stadt, stimmt. Aber sie hat sich hier sehr wohlgefühlt. Sie war hier glücklich.«

Tom gab einen harschen Laut von sich. »Das war bei Maren am Anfang auch so. Zumindest glaubte ich das.«

Eric schüttelte den Kopf und seufzte frustriert. »Ellie und Maren sind zwei völlig unterschiedliche Personen mit ganz anderen Zielen und Erwartungen an das Leben. Du hast Maren aus ihrer gewohnten Umgebung gerissen und aufs Land geschleppt. Sie war jung, hatte gerade ihren Doktor in der Tasche. Sie sollte hier leben, in einer unbekannten Umgebung, ohne einen anständigen Job. Dabei hatte sie noch Pläne und Träume – was man ihr grundsätzlich nicht verübeln kann. Ein bisschen mehr Rücksicht und Ehrlichkeit ihrerseits wären vielleicht nicht schlecht gewesen.«

»Ellie ist das komplette Gegenteil«, hakte Rina ein. »Du hast sie nicht hier hergeschleppt. Sie ist aus freien Stücken nach Steinbach gekommen. Ihr Ziel ist es auch nicht gewesen, einen Mann zu finden, wie wir zunächst geglaubt haben. Sie hat genau wie du wegen des Geldes an der Show teilgenommen. Sich zu verlieben stand nicht auf ihrer Agenda. Und doch ist es geschehen. Sie hat dich nicht als Student an der Uni kennengelernt, sondern hier. In deiner natürlichen Umgebung. Mal abgesehen von der grauenvollen Umdekoration des Hauses hat sie dich genauso erlebt, wie du bist. Sie hat gesehen, wie du arbeitest und wie du lebst. Du bist für sie kein Geheimnis, das eine böse Überraschung bergen könnte. Außerdem hat sie dir – und uns allen – mehr als einmal bewiesen, dass ihr nicht nur an dir, sondern auch an dem Berg und dem Restaurant ungemein viel liegt. Großstadt hin oder her. Ellie war hier glücklich. An deiner Seite. Auf dem *Schwarzen Stein*.«

»Du schätzt sie völlig falsch ein«, musste nun auch Eric noch einmal seinen Senf dazugeben. Hoffentlich waren sie bald fertig. »Sie wäre jederzeit bereit, das Stadtleben aufzugeben, um im Gasthof anzufangen. Sie träumt davon, ein Restaurant zu leiten, sich zu verwirklichen. Das erkennt man, wenn man ihr beim Kochen zusieht. Und das schmeckt man. Wenn du dir ein wenig mehr Mühe gegeben hättest, hättest du erkannt, dass sie für diesen Job sofort nach Steinbach ziehen würde. Du wärst nur das i-Tüpfelchen, der Mann, in den sie sich verliebt hat und der zufällig um die Ecke wohnt.

Für Maren hingegen«, fuhr Eric fort, »warst du eine praktische Lösung. Sie hatte keine Verwandten, niemanden, der ihr Studium finanzierte. Für sie kam der *Schwarze Stein* wie gerufen, um ihre Doktorarbeit zu schreiben. Sie musste weder Miete zahlen noch für ihren Lebensunterhalt aufkommen. Du hast ihr jedes finanzielle Problem abgenommen. Du warst ein Dummkopf. Ein verliebter Dummkopf. Maren hat dich nach Strich und Faden ausgenutzt.«

»Danke.« Tom stand auf und griff nach dem Wein und seinem Glas. »Diese Psychoanalyse war wirklich fantastisch. Ihr solltet euch überlegen, in einer Fernsehshow aufzutreten.« Er hob die Weinflasche. »Macht für Mam eine neue Flasche auf. Die hier nehme ich mit.« Ohne ein weiteres Wort verließ er die Küche und ging mit müden Schritten die Treppe hinauf. Vielleicht konnte er schlafen, wenn er sich eine ordentliche Riesling-Dröhnung verpasste.

»Sie haben Ihr Ziel erreicht. Es befindet sich auf der linken Seite.«

Tom hatte keine Ahnung, was er hier eigentlich tat. Er parkte seinen Wagen, blieb einen Moment sitzen und trank den Rest seines lauwarmen Kaffees, den er an irgendeiner Raststätte am Rande der Stadt gekauft hatte. Erschöpft strich er sich über das Gesicht.

Er hatte nicht nachgedacht. Er hatte wach im Bett gelegen, weil sich der Riesling wider Erwarten nicht als Schlafmittel eignete. In aller Herrgottsfrühe hatte er Holzmaier angerufen und ihn so lange genervt, bis er Ellies Adresse rausrückte. Dann war er die über fünfhundert Kilometer von Steinbach nach München gefahren.

Nun stand er hier, ohne zu wissen, warum er hergekommen war und was er als Nächstes tun sollte.

Er stieg aus, blieb an seinem Wagen stehen und betrachtete das Haus Nummer vierunddreißig. Es sah aus wie alle anderen Häuser in dieser Straße. Ein fünfstöckiger Altbau. Über den Dächern der Stadt knallte die Sonne von einem leuchtend blauen Himmel und verursachte ihm Kopfschmerzen. Die Luft war eisig, und sein Atem bildete Wölkchen. Er fixierte die Haustür, als stünde dort die Antwort auf all seine Fragen.

Natürlich half ihm die Tür nicht weiter. Er hatte keine Ahnung, wie lange er sie schon anstarrte. Schließlich wurde sie geöffnet, und eine Frau erschien. Sie drehte sich lachend um und sprach mit jemandem. Kurz verharrte sie im Türrahmen, bevor sie einen Schritt auf den Gehweg machte und ihre Gesprächspartnerin in die Sonne trat. Ellie. Sie sah … wunderschön aus. Enge Jeans, braune halbhohe Stiefel und eine Lederjacke. Ihre blonden Locken fielen ihr offen über die Schultern, bedeckt von einer Häkelmütze in Türkis. Sie passte farblich genau zu Ellies Schal. Eine Sonnenbrille verhinderte den Blick in ihre Augen.

Sie lächelte über etwas, was die andere Frau sagte. Wahrscheinlich war das ihre Freundin Alex. Diejenige, die Ellie auf dem Weingut abgeholt und Rina glücklicherweise in die Klinik gebracht hatte. Dafür war er ihr etwas schuldig, wenn er sie auch für den Einfluss, den sie auf Ellie ausübte, nicht besonders mochte.

Sie wandten sich nach links und kehrten ihm den Rücken zu. Keine von beiden hatte ihn entdeckt. Alex redete ununterbrochen, gestikulierte lebhaft und hakte sich bei Ellie unter. Langsam gingen sie in Richtung Innenstadt.

Und dann, wie von einem unsichtbaren Faden gezogen, der zwischen ihnen gespannt war, wandte Ellie den Kopf zu ihm um. Sie blieb stehen und starrte ihn an. Alex machte noch einen Schritt, ehe sie merkte, dass ihre Freundin innegehalten hatte. Sie folgte Ellies Blick und presste die Lippen zusammen. Während er Ellies blanken Gesichtszügen nichts entnehmen und ihre Augen hinter der Sonnenbrille nicht ausmachen konnte, war Alex offensichtlich verärgert, ihn hier zu sehen. Sie wusste anscheinend, wer er war. Die Frauen sprachen kurz miteinander, dann nickte Alex und kehrte ins Haus zurück.

Zögernd kam Ellie auf ihn zu. Einen Moment schwiegen sie beide. Er konnte den Duft ihrer Haare riechen. Ihr Schal flatterte im Wind.

»Was treibt dich nach München?«, fragte sie schließlich leise.

»Du.« Er sah sie von der Seite an. »Können wir miteinander reden?«

»Ich bin mir nicht sicher, ob das eine gute Idee ist.«

»Ellie …«

»Hör zu«, unterbrach sie ihn. »Du hattest recht. Es ist klüger, einen Schlussstrich zu ziehen.« Sie legte ihre Hand leicht auf seinen Arm, und er zuckte unmerklich zusammen. »Es war schön. Wir hatten viel Spaß. Behalten wir die Zeit einfach in guter Erinnerung und kehren zurück in unser altes Leben. Jeder für sich.«

Panik erfasste ihn. »Ellie …«, begann er und wollte nach ihrer Hand greifen, doch sie zog sie weg.

Sacht schüttelte sie den Kopf. »Mach's gut.«

»Hast du schon einen Job?«, fragte er verzweifelt. Wenn sie jetzt ging …

Ellie hatte bereits zwei Schritte auf die Straße gemacht und drehte sich langsam zu ihm um. »Warum?«

»Hast du?«

Sie zuckte mit den Schultern. »Ich habe ein paar Bewerbungen geschrieben.«

»Ich möchte dir den Job im Gutshof anbieten«, sagte er. »Ich bin nicht der Personalchef, aber ich bin mir sicher, Eric wird kein Problem damit haben, wenn ich dich einstelle.«

»Warum tust du das?« Ihre Lippen wurden schmal. Es machte ihn wahnsinnig, dass er ihre Augen hinter der dunklen Sonnenbrille nicht sehen konnte.

»Weil ich möchte, dass du zurückkommst. Du bist gegangen, bevor ich mit dir sprechen konnte. Ich wollte dir ein paar Dinge erklären«, sagte er.

»Rina lag in den Wehen. Es war nicht so, als ob ich eine Wahl gehabt hätte.«

»Du hättest im Krankenhaus auf mich warten können.«

»Nein, verdammt.« Jetzt klang Ellie sauer. »Ich musste das tun, was du von mir erwartet hast. Die Großstadttussi musste dorthin zurückkehren, woher sie gekommen war.«

»Deshalb wollte ich mit dir reden …«

»Ich will es nicht hören«, erwiderte sie und wandte sich um. Ohne nachzudenken, trat Tom auf sie zu und zog sie zurück. Er nahm ihr die Sonnenbrille ab. Es gab ihm einen Stich, als er die dunklen Ringe unter ihren Augen bemerkte.

Es ging ihr nicht besser als ihm. Vorsichtig strich er über ihr Gesicht. Ihre Haut wirkte dünn wie Papier.

Ellie schob seine Hand weg. »Hör auf damit«, flüsterte sie. Ihre Stimme zitterte. »Fahr nach Hause, und grüß Rina und Eric von mir.«

»Nein.« Tom hatte einen Kloß im Hals. »Ich kann nicht gehen.« Wieder legte er die Hand an ihre Wange und zwang sie, ihm in die Augen zu sehen. »Ich bin ein Idiot, Ellie«, sagte er, »ein verdammter Blödmann. Und ich habe mich in dich verliebt.«

Sie schaute ihn an und schwieg.

»Ich liebe dich«, versuchte er es noch einmal.

»Warum kommst du erst jetzt hierher? Warum hast du mir das nicht früher gesagt, als du die Möglichkeit dazu hattest?«

Er wies mit dem Finger auf seine Brust. »Idiot«, wiederholte er. »Ich habe unsere Situation mit einer anderen verglichen, die für mich sehr unschön, um nicht zu sagen, schmerzhaft, zu Ende ging. Ich war vor einiger Zeit verlobt und habe dich mit dieser Frau verglichen. Sie hat mich verlassen, weil es ihr auf dem *Schwarzen Stein* zu langweilig geworden war. Irgendwie habe ich dich in ihr gesehen.«

»Wie schmeichelhaft.«

»Nicht wahr?« Er grinste reuevoll. »Ich habe zu viel nachgedacht und mir eingeredet, meine Verlobte habe mich wegen des Weinberges verlassen. Genau genommen hat sie mich einfach nicht geliebt.« Er griff Ellies Schal und wickelte ihn um seine Hand, bis sie sich ganz nah waren. Seine Lippen berührten ihren Mundwinkel. Nur ganz leicht, aber es reichte, sein Inneres mit Wärme zu füllen. »Doch du bist

Ellie. Ich hätte niemals so denken dürfen.« Er sah in ihre großen grünen Augen. »Ich liebe dich.«

»Oh, Tom.« Sie schlang ihre Arme um seinen Nacken. Seine Hände glitten um ihre Mitte und hielten sie fest. Es fühlte sich so wunderbar an, wenn sie in seinen Armen lag. Sie gehörte zu ihm.

»Ich liebe dich auch«, flüsterte sie.

»Das ist gut. Das ist verdammt gut.« Er küsste sie. Das Prickeln, das ihn erfasste, sich in seinem gesamten Körper ausbreitete, erinnerte ihn an den ersten Schluck eines unübertroffenen Rieslings, den man an einem Kaminfeuer genoss.

Epilog

Landliebe – Tom und Elisabeth – Jubiläumsshow

(Kamera 1: Schwenk über Weinberg und Gutshof, Zoom und Totale auf Weidenmann)

»Liebe Zuschauer, mein Name ist Paul Weidenmann. Ich befinde mich heute auf dem Weingut Zum Schwarzen Stein *an der wunderschönen Mosel. Hier haben sich in der* Landliebe-*Staffel im vergangenen Jahr der warmherzige Winzer Tom und die kesse Köchin Elisabeth ineinander verliebt. Wir besuchen sie heute und dürfen Gäste des Festes sein, das sie anlässlich ihres Kennenlernens vor einem Jahr geben. Begleiten Sie uns auf das Weingut, und genießen Sie die romantische, atemberaubende Kulisse.*

(Kamera 1: Zurückfahren und ausblenden)

»Hi, wie heißen Sie?«

»Ich bin Lisa.«

»Hallo, Lisa. Darf ich mich vorstellen? Ich bin …«

»Henner Holzmaier. Ich weiß. Wir haben uns letztes Jahr flüchtig kennengelernt.«

»Tatsächlich? Nun ja, Tom und Elisabeth haben mich so viele Nerven gekostet. Ich konnte mich außer auf die beiden auf wenig anderes konzentrieren. Aber das scheint ein Fehler gewesen zu sein. Sagen Sie, tragen Sie Paillettenröcke?«

»Was?«

»Sie wissen schon, Röcke, die mit Pailletten bestickt sind.«

»Ähm … nein. Tut mir leid.«

»Keine Ursache. Der Wein ist wunderbar, nicht wahr?« Holzmaier nippte an seinem Glas.

»Ja«, antwortete Lisa und hielt ihm ein Tablett mit den Häppchen unter die Nase. »Sie sollten unbedingt das Fingerfood probieren. Mit unseren kulinarischen Weinproben haben wir es dieses Jahr in den *Feinschmecker* geschafft.«

»Das ist fantastisch. Und Sie besitzen wirklich keinen Paillettenrock?«, fragte Holzmaier.

»Nein, wirklich nicht.«

»Hmm. Etwas anderes, das in die Richtung geht?«

»Nein.« Auf Lisas Gesicht lag ein verzweifelter Ausdruck. Wenn Holzmaier sich erst einmal festbiss, entkam man ihm nicht so schnell.

»Mal einen anprobiert?«, bohrte Holzmaier weiter.

Lisa zuckte mit den Schultern. »Vielleicht, als ich fünfzehn war. Ich habe aber keinen gekauft.«

»Perfekt! Sie haben einen probiert und sich nicht getraut, ihn zu kaufen. Ihr Unterbewusstsein sagt Ihnen, dass Sie Paillettenröcke lieben.« Er drückte ihr seine Karte in die Hand. »Wir planen gerade eine neue *Landliebe*-Staffel. Sie würden wunderbar zu diesem Hühnerzüchter aus Niedersachsen passen.«

»Oh …« Hilflos stand Lisa unter der Eiche auf dem Hof

des *Schwarzen Steins*, in einer Hand die Häppchen, in der anderen die Visitenkarte.

»Es wird höchste Zeit, sie zu retten«, flüsterte Ellie Tom zu. »Sonst verlieren wir sie an einen Hühnerbauern. Das kann ich nicht zulassen. Wenn es um Lisa geht, bin ich egoistisch. Ich brauche sie in meiner Küche.«

Tom schob seinen Neffen, der auf seiner Hüfte saß, ein Stück zur Seite und küsste Ellie. »Dieser Verrückte wird sich nie ändern«, murmelte er an ihren Lippen.

»Welch ein Glück, dass wir ihn los sind«, sagte sie.

»Ja, bis zur nächsten Jubiläumsfolge dieser verfluchten Sendung.« Er löste sich von Ellie und fuhr mit dem Zeigefinger am Ausschnitt ihres Dirndls entlang. »Jetzt geh lieber und befreie Lisa, sonst komme ich auf dumme Gedanken und entführe dich von deiner eigenen Party.«

»Von unserer Party.« Sie küsste ihn und strich Max über das zerzauste Haar. »Tschüss, Männer. Ich begebe mich auf eine Mission.« Sie drehte den Smaragdring an ihrem Finger und ging zu Lisa hinüber. Der Stein, den Tom passend zu ihren Augen ausgesucht hatte, funkelte in der Sonne, die hoch über ihnen am wolkenlosen Himmel stand.

Tom sah Ellie nach. Eigentlich fand er es gar nicht so schlecht, wenn sie hin und wieder ein Dirndl trug. Dieses Kleidungsstück barg … Möglichkeiten. Genau wie der Ring an ihrem Finger, der alles barg, was er sich für die Zukunft wünschte.